Suzanne Vermeer is het pseudoniem van de in juni 2011 overleden auteur Paul Goeken. In overleg met zijn familie is besloten om de boeken van Suzanne Vermeer voort te zetten. Alle titels van Vermeer zijn in de bestsellerlijst verschenen en twee titels werden genomineerd voor de NS Publieksprijs.

Van dezelfde auteur

All-inclusive
Zomertijd
Cruise
Après-ski
De suite
Zwarte piste
Bella Italia
Noorderlicht
Bon Bini Beach
Het chalet
Route du soleil
Winterberg
Goudkust
Mont Blanc
Costa del Sol
Sneeuwengelen
Hittegolf

Bezoek onze internetsite www.awbruna.nl voor informatie over onze boeken, volg @AWBruna op Twitter of bezoek onze Facebook-pagina: Facebook.com/AWBrunaUitgevers.

Suzanne Vermeer

De vlucht

A.W. Bruna Uitgevers

Omslagbeeld
© iStock/Wil Immink Design
Omslagontwerp
Wil Immink Design

ISBN 978 94 005 0751 7
NUR 332

Derde druk, december 2016

Er hangt een waas voor mijn ogen. Alleen als ik een paar maal knipper lost het op. Voor even zie ik de omgeving scherp; een sprookjeslandschap. Die handvol heldere seconden bewonder ik de details en verafschuw ze gelijktijdig.

Vanaf de rots waarop ik lig is het uitzicht adembenemend. Een vaal maanschijnsel bezorgt de opperhuid van de zee een extra tint. Staalblauw is echter een schutkleur die contrasteert met een substantieel deel van het leven dat het herbergt. Het suggereert een glasheldere habitat, gedecoreerd met springende dolfijnen. Een wereld waarin koddige wezens met hun lichaamstaal de grauwheid van het dagelijkse bestaan bespotten.

Diepzwart zou waarheidsgetrouwer zijn geweest. De donkere tegenpool als synoniem voor de dood, een essentieel onderdeel van het leven zelf. Blauwe golven zijn immers verkenners van ontoegankelijke dieptes waarin de enige lichtpuntjes fluorescerende zeemonsters zijn.

Laat ik vooral de gekartelde driehoeken niet vergeten. Symbool voor bloeddorst, belichaming van onze angst. In deze zee heb ik ze echter nog nooit gezien. Wel op het aangrenzende stuk land.

Aan mijn linkerkant blinkt de nacht uit in glitter. Smakeloos neonlicht attendeert in duizendvoud op vertier. Om dit te benadrukken knippert het onophoudelijk. De boodschap wordt op een niet mis te verstane wijze gebracht; hier is wat je zoekt. In deze wereld worden al jouw verlangens en fantasieën werkelijkheid. Cruciaal is hoe goed je zoekt en hoe graag je wilt. Over de prijs worden we het wel eens. Later.

Alle kleuren van het spectrum zijn vertegenwoordigd. Rood en wit overheersen. Liefde en onschuld. Een meer flagrante schending van goed fatsoen is nauwelijks voor te stellen. Mij lukt het in elk geval niet. Ik ben er dan ook geweest. Geloof me, dat scheelt enorm.

Een zwoel briesje glijdt langs mijn wang. In de verte brengen krekels een serenade aan iedereen die daarvoor openstaat. Onder mijn voeten zingt de branding een oneindig couplet.

Ondanks mijn verwondingen beleef ik de details intens. Ervan genieten is wat anders, dat staat mijn geest niet toe. Ik observeer en sluit geen mogelijkheid meer uit. De wonderschone omgeving heeft namelijk onderdak geboden aan bedrog, hebzucht… en moord.

Het briesje kan de voorbode zijn van een orkaan, een nest adders kan het stemgeluid van de krekels nabootsen en het aritmische geluid van de zee zou zomaar tot de ouverture van een tsunami kunnen behoren. Niets is wat het lijkt. Wat dat betreft heb ik mijn lesje wel geleerd.

Zelfs in dit zogenaamde paradijs tikt de klok door. Het subtropische decor vervaagt. De pijn in mijn lichaam verhevigt. Het bloed dat uit mijn armen en benen stroomt is donkerrood. Althans, zo lijkt het. Het kan ook bruin of roze zijn. Ik vertrouw niets of niemand meer. Zelfs mijn eigen lichaam niet.

Ik denk dat ik adem. Mijn op- en neergaande borstkas zou daarvan het bewijs kunnen zijn.

Ik leef. Tenminste, daar lijkt het op.

Of ik het overleef is een tweede.

Twee maanden eerder

1

Met een glimlach rond haar mondhoeken liep Dagmar Vredeling het bruine café De Derde Oktober binnen. Zoals gewoonlijk was het op dit tijdstip afgeladen met studentikoze types en verlate toeristen die in de gezellige Havenwijk bleven hangen. Echte studenten zag je in dit specifieke deel van Leiden nauwelijks. Dit had niets met de sfeer te maken, maar alles met de prijzen die de eigenaar van dit café zijn clientèle rekende. Een biertje kostte hier het drievoudige van wat je er in de verderop gelegen studentenkroegen voor moest betalen.
Ze schuifelde tussen een kwartet blazers door en knikte vriendelijk toen het viertal haar goedenavond wenste. Gelijktijdig ontweek ze handig het opspattende bier uit het glas van een druk met zijn handen sprekende man, die direct zijn verontschuldigingen aanbood. Ze wuifde deze lachend weg. Als stewardess was je een groot gedeelte van de vlucht bezig met het vermijden van vlekken op je uniform. Na vijf jaar in dit vak was het een tweede natuur voor haar geworden.
Vanuit haar linkerooghoek ving ze een glimp op van Tessa Landgraaf, een nagelstyliste die in de aangrenzende wijk Marewijk een goedlopende beautysalon runde. Naast de donkergrenen lambrisering en koperen stormlantaarns, behoorde Tessa tot het levende meubilair van De Derde Oktober. Elke minuut die zij vrij kon maken bracht ze door in dit bruine café. Haar trouwste kroegmaten waren een glas Baileys en een pakje Marlboro. Blijkbaar voerde ze een innige conversatie, want de rookpluimen die haar felrode lippen verlieten streken over het gezicht van haar gesprekspartner. De man ondervond hiervan geen hinder, of wist dit bekwaam te maskeren.
Dagmar probeerde met een zwaaiende linkerhand Tessa's aandacht te trekken. Een lastige opgave, aangezien het uitgaansvolk hoofdzakelijk

mannen betrof die dicht op elkaar stonden. Het merendeel stak een kop boven haar uit, waardoor het toch al beperkte uitzicht tot claustrofobische afmetingen werd verkleind.
Na twee vruchteloze pogingen reageerde haar kroegkennis. Op extroverte wijze lachte Tessa haar breeduit toe om aansluitend haar mond en ogen wijd open te sperren. Het Tessiaanse gebaar waarin een scala van emoties ongecensureerd hun gang konden gaan. Het schoot Dagmar te binnen dat het een kunst op zich was om verbazing, uitgelatenheid en hartelijkheid in één gezichtsexpressie te uiten. Een gedachte die ze meteen liet varen. Je moest Tessa gewoon nemen zoals ze was. Een gezellige flapuit die het leven verre van serieus nam.
Terwijl ze Tessa's blik vasthield, verscheen er een vragende uitdrukking op haar gezicht. Om dit te benadrukken haalde ze beide schouders op. Haar lippen articuleerden een vertrouwde naam voor de stamgasten van De Derde Oktober.
'Ruben?'
Tessa knikte. De lange nagel van haar linkerwijsvinger wees gedecideerd naar de achterste tafel in het pand. Een theatrale knipoog volgde, waarna ze zich weer tot haar gesprekspartner richtte. Dagmar bedankte haar met een opgestoken duim en baande zich voorzichtig een weg door het opeengepakte volk.
Terwijl ze de door Tessa aangewezen plek naderde, zag ze een glimp van Ruben. Hij zat aan het uiteinde van een gelagtafel die door de eigenaar zo ver mogelijk achter in het pand was gezet. Hierdoor moest zij nu voetje voor voetje in Rubens richting schuifelen.
'Dit is het beste nieuws van de dag,' zei Ruben op het moment dat zij zich om het laatste obstakel, een man met een indrukwekkende bierbuik, had gewerkt. Hij stond direct op en schonk haar een stralende glimlach die werd gevolgd door een kus. Na een snelle blik op zijn horloge keek hij haar schalks aan.
'Tien voor zeven. Dat wil zeggen dat zowel onze geliefde vliegmaatschappij als de nationale spoortrots voor de verandering geen vertragingen heeft opgelopen.'

Hij maakte een weids gebaar naar de barkeeper.
'Twee bier en een rode wijn, John. Wij hebben wat te vieren!'
Met zijn rechterhand tikte hij de man die naast hem zat op diens linkerschouder.
'Doe mij een lol, Eef en schuif wat op.'
Stamgast Eef deed wat hem werd gevraagd. Dagmar nam plaats. Ruben wees kort met zijn linkerwijsvinger naar de man die tegenover haar zat.
'Dit is Mart Bogaert van MFW, hij probeert bij onze catering een voet tussen de deur te krijgen.' Een grijns volgde. 'En hij is aardig op weg.'
Bogaert stond op en stak zijn rechterhand uit.
'Goedenavond, mevrouw.' De formele begroeting strookte met zijn kleding. Donkerblauw pak, wit overhemd en een bordeauxrode stropdas. Een vertegenwoordigersoutfit die min of meer in contrast stond met Rubens beige colbert met daaronder een getailleerd lichtroze overhemd. Donkere jeans en zwartleren instappers completeerden zijn casual look.
'Hallo,' antwoordde Dagmar, om daar vragend 'MFW?' aan toe te voegen.
'Multi Food Weert,' verduidelijkte Bogaert direct. 'Op dit moment is een van onze speerpunten de catering bij vliegmaatschappijen. Wij doen ons uiterste best ons product daar te introduceren.'
'Mede daarom zit "ons" Mart nu hier,' grapte Ruben.
'Dat zeggen ze alleen in Brabant,' verbeterde Dagmar met een glimlach.
'Onder de grote rivieren valt alles onder België, lieverd.'
Mart Bogaert grinnikte geforceerd. Hierna stak hij beide handen omhoog. 'Als ons product een kans krijgt, verklaar ik plechtig dat overal in Zuid-Nederland onvervalst Vlaams wordt gesproken.'
Het daaropvolgende kwartier spraken ze voornamelijk over hun werkzaamheden. Mart vertelde wat grappige anekdotes uit het vertegenwoordigersvak en Ruben legde een paar absurde kreten op tafel die onder managersjargon vielen. Dagmar hield het eenvoudig. Toen zij aan het woord was liet ze doorschemeren dat het leven van een stewardess weinig glamour bood. Als je het toch met iets moest vergelijken, dan hield haar werk het midden tussen dat van een serveerster en een

hostess. Van een sterrenrestaurant of een keurige sociëteit, welteverstaan. Mart lachte spontaan, Ruben schudde quasi-misnoegd met zijn hoofd.
'Mooi, intelligent en bijdehand. Een zeldzaam verbond.' Hierna trok hij een ernstig gezicht. 'Dit houdt in dat ik ernstig uit moet gaan kijken. Voor je het weet is zij verantwoordelijk voor de inkoop van de catering en serveer ik drankjes op tien kilometer hoogte.'
Mart lachte iets te luid, om aansluitend demonstratief zijn schouders op te halen.
'De kans is dan wel groot dat de vertegenwoordigers jullie kantoor op Schiphol platlopen.'
Rubens lichaamstaal veranderde in een fractie van een seconde. De omslag was opmerkelijk. Zijn redelijk joviale houding had plaatsgemaakt voor een priemende blik die zich dwars door Mart heen leek te boren. Zijn uiterlijk veranderde van aantrekkelijk naar ijzig.
'Dat gebeurt allang, Mart,' sprak hij monotoon. 'Daarvoor hebben wij echt geen knappe meiden nodig die als lokaas dienen.'
Mart schrok zichtbaar van deze opmerking die als een terechtwijzing klonk. Hij mat zich een schaapachtige grijns aan om hiermee te redden wat er nog te redden viel.
'Ik maakte maar een geintje.' Om dit te benadrukken legde hij zijn handen op de tafel. Beide handpalmen wezen naar boven.
Ruben bleef hem drie seconden strak aankijken. Daarna zei hij: 'Ik ook.' Zijn mondhoeken krulden in een schalkse glimlach.
'Daar had ik je mooi te pakken, nietwaar?!'
De grijns van Mart stond bol van opluchting. Ter bevestiging schudde hij heftig met zijn hoofd.
'Ik tuinde er vol in. Jij bent je roeping als acteur misgelopen.' Hij trommelde met zijn vingers op de tafel en keek aansluitend opzichtig op zijn horloge.
'Ik ga ervandoor. Met al die files kost het me nog minstens twee uur om thuis te komen.'
Ruben haalde nonchalant zijn schouders op.

'Wie haalt het nou in zijn hoofd om in Venlo te gaan wonen?' In zijn stem klonk geen spoortje van sarcasme door.
'Het is wat minder gejaagd dan hier in het westen,' antwoordde Mart en stak hem zijn rechterhand toe.
'Voor mij een legitieme reden om er ver vandaan te blijven.' Ruben schudde de vertegenwoordiger de hand, waarna Dagmar hetzelfde deed. Na een 'Bedankt en tot ziens' schuifelde Mart Bogaert door de menigte in de richting van de uitgang.
'Ik vond dat je met Venlo wel wat ver ging,' zei Dagmar toen de menigte de man uit het zuiden definitief had opgeslokt. Ruben maakte een kort wegwerpgebaar.
'Daar moet je niet zo zwaar aan tillen. Trouwens, die vertegenwoordigers zijn echt wel wat gewend. Daarbij komt dat híj wat wil verkopen; ík ben de aardige jongen die in zijn vrije tijd naar die klantvriendelijke bullshit luistert.'
Dagmar knikte begrijpend. Het beste wat ze op dit moment kon doen, wist ze uit ervaring. Zo af en toe nodigde Ruben een vertegenwoordiger uit om na werktijd iets te komen drinken. Waarom hij dit deed was haar nog steeds niet duidelijk. Ooit had ze ernaar gevraagd en een nietszeggend antwoord gekregen dat haar bovendien werd toegesnauwd. Gelukkig kwamen dit soort afspraken maar sporadisch voor. Rubens prima donnagedrag stond haar tijdens die gesprekken namelijk tegen. Hij kreeg steevast een arrogante houding, een naar trekje waar hij in de dagelijkse omgang nauwelijks last van had. Ze had het leren accepteren. Tenslotte was niemand volmaakt.
Alsof het afgesproken werk betrof, liep de zaak na het vertrek van Mart Bogaert langzaam leeg. Toeristen en stamgasten die nog andere verplichtingen hadden hielden het voor gezien. Wat overbleef was de harde kern. Op zich nog een aanzienlijk aantal diehards die gezamenlijk een gezellige sfeer creëerden.
Een halfuur nadat de betrekkelijke rust was weergekeerd, maakte Ruben zich los van een gesprek dat hij met drie kennissen voerde. Vijf passen later stond hij naast Dagmar die met een clubje vrouwen een

onderwerp besprak met een hoog giechelgehalte. Terwijl hij zijn arm om Dagmars schouder legde, schonk hij haar gezelschap een jongensachtige glimlach.

'Gaat het weer over Brat Pitt, dames? Of is George Clooney ditmaal het haasje?'

'Zeg maar gerust "de lul",' flapte Carla Verhoeven eruit. Haar hilarische gelach dat daarop volgde veroorzaakte een kettingreactie. Aangemoedigd door het maffe gedrag van Carla en de nodige glazen wijn lagen de vrouwen in een deuk.

Ruben zag het met rollende ogen aan. Hij boog schuin naar Dagmar toe. 'Kom op, dan gaan we ergens een vorkje prikken.' Hij moest zijn stem verheffen om boven het gierende kwintet uit te komen. Dagmar knikte, waarna het haar tien minuten kostte om afscheid van de aangeschoten vriendinnenclub te nemen.

Een kwartier later stonden ze pas buiten. De weg naar de uitgang was vol met vrienden en kennissen die hen aanklampten voor een korte anekdote of een lollige opmerking. Een oponthoud dat hen eraan bleef herinneren dat ze tot de hechte familie behoorden die de stamgasten van De Derde Oktober vormden.

Met het sociale leven van Ruben de la Porte en Dagmar Vredeling was niets mis.

2

Dagmar liep de woonkamer binnen. Het parket onder haar voeten voelde koud aan. De nachttemperatuur was nog fris. Die trok zich niets aan van een beginnende zomer. Normaal gesproken zou ze rillen en haar badjas dichter tegen zich aan trekken. Op dit moment trok er bij elke stap een prettige tinteling door haar voeten en droeg ze enkel Rubens lichtroze overhemd.

Ze ging op de bank zitten en keek door het raam naar buiten. De omgeving oogde zoals ze zich voelde: alles was in harmonie. Een stralende maan voorzag het donkere water van een mystiek elan, waardoor de voormalige verdedigingslinie nog authentieker leek dan deze al was. Het heldere licht benadrukte de onregelmatigheden op de stam van een wilg. De talloze mondjes die zich hierdoor vormden lachten haar lieftallig toe. Wonen aan de vestingrand van Leiden was een voorrecht. Helemaal als jouw optrekje in Pieterswijk stond.

De adem van de atmosfeer had meerdere verrassingen in petto. Het ene moment werd ze overvallen door dat typische gevoel van ouderwetse gezelligheid, terwijl een fractie later haar hart twee slagen oversloeg omdat een vlaag van hartstocht het vuur dat in haar brandde verder opstookte.

Ze wapperde met de voorkant van Rubens overhemd. Een koude luchtstroom gleed langs haar borsten. Een rilling volgde, kippenvel stak even de kop op. Daarna nam de innerlijke krachtbron de regie van haar hormonenhuishouding weer in handen.

Dagmar zuchtte. Een weldadige gevoel had bezit van haar genomen. In gedachten probeerde ze deze gewaarwording te omschrijven, maar die liet zich niet definiëren. Het overtrof de termen ‘liefde’ of ‘geluk’. Het ging verder en was veelomvattender.

Haar blik viel op Rubens beige colbert dat slordig over de leuning hing van de leren fauteuil die schuin tegenover haar stond. Automatisch schoten haar mondhoeken omhoog.
Na een snelle hap in een trendy eetcafé waren ze direct in een taxi gesprongen die hen thuis had afgezet. Nog voordat de voordeur zich achter hen sloot, had Ruben haar omhelsd. Omdat dit met zo veel passie gepaard ging, diende de huiskamer slechts als tussenstation waar hij zijn colbert met een snelle beweging over de fauteuil wierp en zij haar jack op de grond liet vallen. Een halve minuut nadat ze het huis binnenkwamen, trokken ze elkaar in de slaapkamer de kleren van het lijf.
De vingers van haar rechterhand lieten de stof van Rubens overhemd nogmaals een paar keer snel op- en neergaan. Het werkte averechts. In plaats van de beoogde verkoeling drong de combinatie van zijn lichaamsgeur en zijn aftershave in haar neusgaten. De tintelingen in haar onderbuik verhevigden. Al haar zenuwen werden gebalsemd door een goddelijke substantie die hoogstwaarschijnlijk van een andere planeet kwam.
Terwijl haar ademhaling een hoog ritme aanhield, stond Dagmar op. Ze liep naar het raam en sprak zichzelf bestraffend toe.
'Je bent 27 jaar oud... en je gedraagt je als een bakvis van zestien.'
Drie stappen later volgde: 'Dit is belachelijk. Doe eens normaal.'
Terwijl ze de woorden uitsprak, wist ze al dat het helemaal niet belachelijk was. Dat ze zich gedroeg als een schoolmeisje na haar eerste tongzoen, had een reden. Nee, had honderden redenen. Vandaar dat ze gevoelsmatig op wolken liep.
Ze grinnikte om deze redenatie. Als iemand anders zoiets tegen haar zou hebben gezegd, dan had ze hem of haar ongetwijfeld begripvol aangekeken en in stilte uitgelachen. Nu het haarzelf overkwam, zag ze geen enkele reden om er ginnegappend over te doen.
Ter verdediging van haar bakvissengedrag voerde ze aan dat het hier natuurlijk wel ergens over ging. Dit was geen onenightstand waarvan je hooguit een paar dagen vlinders in je buik overhield. Ze kenden elkaar al twee jaar en woonden anderhalf jaar samen. Gezien hun historie op

het liefdesvlak was dit een prestatie van formaat. Zowel Ruben als zijzelf had nooit een relatie gehad die langer dan een halfjaar standhield. De factoren die hier debet aan waren kon je op de vingers van één hand tellen; het werk en alle randzaken die hun baan met zich meebracht. Zowel Ruben als zij maakte lange dagen, waarbij onregelmatige werktijden eerder als regel golden. Telde je daar het bijna heilige onafhankelijkheidsgevoel – of was het bindingsangst? – bij op, dan liet de uitkomst zich makkelijk raden. Voorlopig waren zij beiden, geheel vrijwillig, tot het vrijgezellenbestaan gedoemd. Een redenering die op de dag dat zij elkaar ontmoetten van alle logica werd ontdaan.
Tijdens een feestje van hun werkgever sloeg de vonk direct over. Toen de blik in zijn bruine ogen de hare kruiste, stond de wereld even stil. De bliksem was ingeslagen. Hij liep naar haar toe en stelde zich met de charmantste glimlach voor die zij ooit had gezien. Gevangen door zijn oogopslag en uitstraling stond zij als aan de grond genageld. In de verte attendeerde een stemmetje in haar hoofd om hooguit gematigde interesse te veinzen. Haar daaropvolgende houterige bewegingen en veel te uitgelaten manier van doen waren een parodie op die beoogde houding. Van het ene op het andere moment was ze als een blok voor hem gevallen.
De digitale cijfers van de dvd-speler gaven 04.47 aan. Ze was inmiddels een kwartier beneden. Ruben sliep, en dat wilde ze zo houden. Als ze in bed was gebleven zou dat onmogelijk zijn. Dan zou ze ongetwijfeld een scala van haar heftige gevoelens op hem hebben afgestraald. En of dat in het holst van de nacht nou wel zo'n goed idee was....
Dagmar glimlachte. Dit was iets wat mannen als een 'typisch vrouwending' classificeerden. Daarmee hadden ze weinig tot geen affiniteit. Te emotioneel, abstract en kwetsbaar. De mannen die om kwart voor vijf 's morgens moederziel alleen in de huiskamer gelukkig gingen zitten wezen, moesten nog uitgevonden worden. 's Nachts sliep je, of had je seks. Meer smaken bestonden niet.
Ze pakte Rubens colbert met de bedoeling het in zijn kledingkast te hangen. Normaal gesproken was hij een Pietje precies als het op kleding

aankwam. Hij had er een uitgesproken hekel aan om schoenen, sokken of in dit geval zijn colbert, te laten rondslingeren. In zijn uitgebreide garderobe had elk kledingstuk namelijk een eigen plekje. Dat het colbert desondanks slordig over de stoel hing, had met de hartstocht van de vorige avond te maken.

De verdikking in de binnenzak viel haar meteen op. Waarschijnlijk zijn portefeuille. Toen ze de zak aftastte en beter keek zag ze dat het iets anders was. Minder breed en dikker. Een enveloppe. Na enkele seconden van besluiteloosheid won haar nieuwsgierigheid het van de vertegenwoordiger van fatsoen die fluisterde dat het niet netjes was om in de spullen van een ander te snuffelen.

Terwijl ze in gedachten antwoordde dat 'die ander' haar geliefde was en zij niets voor elkaar achterhielden, pakte ze de enveloppe uit de binnenzak van het colbert. Hoewel de flap was dichtgeplakt, liet de inhoud zich makkelijk raden. Bankbiljetten. Aan de vorm te voelen waren het briefjes van vijftig euro. Het was eerder een constatering dan een gok, aangezien er tijdens haar werk dagelijks biljetten door haar handen gingen.

Ze sloot haar ogen. Waar het geld vandaan kwam leek voor de hand liggend. De achterliggende redenen daarentegen niet. De ideeën die spontaan opkwamen verwierp ze even snel als deze zich aandienden. Dat was giswerk.

Uiteindelijk stopte ze de enveloppe weer terug en legde het colbert over de fauteuil. Misschien zou ze er binnenkort met Ruben over praten. Misschien ook niet. Er trok een rilling over haar ruggengraat. Ditmaal was het van de kou, maakte Dagmar zichzelf wijs.

Op haar tenen verliet ze de woonkamer. De verontruste stemmen die in haar hoofd om aandacht vroegen, negeerde ze.

3

Er zijn van die dagen dat alles meezit, dacht Dagmar. En wat is het heerlijk als het jou af en toe ook eens overkomt. In gedachten lachte ze spontaan en heel erg luid. Een geestelijke ontlading die overigens niet van haar gezicht viel af te lezen. Dat zou de taxichauffeur naast haar zomaar kunnen afleiden. De man concentreerde zich op de weg en leek niet om een praatje verlegen te zitten. Zij had het druk genoeg met de gesprekken die zij met zichzelf voerde.

Vandaag was een werkdag uit duizenden. Eentje waarover je tussen de werkzaamheden aan boord wel eens nadacht. Speculeerde, kwam dichter in de buurt. Je hoopte dat het je ooit overkwam, maar gelijktijdig groeide het besef dat die kans miniem was. Tot vandaag dan.

Vanmorgen om vijf uur waren ze opgestegen met bestemming New York. Afhankelijk van de weersomstandigheden nam deze vlucht rond de acht uur in beslag. Ze hadden wind mee, turbulentie bleef uit en onder de passagiers viel geen wanklank te bespeuren. De ideale vlucht, dus. Twintig minuten eerder dan gepland landden ze op JFK International Airport.

Eenmaal uitgecheckt kwamen ze in het bemanningscentrum terecht. Het was de procedure om hier nog wat na te praten en gezamenlijk de bus te nemen naar hun hotel dat op een steenworp afstand van Times Square lag. De komende anderhalve dag zouden ze in *downtown* New York verblijven.

Aan de lichaamstaal van gezagvoerder Joost van de Velde was af te lezen dat er iets aan de hand was. Toen ze het bemanningscentrum binnen waren gekomen, had een andere piloot van hun maatschappij hem direct apart genomen. Uit diens snelle manier van spreken bleek

dat hij met een acuut probleem kampte. Van de Velde hoorde het aan, knikte een paar maal en riep een paar minuten later zijn eigen bemanning bij zich.
In korte bewoordingen vertelde hij dat een vlucht van hun maatschappij over anderhalf uur naar Amsterdam diende te vertrekken. Omdat een purser en een stewardess zich op het allerlaatste moment ziek hadden gemeld, werd het twijfelachtig of ze wel het luchtruim konden kiezen. Aangezien de bezettingsgraad van het personeel al aan de krappe kant was, ontstond er door het wegvallen van het tweetal een onderbezetting die amper verantwoordelijk was. Als ze op zeer korte termijn geen vervanging konden regelen, overwoog de dienstdoende gezagvoerder sterk om de vlucht te cancelen.
Van de Velde benadrukte snel niemand iets kwalijk te nemen als ze voor hun eigen dienstrooster kozen. Tenslotte stond er voor een intercontinentale vlucht plus retour een tijdschema van drie dagen. Tevens gaf hij aan dat gezagvoerder De Haan er persoonlijk voor garant stond dat degene die hen uit de brand hielp de retourvlucht als overuren betaald kreeg en een extra vrije dag kon opnemen. Hij stelde nogmaals dat het hier om een uitzonderlijke situatie ging, maar nood soms wetten brak. In dit geval die van de arbeidstijden.
Zij had meteen haar hand opgestoken. Anderhalf uur later was het vliegtuig opgestegen met bestemming Schiphol. De cockpitbemanning raffelde de vlucht in zes uur en twintig minuten af.
Op haar verzoek stopte de taxichauffeur bij de kruising Langegracht en Pelikaanstraat. Ze betaalde hem en stapte uit. De uitbundige groet die ongetwijfeld betrekking had op de ruime fooi, ging volledig langs haar heen. In gedachten was ze reeds in hun stamkroeg, zag ze het verbouwereerde gezicht van Ruben op het moment dat ze binnenkwam.
Hoewel haar voeten ieder moment een eigen leven konden beginnen, liep ze toch in een stevig tempo door. Zonder haar pas in te houden opende ze haar handtas, pakte een flesje Chanel en spoot een vleugje van het parfum in haar nek. Hiermee verdrijf ik in elk geval de ergste geursporen van een retourtje New York, dacht ze gekscherend. Tot haar

genoegen zag ze in haar reisspiegeltje dat de betrekkelijk dure mascara waar voor zijn geld gaf.

Het gevoel van thuiskomen omarmde haar toen ze De Derde Oktober binnenkwam. Het was er gezellig druk. Een enkele oogopslag vertelde haar dat het overgrote deel van de klanten uit stamgasten bestond. Het overbekende geroezemoes dat zo nu en dan door een lachuitbarsting werd overstemd, voelde aan als een warme, vertrouwde deken.

Eric Wevers en Ronald van Wateringen stonden recht in haar blikveld. Zo op het eerste gezicht voerden de architect en de bankmanager een verhit gesprek. Eric maakte drukke gebaren met zijn rechterhand, terwijl Ronald heftig met zijn hoofd schudde. Blijkbaar hadden zij haar vanuit hun ooghoek in de deuropening zien verschijnen, want ze onderbraken abrupt hun conversatie. Aansluitend maakten ze met gebarentaal duidelijk dat ze verheugd waren haar weer te zien. Terwijl haar ogen heen en weer flitsten, lachte Dagmar hen toe.

Het was lastig om tussen de haag van bekenden Ruben eruit te pikken. Daarvoor stonden de groepjes te dicht op elkaar geplakt. Ze deed drie stappen voorwaarts en liet nogmaals haar blik door het bruine café glijden. Het was onvermijdelijk dat Tessa Landgraaf in beeld kwam. De nagelstyliste hing nonchalant tegen de muur. Tussen de vingers van haar linkerhand stond de Marlboro als een huis. In het glas in de palm van haar rechterhand draaide haar lievelingsdrank slome rondjes. De pose die ze zich hierdoor aanmat leek zo lachwekkend geforceerd dat het niets anders kon zijn dan natuurlijk gedrag. Een idiote stelling die enkel bij Tessa opgeld deed.

Dagmar trok haar aandacht door met haar rechterhand te zwaaien. De doorgewinterde kroegtijger in Tessa pikte het signaal op. Ze draaide haar hoofd weg van de jongeman die haar opzichtig probeerde te versieren. Gelijktijdig trok ze beide wenkbrauwen op, wat zoveel betekende als 'zeg het maar'.

'Ruben?' Omdat de muziek nogal hard stond, articuleerde ze sterk. Een gebaar dat ze bij binnenkomst min of meer tot handelsmerk had verheven. In tegenstelling tot veel van de andere stamgasten had Ruben namelijk de gewoonte, of was het een gave, om zich geruisloos tussen de aanwezigen te mengen. Op het door hem gekozen moment trad hij voor het spreekwoordelijke voetlicht.

Tessa schudde ontkennend met haar hoofd. Hieruit concludeerde Dagmar dat Ruben niet binnen was. De kans dat Tessa hem over het hoofd had gezien was verwaarloosbaar. Tegen haar jarenlange ervaring was zelfs de tactiek van Ruben niet opgewassen. Tessa zag namelijk alles wat er zich afspeelde in De Derde Oktober.

'Hallo Dagmar!' Terwijl zij geluidloos met Tessa stond te communiceren waren Eric en Ronald naar haar toe gelopen. Eric wees op haar kostuum. 'Ben je klaar, of heb je straks een nachtvlucht?'

'De eerstkomende dagen kan ik geen vliegtuig meer zien,' antwoordde Dagmar afwezig. Ze keek precies tussen het tweetal door. Omdat enkele stamgasten heen en weer liepen ontstond er een opening waardoor ze heel even zicht op de achterste tafel van het café kreeg. Veel bekende gezichten, geen Ruben.

'... dan terminal?'

Dagmar keek Ronald van Wateringen niet-begrijpend aan. Omdat ze zo gefocust was om haar vriend te vinden, ging de opmerking van de bankmanager volledig langs haar heen.

'Als vliegen zo veilig is, waarom heten de wachtruimtes dan terminal?' herhaalde Ronald van Wateringen de grap die zij al honderden keren had gehoord. Om de sfeer niet te verpesten lachte ze uit beleefdheid mee. Terwijl ze zogenaamd nog wat nagrinnikte, speurden haar ogen voor de laatste maal naar een glimp van Ruben.

'Ik ben doodop,' sprak ze op vermoeide toon. Om het wat aan te dikken zuchtte ze diep.

'Daar bestaat een prima medicijn tegen,' antwoordde Eric Wevers meteen. 'Een goed glas rode wijn doet wonderen.'

Met een los handgebaar wimpelde ze het aanbod af. Ze wilde best een glas rode wijn drinken, maar dan wel samen met Ruben. Thuis, op de bank. Schoenen uit, werkkleding in de kast en de romantisch klanken van een zwijmel-cd op de achtergrond.

'Doe niet zo flauw, joh,' zei Ronald. 'Het is net elf uur, de avond moet nog beginnen.' De toon waarop hij sprak neeg naar dwingend. Een manier van converseren die niet bij de altijd zo keurige bankmanager paste.
'Hartstikke bedankt, maar ik ga ervandoor.' Zonder op een antwoord te wachten draaide ze zich om. Verder dan de eerste, automatische pas kwam ze echter niet. Bas Dijkstra stond pal achter haar. De uit de kluiten gewassen vastgoedmakelaar grijnsde breeduit.
'Wat heb ik nou weer gedaan dat het mooiste meisje van Leiden doet besluiten om halsoverkop deze hut te verlaten? Ben ik soms onbeschoft geweest? Gooi het er maar uit, dan bied ik direct mijn verontschuldigingen aan. Het maakt me geen ene flikker uit aan wie. Als jij blijft, dan luister ik zelfs naar de lulverhalen van die twee losers.'
Om zijn woorden kracht bij te zetten knikte hij met zijn enorme hoofd in de richting van Eric en Ronald die schaapachtig stonden te lachen.
'Jij weet als geen ander hoe je een vrouw moet inpalmen, Bas,' zei Dagmar. Ze knipperde opzichtig met haar wimpers. Een actie die averechts voor haar uitpakte. In plaats van dat de makelaar zich hiermee liet afpoeieren, legde hij zijn grote knuist op haar schouder en begon onbedaarlijk te lachen.
'Pittig dingetje,' brulde hij tussen twee uithalen door. 'Daar heeft die knul geen makkie aan.' 'Die knul' was Dijkstra's favoriete benaming om een vriend aan te duiden. De gradaties van vriendschappen liet hij hiermee in het midden. De twee woorden konden betrekking hebben op zowel een stamgast die hij pas enkele weken kende als een echte vriend waarmee hij al jarenlang optrok.
'Waarom heeft het meisje van "die knul" nog niets te drinken?' vroeg Dijkstra aan niemand in het bijzonder. Aansluitend begon hij met zijn linkerarm te zwaaien in de veronderstelling hiermee de aandacht van de barkeeper te trekken.
'Omdat ik nu naar huis ga, Bas,' antwoordde Dagmar. Met moeite kon ze voorkomen om de klemtoon op het woordje 'nu' te leggen. Terwijl Bas haar verbaasd aankeek, voelde ze hoe Eric langs haar heen glipte.

Hij murmelde iets in de trant van 'sanitaire stop' en verdween uit het zicht. Voordat het tot haar doordrong dat Eric naar buiten was gelopen, trok Bas wederom de aandacht naar zich toe. Omdat zijn kolossale lichaam haar de weg naar de uitgang versperde, was ze gedwongen om zijn gezwets aan te horen.

'Jij bent toch zo gek op lezen?' wilde de makelaar weten.

Terwijl ze een list bedacht om de kroeg snel te kunnen verlaten, knikte ze met vermeende interesse.

'Ik heb sinds lange tijd weer een boek gelezen,' ging Dijkstra verder. '*Komt een vrouw bij de dokter*, zegt die titel je iets?'

Dagmar knikte nogmaals. In haar gedachten ontvouwden zich de eerste stappen van een plan voor een snelle aftocht uit De Derde Oktober.

Bas Dijkstra hield zijn hoofd enigszins schuin en keek haar met zijn donkere kraaloogjes doordringend aan.

'Wat een kankerboek,' zei hij zonder een spier te vertrekken. Deze pose hield hij welgeteld drie seconden vol. Daarna gierde hij het uit. Ronald van Wateringen lachte uitbundig met hem mee.

Doordat Dijkstra zo'n lol had om zijn eigen, misselijkmakende grap, verslapte zijn bijzondere aandacht voor Dagmar heel even. Zij maakte perfect gebruik van dit moment van onachtzaamheid. Twee stappen opzij, gevolgd door drie voorwaarts, brachten haar langs de menselijke vleesberg. In het voorbijgaan riep ze snel 'Ik ga' en 'Tot ziens'.

Eenmaal buiten zoog ze de frisse lucht in haar longen. De vragen die opeens ergens in haar achterhoofd speelden, wuifde ze gemakshalve weg. Onwelkome oprispingen die het gevolg waren van een aantal factoren waarvan vermoeidheid als onbetwiste aanjager gold. Ze kalmeerde zichzelf door te stellen dat je na een werkdag van zeventien uur de dingen buiten hun proporties zag. Onbeduidende opmerkingen werden belangrijke statements en een gemoedelijk samenzijn al snel een complot.

Terwijl ze zich concentreerde op datgene wat nu echt van belang was – een taxi vinden die haar naar huis bracht waar Ruben wachtte – zag ze vanuit haar linkerooghoek Eric Wevers staan. Blijkbaar verbrak hij net een gesprek, want zijn mobiele telefoon was nog onderweg van zijn rechteroor naar de binnenzak van zijn colbert. Ze zwaaide en liep door. Hij riep nog wat waar zij geen notie van nam. In Dagmars optiek kon niets belangrijk genoeg zijn om haar weer oponthoud te bezorgen.

Het kostte haar twee minuten om een taxi te vinden. De chauffeur knikte slechts toen zij haar huisadres noemde. Welgeteld zeven minuten later parkeerde hij de taxi recht voor haar deur. Voordat de auto tot stilstand kwam had ze het licht achter de lamellen van de woonkamer opgemerkt. Ruben was dus thuis. Inwendig slaakte ze een zucht van verlichting.

'Mijn god, ik zie een geest,' zei Ruben. Hij stond midden in de woonkamer en grijnsde van oor tot oor.

'Zo voel ik me ook,' antwoordde Dagmar. 'In één dag op en neer naar New York gaat je niet in je koude kleren zitten.'

Drie grote stappen later stond hij recht voor haar. Een omarming volgde.

'Ik weet niet hoe je het voor elkaar hebt gekregen, maar ik vind het geweldig,' fluisterde Ruben in haar oor. Hierna tastten zijn lippen teder elke centimeter van haar linkerwang af. Dagmar liet hem begaan. Terwijl haar lichaam gewillig reageerde op zijn liefkozingen, protesteerde haar geest tegen zijn aanraking. De vragen die ze zo-even nog tot fantasierijke speldenknoppen had gebagatelliseerd, ontpopten zich nu tot in haar ziel wroetende mespunten.

De ramen stonden open.

Hij had te veel aftershave op.

Ze kuste hem snel op zijn rechterwang en deed direct een stap achteruit.

'Ik ga me even omkleden. Heb het gevoel dat alles plakt.'

In het midden van de laatste zin draaide ze zich om, waardoor Rubens poging om haar nogmaals te omhelzen mislukte.

'Wat is dat nou voor een begroeting? Laten we eerst een paar minuten op de bank gaan zitten.'

Ze stond al bij de trap toen ze zich realiseerde dat in zijn woorden de natuurlijke balans ontbrak. Er was iets ingeslopen wat indruiste tegen

zijn persoonlijkheid. Vertwijfeling kwam niet in zijn woordenboek voor. En toch had zij de klank van onzekerheid in zijn woorden gehoord. Met knikkende knieën liep ze naar boven.
De slaapkamerdeur stond half open, de ramen helemaal. Het dekbed lag er keurig bij. Netjes verdeeld over het hele bed. Ze ging zitten, haalde diep adem en sloeg beide handen voor haar gezicht. Niet janken, hield ze zichzelf voor. Haar schouders schokten, tranen als rivieren. De wereld draaide sneller dan normaal. Totale ontgoocheling greep haar bij de keel. Het heden was een zwart gat dat gold als voorbode van een afgrond waarin zij in de toekomst zou belanden. De doelen in haar leven waren gedegradeerd tot een klucht. In één allesvernietigende klap waren al haar dromen uiteengespat.
'Wat is er aan de hand, schat?'
Ze legde beide handen op haar bovenbenen en keek apathisch voor zich uit. De vreselijke storm die door haar lichaam woedde had in eerste instantie een verdovende werking. Een schijnbaar zalvende rust daalde over haar neer. Een deken van zuivere schaapswol, waarvan de voering echter uit vlijmscherpe scheermesjes bestond.
'Waarom?' fluisterde ze. Haar blik bleef gericht op de kledingkast recht voor haar.
'Waarom wat? Waar heb je het over?' Zijn stem klonk weer als vanouds. Geen spoortje van twijfel te bekennen. Hij leek oprecht verbaasd over haar gedrag.
'Waarom heb je me belazerd, Ruben? Ben ik te klein, te groot, te lelijk of te dom?'
Langzaam draaide ze haar gezicht naar hem toe.
'Of ben ik niet goed genoeg in bed? Draait het daar soms om? Doet die hoer alles wat je van haar verlangt?'
Ruben maakte een ontkennend gebaar en fronste zijn wenkbrauwen.
'Waar heb jij het in godsnaam over? Ben je gek geworden, of zo? Ik stond op het punt om naar bed te gaan toen jij...'
Door de radicale omslag in haar houding viel hij stil. De gedaantewisseling was indrukwekkend. In enkele seconden was de timide Dagmar

getransformeerd in een op wraak beluste tijgerin. Met vuurspuwende ogen keek ze hem aan.

'Je kunt de ramen openzetten, jezelf onderspuiten met aftershave, het dekbed netjes leggen en de vermoorde onschuld spelen.'

Hij opende zijn mond om alles te ontkennen. Een tweede blik op zijn vriendin weerhield hem ervan. Hij was er zich ineens heel erg van bewust dat zij op het punt stond om hem naar de keel te vliegen.

'Je kunt zelfs je vriendje uit de kroeg een waarschuwingsbelletje laten geven... en dan nog kom ik erachter.'

Haar neusvleugels trilden, in haar nek zwol een ader op. Een traan van woede ontsnapte aan haar rechterooghoek.

'Ik *ruik* haar, Ruben. Ik *ruik* haar, ellendeling. Geen aftershave of windvlaag verdrijft de geur van een andere vrouw. Ik *ruik* de flarden van haar parfum.'

Ze haalde diep adem en blies langzaam uit. De daaropvolgende zinnen fluisterde ze. De impact ervan was echter kolossaal.

'Ik *ruik* haar zweet. Ik *ruik* haar aanwezigheid. Terwijl je haar lag te neuken is haar geur in het beddengoed getrokken. Een lucht die blijft hangen.'

Terwijl ze gevoelsmatig op het punt stond om over te geven, keek ze hem vernietigend aan. 'Dat zou jij als iemand die regelmatig vreemdgaat toch moeten weten, nietwaar?'

Als door een wesp gestoken sprong ze op.

'De hoeveelste keer is dit eigenlijk? De vijfde, tiende of twintigste keer? Hoe vaak heb je me bedrogen, vuile schoft die je er bent?'

Ruben stapte achteruit en maakte gelijktijdig een afwerend gebaar met zijn handen.

'Doe jij eens effe normaal, mens. Ik heb je nog nooit bedrogen. Vanavond was... was gewoon een misstap. Een stomme fout die iedereen wel eens maakt. Het had geen enkele betekenis. Die griet betekent helemaal niets voor me.'

Hij gebruikte de luwte waarin Dagmar zijn woorden tot zich door liet dringen om iets op touw te zetten wat voor een charmeoffensief door moest gaan. Oprecht berouw droop opeens van zijn gezicht.

'Pop, ik hou alleen van jou. Het was een vergissing die ik nooit meer zal maken, dat zweer ik je. Alsjeblieft, vergeef het me.'
Op een gemaakt klungelige manier stapte hij naar voren. Uit zijn lichaamstaal sprak boetedoening. Ergens in haar achterhoofd werkte een betuttelend stemmetje verwoed aan een lijmpoging. Haar furieuze verontwaardiging wenste echter geen enkele concessie te doen.
'Een vergissing?' sprak ze op denigrerende toon. 'Met een andere vrouw in *ons* bed liggen neuken noem jij een vergissing?!'
De korte lach die volgde was een snauw zonder tekst.
'Geldt dat ook voor die dikke enveloppe met smeergeld? Was dat soms ook een vergissing?'
Het was een opmerking die je in het vuur van de strijd maakte. Een kort statement waarmee je iemand wilde treffen zonder dat er sprake was van een diepe, achterliggende betekenis. Een momentopname waarop haar eigenwaarde steeg en de zijne een knauw kreeg. Ze wilde hem kwetsen en het eerste wat haar te binnen schoot was de geldbundel. Een stoot onder de gordel, meer niet.
Haar laatste opmerking zorgde echter voor een totale ommekeer in zijn houding. De verontschuldigende manier van doen viel als een tweede huid van hem af. Zijn gelaatstrekken verstrakten en zijn bruine ogen begonnen koortsachtig te gloeien. Zijn trillende bovenlip kwam een paar centimeter omhoog.
De stap voorwaarts en de klap werden in één vloeiende beweging uitgevoerd. Met de palm van zijn rechterhand raakte hij haar vol op haar linkerwang. Ze draaide een kwartslag en kwam op haar rechterzij terecht. Het matras brak haar val. Voordat zij besefte wat haar overkwam, boog Ruben zich over haar heen. Zijn gezicht was een paar centimeter van haar gevoelloze wang verwijderd.
'Pak je spullen, verdwijn uit mijn huis en kom nooit meer terug.'
Langzaam rechtte hij zijn rug en draaide zich van haar weg. Hij liep naar de deuropening en bleef daar staan. In zijn ogen lag nu een emotieloze blik.
'Als jij ooit tegen iemand over die enveloppe spreekt, vermoord ik je.'

Omdat er geen sprankje gevoel in zijn stem lag, klonken zijn woorden angstaanjagend. Er sprak onverzoenlijkheid uit elke letter.
Terwijl Ruben de slaapkamer verliet, voegde hij er 'En dat is geen dreigement, maar een belofte' aan toe.

4

'Doe rustig aan, oké?' Iris van der Heide drukte een vluchtige kus op haar rechterwang en liep daarna op een drafje naar de uitgang. Ze draaide zich in haar loop nog eenmaal om en maakte met haar linkerhand het universele gebaar voor telefoneren. 'We bellen,' riep ze vluchtig en vervolgde haar weg.

'Bedankt,' zei Dagmar. Om haar mondhoeken verscheen een voorzichtige glimlach. De eerste maal in tien dagen dat ze niet deed alsof. Het was een vreemd gevoel om weer spontaan te kunnen glimlachen, dacht ze. De afgelopen anderhalve week was het haar in elk geval niet gelukt. Een vreselijke periode waarin ze voor de buitenwereld een masker droeg. Goedlachs en immer behulpzaam. De vriendelijke en schijnbaar zorgeloze stewardess die altijd voor haar passagiers klaarstond. Dat zij het vanbinnen uitschreeuwde van verdriet, ging volledig langs hen heen. Zo hoorde het ook, wist ze. Buitenstaanders zaten niet op de ellende van een onbekende te wachten. Men verwachtte prima service van een goedgeluimde professional. En dat was precies wat ze van haar kregen.

Toch was het vandaag bijna misgegaan. Tijdens de vlucht van Stockholm naar Schiphol voelde ze zich ineens onwel worden. Van het ene op het andere moment tolde ze op haar benen. Aangezien ze zich in het gangpad bevond om de passagiers van verfrissingen te voorzien, had het een gênante situatie kunnen worden. Gelukkig reageerde haar collega Iris adequaat. Ze leidde haar direct naar achteren waar ze samen gingen zitten. Johan, de purser die met een bezorgde blik vroeg wat er aan de hand was, nam hun werk over. Voordat hij naar de wachtende passagiers ging, drong hij erop aan om vooral kalm te blijven. Het extra

werk was voor hem geen enkel probleem. Er zat trouwens een heel leuke jongeman op 16 A, wist hij in het voorbijgaan nog te vertellen.
Toen ze zich eenmaal ontspande, ging het beter. Zo goed, dat ze meteen weer aan het werk wilde gaan. Iris dacht er echter anders over. Haar collega wilde geen risico's nemen. Aangezien Iris daarnet zo doortastend optrad, leek het haar verstandiger om protest achterwege te laten.
Het was onvermijdelijk dat ze in gesprek raakten. Een fase waar ze eigenlijk helemaal niet in wilde belanden. Ze kende Iris nauwelijks. Van de keren dat ze samen een dienst hadden gedraaid wist ze nog dat het een vriendelijke meid en prettige collega was. Iemand met wie je lekker samenwerkte en tegen wie je na afloop van de vlucht oprecht gemeend zei 'Tot de volgende keer'. Geen vriendin of vertrouwenspersoon, gewoon een leuke collega. Wat haar betrof bleef het hier ook bij.
Ze merkte nu dat ze Iris als de personificatie van de buitenwereld zag. Ze projecteerde haar defensieve houding op een collega die het goed met haar voorhad. Omdat ze met niemand over haar breuk met Ruben kon spreken. Ook niet met haar ouders, bij wie ze zolang was ingetrokken. Omdat ze weigerde deze schatten van mensen met haar problemen op te zadelen, had ze hun een leugentje om bestwil over haar relatie verteld. Ruben en zij waren als goede vrienden uit elkaar gegaan. Hun relatie werkte eenvoudigweg niet. No hard feelings. Totdat ze een appartement had gevonden, bleef ze bij haar ouders in Utrecht wonen. Dat laatste klopte overigens wel.
Terwijl ze boven het noorden van Duitsland vlogen, voelde ze hoe de tentakels van een geestelijke ineenstorting meer en meer vat op haar kregen. Door met Iris te praten wist ze de aanval te pareren. Tijdens dit gesprek, dat meer een monoloog was, had ze wel de tegenwoordigheid van geest om de handrem te hanteren. Ze beperkte haar verhaal tot een opsomming van feiten. Relatie stuk, weer thuiswonend, weinig mensen om mee te praten. Over de werkelijke dieptepunten repte ze met geen woord.
Iris verstond de kunst van het luisteren. De vragen die ze af en toe stel-

de waren merendeels van algemene aard. Vorder je al met het zoeken van een appartement? Heb je vaker last van duizelingen? Ben je al bij je huisarts geweest? Hiermee meed Iris bewust de heikele punten die bij elke relatiebreuk aan de orde waren en zorgde ze dat Dagmar zich steeds meer op haar gemak voelde.

Al met al vloog de tijd voorbij. Johan voorzag zijn extra taken van de nodige kwinkslagen en wist en passant het telefoonnummer te bemachtigen van de leuke jongeman die op stoel 16 A zat. Een ludieke actie die Iris op een soortgelijk idee bracht. Na alle moeite die haar collega voor haar had gedaan, stemde ze direct toe. Ze wisselden onderling hun telefoonnummer uit en gingen gezamenlijk weer aan het werk.

Dagmar liep op haar gemak naar het bemanningscentrum. In tegenstelling tot Iris had ze geen haast. Ze was van plan om eerst een douche te nemen en zich daarna om te kleden. Dan de trein naar Utrecht. Hoe laat ze thuis zou komen was haar om het even.

Met haar ouders had ze meteen de afspraak gemaakt dat ieder zijn eigen leven bleef leven. Dat ze voor een periode bij hen inwoonde, wilde nog niet zeggen dat zij inbreuk op hun levenswijze maakte. Haar ouders gingen er schoorvoetend mee akkoord om geen rekening met elkaar houden. Wat inhield dat zij bij het plannen van hun uitjes niet stiekem een blik op haar rooster wierpen. Hoewel de uitstapjes sinds haar komst ineens verminderden, hielden zij zich op hun manier aan de afspraak.

De afgelopen dagen was het meerdere malen voorgekomen dat vrienden van haar ouders ineens hun wekelijkse bioscoopbezoek of kaartavondje afzegden. Ook gebeurde het dat haar ouders 'toevallig' laat naar bed gingen als zij terugkwam van een avondvlucht. Dat zij tien minuten na thuiskomst een bord eten kreeg aangereikt berustte eveneens op 'toeval'. Precies op die dag bleek hun avondeten verlaat en was er genoeg overgebleven om een half weeshuis van dikke buikjes te voorzien. Het opwarmen ervan was een fluitje van een cent, meldde haar moeder met die speciale gezichtsuitdrukking waarop alleen moeders patent hebben.

De liefdevolle pogingen van beide ouders om het haar zo goed mogelijk naar de zin te maken, konden echter niet voorkomen dat zij er met haar gedachten nauwelijks bij was. Overdag en in de avonduren ging het nog wel. Dan lukte het haar om datgene wat haar werkelijk bezighield in een speciaal compartiment van haar geest weg te stoppen. De sleutel van deze wachtruimte was echter onvindbaar, waardoor pijnlijke herinneringen haar buiten de voorgenomen uren regelmatig bezochten.
De nacht was gereserveerd voor een mengelmoes van zelfkastijding en haatgevoelens waarvan onmacht de voedingsbodem was. Ook zelfmedelijden kwam regelmatig als een ongenode gast voorbij. Meestal beleefde ze de nachtmerrie met geopende ogen. Tranen hadden een dubbelrol. Vijand en bondgenoot. Onweerlegbaar bewijs van verraad; essentieel onderdeel van haar eigen inborst. Tegen het ochtendgloren dommelde ze in slaap.
De klap die Ruben had uitgedeeld verloor met de dag aan importantie. Een vreemde gewaarwording, aangezien zij op die bewuste avond ernstig had overwogen om aangifte te doen. Het ging hier tenslotte wel om mishandeling. En met een man die een vrouw sloeg wisten de meeste agenten wel raad. Daar hadden ze vanzelfsprekend een bloedhekel aan. Met die overheersende gedachte vulde ze twee koffers met kleding om tien minuten later in haar auto te stappen. Andere spullen die haar eigendom waren liet ze staan. Dat kwam later wel. Ze wilde zo snel mogelijk vertrekken.
Op weg naar het politiebureau dienden de eerste twijfels zich aan. Wat haalde ze zich allemaal op haar nek als ze aangifte deed? Sowieso meer ellende van Rubens kant. Die zou het niet bepaald waarderen als de politie hem op dit tijdstip kwam arresteren, toch? Aansluitend vroeg ze zich af of haar kijk op de zaak wel een waarheidsgetrouw scenario was. Lichtte de politie een man van zijn bed die zijn vriendin in een opwelling een klap in haar gezicht had gegeven? Voor zover ze helder kon denken, leek dit inderdaad geen reële optie. De kans was groter dat ze een stapel formulieren in moest vullen om een paar uur later te horen te krijgen dat men nog contact met haar op zou nemen. 'We zijn onderbe-

zet en hebben het erg druk, mevrouw,' hoorde ze in gedachten de een of andere besnorde brigadier verveeld mompelen.
Toen de lichtgevende letters op het politiebureau in zicht kwamen, besloot ze ervan af te zien om aangifte tegen Ruben te doen. Vastbesloten hem op andere wijze aan de schandpaal te nagelen, zette ze koers naar een hotel. Om op dit tijdstip met een gezwollen wang bij haar ouders binnen te vallen was geen goed idee.
Ze pakte de sleutel van haar postvakje. Toen deze in haar rechterhand lag, suisde het even in haar hoofd. Vanwege de lichte duizeling sloot ze haar ogen. Meteen trokken de afgelopen dagen in een flits aan haar voorbij. Onsamenhangende beelden die na enkele seconden abrupt stopten; alsof iemand op een pauzeknop had gedrukt. Op haar netvlies verschenen een glimlachende Iris en Johan. Een opname van het moment dat ze op het punt stonden om weer gezamenlijk aan het werk te gaan, wist ze.
Dagmar knipperde een paar keer met haar oogleden. Het beeld loste op. Ze vroeg zich af of ze dit als symboliek moest interpreteren. Een voorzichtige start ter afsluiting van een nare periode, wellicht? Of draaide ze nu helemaal door en ging ze zich dingen verbeelden?
Ze fronste haar wenkbrauwen en knikte langzaam. Waarom niet? Waarom kon ze dit niet als een aanwijzing opvatten? Er moest toch eens een eind aan deze narigheid komen? Waarom niet hier en nu?! Of stond er soms een bepaalde tijd voor waarin je tegenslagen als deze diende te verwerken? Een afgebakende rouwperiode voor een dom blondje dat er met open ogen was ingetrapt?
Onbewust rechtte ze haar schouders. Ja, dit moest ze als een aanwijzing zien. Niet als een teken, dat klonk zo zwaar op de hand. Dat haar ouders fervente kijkers waren van de serie *Touched by an angel*, was geen garantie voor het verschijnen van een door de Evangelische Omroep gezonden engel die haar pardoes de juiste weg wees. Een aanwijzing, dus. Eentje om heel serieus te nemen en er direct naar te handelen.
Ze haalde diep adem en sprak zichzelf in gedachten vermanend toe. Oké, Dagmar, jij bent er lelijk ingetuind. Uiteindelijk bleek Ruben een

schuinsmarcheerder met dubieuze contacten en losse handjes, in plaats van de ideale man die jij in hem zag. Probeer de gevoelens van vernedering, woede en desolaatheid een plaatsje te geven. Gun hem niet de overwinningslol die hij ongetwijfeld voelt als jij nog verder in je schulp kruipt. Hij heeft eergisteren jouw spulletjes door een verhuisbedrijf in de tuin van je ouders laten zetten. Mocht er ergens in dat vreemd functionerende brein van je een klont hersenen in stilte nog op verzoening hopen, dan kan ik je hierbij melden dat dit uitgesloten is. Jij wilt dit niet en jij doet dat niet. Wat hij denkt zal jou een rotzorg zijn. Het is over en uit. Punt. Jij bent 27 jaar, hebt een prima baan en ziet er volgens menigeen goed uit. Laat Ruben de la Porte naar de hel lopen en pak je leven weer op!

Ze slaakte een zucht. Er was een loden last van haar afgevallen. Het zoveelste bewijs dat de gevechten die je met jezelf voerde de zwaarste waren. Daar kon geen hoogoplopende ruzie aan tippen.

Met het sleuteltje opende ze haar postvakje. Er lag een briefje in met daarop de mededeling dat er bij de administratie post voor haar was. Lichtelijk verbaasd door dit kattebelletje keek ze op haar horloge. Kwart voor vier. Het stond haar vaag bij dat het kantoorpersoneel sinds kort tot vier uur werkte. Ze besloot om eerst haar post op te gaan halen en dan pas te douchen. Ze zou het nog net halen.

'Goedemiddag, ik ben Dagmar Vredeling. Dit lag in mijn postvak.' Ze zwaaide met het briefje naar de vrouw die het dichtst bij haar stond. Met een verveelde uitdrukking op haar gezicht liep de administratief medewerkster haar kant op. Ze wierp een lome blik op de schriftelijke mededeling in Dagmars hand, wandelde in een slakkentempo naar een bureau, trok een lade open en keerde terug met een dunne multomap. Ze legde deze op de balie en sloeg de rode voorkant om. Met de nagel van haar linkerwijsvinger tikte ze op het papier en schoof dit naar Dagmar toe.

'Hier tekenen voor ontvangst.'

Een 'alsjeblieft' kan er op dit tijdstip blijkbaar niet meer af, dacht Dagmar. Ze zei echter niets en krabbelde routinematig haar handtekening op het papier.

De brief die zij kreeg aangereikt kwam van personeelszaken. Op de voorkant stond in keurig getypte letters de naam van de afzender: H. Aalberts, directeur Personeelszaken. Wat Herman Aalberts van haar wilde was haar een raadsel. Promotie? Nee, dat was pas op z'n vroegst over drie jaar aan de orde. Dan was ze acht jaar in dienst en werd normaal gesproken de eerste band op haar uniform genaaid. Verder speculerend over de inhoud liep ze terug naar het bemanningscentrum. Daar aangekomen opende ze de enveloppe en begon te lezen. Na anderhalve minuut viel haar mond letterlijk open van verbazing. Toen ze het schrijven nogmaals las, knarste ze van ongenoegen met haar tanden. Na de derde maal moest ze meerdere malen slikken om zowel het prikkende gevoel van haar ogen als de aanwakkerende storm van woede in haar hoofd te bedwingen.

5

Dagmar parkeerde haar auto in de parkeergarage naast de Kaasmarkt. Na de rit vanuit Utrecht wilde ze eerst een stukje lopen. De Pelikaanstraat was hiervoor uitermate geschikt. Een lange winkelstraat die aan de westkant van de Havenwijk liep. Hier kon ze even haar benen strekken en de wind door haar haren voelen strijken.

Af en toe bleef ze stilstaan voor de etalage van een boetiek. Door de tralies van de neergelaten hekwerken wierp ze een snelle blik op een leuke sweater, de nieuwste spijkerbroekenlijn en pompeuze, zwarte pumps. In vergelijking met de prijzen die de middenstand in wereldsteden rekende, viel het hier reuze mee, dacht ze. Aan de andere kant kon je Leiden geen metropool noemen.

De sfeer in de winkelstraat oogde gemoedelijk. Echtparen genoten gearmd en veelal in stilte van hun wandeling, groepjes studenten wisselden grappen en weetjes uit. Hun luidruchtigheid was gespeend van elke dreiging. Ze hadden simpelweg lol.

De oogopslag van een passerende jongen deed haar inwendig glimlachen. Zijn plotselinge, mannelijke houding werd gelogenstraft door de gretige blik in zijn ogen die zo kenmerkend was voor een knaap van hooguit achttien.

Terwijl ze de omgeving verder verkende, realiseerde Dagmar zich dat het überhaupt een wonder was dat zij nu door hartje Leiden liep. Ze zat lekker in haar vel en had het gevoel dat ze de hele wereld aankon. Vreemd, als je bedacht dat ze vijf uur geleden nog behoorlijk in zak en as had gezeten.

Na het lezen van de brief hadden verbazing, verontwaardiging en woede haar nadrukkelijk vergezeld. In eerste instantie dacht ze aan een geintje, uitgehaald door een collega die haar op een bizarre manier probeerde op te beuren of gewoon in de maling wilde nemen. Toen haar ogen nogmaals over het schrijven vlogen, maakte de verbazing plaats voor verontwaardiging. Dit was geen grap. Sterker nog, de beschuldiging en toonzetting waren uiterst serieus.

In de door Herman Aalberts persoonlijk ondertekende brief, werd melding gemaakt van een tegen haar gerichte klacht door een passagier. Om wie het ging bleef onvermeld. Dat het hier een man betrof, werd duidelijk naarmate ze verder las. Samengevat kwam het er op neer dat de klant haar beschuldigde van seksuele toespelingen. Naast de naam van de passagier, liet Aalberts haar eveneens in het ongewisse over het nummer van de vlucht waarop deze onverkwikkelijke zaak zich zou hebben afgespeeld. Over de sancties die de maatschappij haar oplegde, was hij wel duidelijk. Ze kreeg een waarschuwing. Bij herhaling kon dit omgezet worden in een schorsing, wellicht gevolgd door een gedwongen beëindiging van haar dienstverband.

Van douchen op het werk was niets meer gekomen. Op zoek naar een plek waar ze ongemerkt kon foeteren, was ze ziedend van woede weggelopen. Na een wandeling waarbij de stoom uit haar oren kwam, bereikte ze uiteindelijk het bedrijvenpark. Ondanks de constante stroom van verkeer kon ze hier ongemerkt haar hart luchten. Van de sporadische voetganger die verbaasd naar de scheldende stewardess keek, trok ze zich niets aan. Haar woede over zo veel onrecht moest worden geventileerd.

De verbale uitbarsting ging over in innerlijke rust. Het was alsof er een stop uit haar werd getrokken, waarna stress en ander psychisch gif uit haar lichaam wegstroomden. Terwijl ze naar het perron liep, voelde ze haar strijdlust en weerbaarheid groeien. Een heerlijke gewaarwording.

De voorgevel van De Derde Oktober kwam in zicht. Wat staat me na die vijftig meter te wachten, dacht Dagmar. Een warm onthaal? Scheve gezichten? Een onwennige houding van vrienden die niet weten hoe ze met de nieuwe situatie om moeten gaan? Ach, ze kon speculeren tot ze een ons woog. Eenmaal in De Derde Oktober zou alles zich vanzelf wij-

zen. Het leven zat tenslotte vol met nieuwe ontwikkelingen. Haar verbroken relatie was er daar gewoon één van. Na vanavond wist niemand meer beter dan dat zij vrijgezel was. Zo werkte het gewoon.
Gedurende de treinreis naar Utrecht begonnen haar zaken te dagen die in de afgelopen periode niet bij haar waren opgekomen. Koploper was het sociale contact. In de twee jaar samen met Ruben had ze haar sociale leven volledig aangepast aan het zijne. Voordat ze hem kende had ze nimmer een stap in De Derde Oktober gezet, en van haar huidige vrienden- en kennissenkring nog nooit gehoord. Geheel in de ban van haar relatie had ze zich volledig aangepast aan *zijn* sociale omgeving en was ze in *zijn* vriendenkring geïntegreerd. Haar eigen contacten verwaterden. De mensen met wie ze vroeger omging, waren in een tijdsbestek van twee jaar vreemden voor haar geworden. Daar was zijzelf volledig verantwoordelijk voor. Zij had telefoontjes niet beantwoord, uitvluchten gezocht om afspraken te ontlopen en vage beloften gedaan waarna ze nooit meer iets van zich liet horen. Haar hele vriendenkring bevond zich nu in De Derde Oktober.
Ze slaakte een diepe zucht toen ze op het punt stond om het bruine café te betreden. In de trein en thuis op de bank had deze stap een stuk eenvoudiger geleken. In het kader van haar progressie moest ze er een avondje uit. Gezellig kletsen met haar vrienden. Een betere stap in het helingsproces leek nauwelijks voorstelbaar. Haar ouders hadden instemmend geknikt toen ze over haar plan vertelde. Een jonge meid moest niet zo lang bij de pakken neerzitten, zag ze hen denken. Geniet toch van je leven, kind!
De eerste indruk die ze kreeg voelde vertrouwd aan. Het was druk, zonder dat de mensen tegen elkaar aan geplakt stonden. Drie stappen later keek zij recht in het gezicht van Eric Wevers. De architect knikte haar kort toe en draaide zich een kwartslag om. Aansluitend begon hij een gesprek met Ronald van Wateringen die naast hem stond. In de veronderstelling dat het tweetal haar meteen zou begroeten of aanspreken, vertraagde Dagmar haar pas. Het duo bleef echter in gesprek. Dit gebeurde met zo'n intensiteit dat het er de schijn van had dat ze elkaar

maandenlang niet hadden gesproken. Doordat een groepje dagjesmensen recht voor haar stond, boog Dagmar naar rechts af. Ze passeerde haar twee vrienden nu rakelings.

'Hoi.' Omdat de muziekinstallatie op een aanvaardbaar volume stond, hoefde ze haar stem nauwelijks te verheffen.

'Hallo,' zei Ronald afwezig en ging verder met zijn conversatie. Eric bekeek haar verder niet. Met een air van 'ik heb je al begroet en heb nu andere dingen te doen' luisterde hij overdreven aandachtig naar het relaas van zijn gesprekspartner.

Dagmar dacht: barst maar, en liep verder. Ze kon niet begrijpen waarom de twee zich zo afzijdig, vijandig bijna, gedroegen. Wellicht had een van hen problemen thuis of op het werk, wat zich reflecteerde in zijn houding en die van zijn kroegmaatje. Verder wilde ze er geen woorden of gedachten aan vuil maken. Vrienden genoeg.

Tessa Landgraaf stond op haar vaste plek fanatiek te roken. De afzuiginstallatie verwerkte direct haar afval, zodat andere gasten geen last van haar verslaving ondervonden. In haar glas bevond zich nog een bodempje Baileys. Uit de macht der gewoonte tuitte Dagmar haar lippen. Voordat ze het gebruikelijke 'Ruben' articuleerde, drukte ze haar lippen stevig tegen elkaar. Voorgeprogrammeerde robot, dacht ze en grijnsde een beetje opgelaten. Tessa knikte in haar richting en haalde ongeïnteresseerd beide schouders op. Hierna verlegde ze haar blik naar een begin-twintiger die haar met zijn ogen verslond. De glimlach die ze tevoorschijn toverde was een invitatie waarvan haar bewonderaar gretig gebruikmaakte. Met vier grote stappen stond hij recht tegenover haar, waarna het flirten begon.

Dagmar negeerde het aanzwellende geluid van de alarmbellen in haar hoofd. Tessa was nu eenmaal een vreemde meid van wie je alles kon verwachten. Op dit ogenblik genoot haar aanbidder prioriteit boven de vriendin die ze toevallig een tijdje niet had gezien. Vanuit het oogpunt van Tessa bekeken klonk dit allerminst onlogisch, wist ze zeker.

Op weg naar de tap liep ze bijna tegen de brede rug van vastgoedhandelaar Bas Dijkstra op. Hoewel zij er bijna zeker van was dat hij haar binnen had zien komen, bleef de gebruikelijke, luidruchtige begroeting uit. Het logge lichaam van Bas vertoonde de kenmerken van een standbeeld. Ze twijfelde. Een uitbundig weerzien met de kolos zou op dit moment best leuk zijn, aan de andere kant vond zij het wel prima zo. Ze bevond zich nu in het midden van De Derde Oktober, wat inhield dat door de standaardwelkomstprocedure van Bas alle ogen automatisch op haar gericht zouden worden.

Ze zette het tweeslachtige gevoel van zich af. Door de afwezigheid van Ruben ging dit haar gemakkelijk af. Nu ze zo vlak bij de bar stond, wist ze dat zeker. Er waren geen hoeken meer over waarin of ruggen waarachter hij zich kon bevinden. Het zwaard van Damocles ging terug in het foedraal. Een serie beelden flitste aan haar voorbij. Ruben versierde een vrouw in zijn stamkroeg, nam haar mee naar huis, zwetende lichamen... Haar adem stokte, ze slikte de bittere smaak weg, knipperde met haar ogen om de visuele en imaginaire bagger te dumpen. Het is over, sprak ze zichzelf met krachtige stem in stilte toe. Ieder zijn eigen leven.

'Hallo John, mag ik een mineraalwater van je?' De zelfverzekerde glimlach paste prima bij haar nieuwe imago van zelfstandige vrouw die precies wist wat ze wilde. Ze leunde licht tegen de bar, de nadruk op licht en nonchalant. Met de nagels van haar rechterhand trommelde ze mee met het ritme van de achtergrondmuziek. De gracieuze houding van een onafhankelijke vrouw gaat me gemakkelijk af, dacht ze.

'Alsjeblieft,' zei John. Hij zette het glas en het flesje voor haar neer.

'Hoe is het?' wilde Dagmar weten. Omdat ze niets anders wist te bedenken, nam ze het hoge verplichtingsgehalte van de vraag voor lief.

'Goed,' antwoordde de barman monotoon. Hij pakte twee gebruikte glazen van de toog, spoelde deze om en begon een gesprek met een vrouw die drie meter van Dagmar vandaan stond.

Het geschuif van tafels achter haar was eveneens een uitstekende reden om de barman haar rug toe te keren. Met ongeloof over de naar onbeschoft neigende actie van John, keek ze naar de tijdelijke herinrichting van De Derde Oktober.

Dennis Mouthaan werd door zijn vaste vriendenclub aangemoedigd. Onder een regen van verbale schouderklopjes trok hij zijn colbertjasje uit. Jasper de Bree reikte hem een spierwitte slagersjas aan die met een schaar was bewerkt en zodoende bij Dennis tot zijn dijen reikte. Guido de Kroef zorgde voor een potlood, dat Dennis meteen achter zijn linkeroor stak. Aansluitend deed hij zijn armen over elkaar en keek streng voor zich uit.

'Zullen we vanavond voor de verandering het eten eens niet verklooien, stelletje lamstralen?!' Een wild gejuich overstemde de achtergrondmuziek. Dennis deed drie snelle stappen voorwaarts. Hij keek nu recht in het gezicht van zijn vrouw Ineke die zich door de rijen heen onopvallend naar voren had geschuifeld.

'Kom van je luie reet af, juffie.'

'Yes, chef.'

'Als het hier te snel voor je gaat, kun je beter teruggaan naar Neanderthalerdorp, juffie. Lekker op je gemak bedorven uitsmijters serveren aan de plaatselijke boerenpummels, yes?'

'Yes, chef.'

'Kijk of de ovens op de juiste temperatuur zijn, trut.'

'Yes, chef!'

Dennis draaide zich om en maakte een ongeduldig gebaar naar Jasper de Bree.

'Kom hier, sufferd.'

'Yes, chef.'

'Twee sterrenkoks hebben vanavond om acht uur gereserveerd, tafel zeven. Als ik ook maar een halve klacht over hun lippen hoor komen, kook jij morgen soep bij de voedselbank, yes?!'

'Yes, chef.'

'Dring ik werkelijk tot die botte hersens van je door, sufferd?'

'Yes, chef.'

'Mooi. En nu opgesodemieterd.'

'Yes chef!'

Dagmar lachte ingetogener dan de rest. Ze kende de Gordon Ramsayimitatie van Dennis. Vanwege het hoge improvisatiegehalte bleef de act echter grappig. Vereiste was wel dat je een slok op had of in een goede stemming verkeerde. Aangezien geen van beide op haar van toepassing was, kon er slechts een dunne glimlach vanaf.

Ruim een jaar geleden was het nummertje ontstaan. In een dronken bui bewees Dennis dat hij niet alleen sprekend op de topkok leek, maar hem eveneens perfect kon imiteren. Zijn eerste stappen op het cafépodium werden begeleid met Engelse teksten, zodat de imitatie authentieker overkwam. Vanwege de taalbarrière bij sommige toehoorders én het feit dat Dennis tijdens zijn performance altijd flink aangeschoten was zodat hij vaak in een onverstaanbaar gemompel verviel, besloot men hiervan af te stappen.

'De eerste bestelling voor vanavond,' brulde Dennis. 'Tafel negen. Driemaal de zwezerik en tweemaal coquilles.'

'Yes, chef,' antwoordden Ineke en Jasper gelijktijdig.

'Verbaas me, zooitje nietsnutten.'

Terwijl Ineke en Jasper onder toezicht van een streng kijkende Dennis druk boven denkbeeldige ovens en fornuizen aan de slag gingen, liet Dagmar zo onopvallend mogelijk haar blik langs haar vrienden glijden. Jan Middendorp en zijn vrouw Yvonne keken met een schuin oog naar Dennis' performance. Tussendoor babbelden ze geanimeerd met Steven Godemans en zijn echtgenote Josine. Ze stonden recht tegenover de bar, maar wisten op de één of andere manier hun houding zo aan te passen dat hun oogopslag die van haar steeds ontweek. Na twee minuten vond Dagmar het welletjes. Blijkbaar had het viertal geen behoefte aan contact buiten hun kleine kringetje om. Ze keek naar rechts.

'Juffie!'

'Yes, chef.'

'Als ik rauw lamsvlees wil, ga ik wel bij de buren eten, yes? Donder dit maar weg. De zoveelste verliespost sinds jij hier werkt. Niet dat het je ene moer kan schelen, ongemotiveerd kreng!'

'Yes, chef!'

'... *What a fucking mess.*'

Claire Beemsterhaag zag het niet meer zo helder. De gescheiden redactrice van een modeblad stond naast een man die Dagmar nog nooit eerder had gezien. Claire lachte schaapachtig. Een wijze van grinniken die structureel werd naarmate haar alcoholconsumptie steeg, wist Dagmar. Zo te zien had haar vriendin al de nodige glazen witte wijn achterovergeslagen.
Zoals bij iedereen in de De Derde Oktober het geval was geweest, had Ruben haar een kleine twee jaar geleden aan Claire voorgesteld. Het klikte direct. Sindsdien hadden zij talloze avonden enorm met elkaar gelachen. Claire was een spontane vrouw met het hart op de tong. Een karaktereigenschap die enkel tijdens een bezoek aan de kroeg boven kwam drijven. Als zij de verhalen mocht geloven, was Claire gedurende werktijden een heuse bitch.
In de veronderstelling van een soortgelijke respons, glimlachte Dagmar breeduit naar haar vriendin. Claire keek haar echter met een glazige blik aan. Van enige herkenning leek geen sprake. De vrouw met wie zij veel diepgaande, en nog veel meer hilarische gesprekken had gevoerd, keek langs haar heen. Mocht ze nog haar twijfels hebben over deze merkwaardige houding, dan meldde Claire's provocerende lichaamstaal overduidelijk dat het opzettelijk gebeurde.
'Bediening!'
'Yes, chef.'
'Jij bent de schakel tussen de keuken en gasten, lamlul. In sommige gevallen naar de klanten toe zelfs het gezicht van mijn restaurant.'
'Yes, chef.'
'Dus behandel de borden die geserveerd moeten worden in het vervolg met meer respect en tover een goddelijke glimlach op die ongure tronie van je.'
'Yes, chef.'
'Oplazeren, mafkees.'
'Yes, chef!'
Tessa reageerde ongeïnteresseerd op haar binnenkomst, de reactie van Ronald en Eric was meer dan stroef te noemen, dikke Bas nam niet

eens de moeite om haar gedag te zeggen, Johns begroeting was een regelrechte belediging, Jan, Yvonne, Steven en Josine ontweken haar bewust en in de blik van Claire ontbrak elke vorm van vriendschap. Wat was hier in godsnaam aan de hand?

Ze nam een slok van haar mineraalwater. John stond nog steeds met de onbekende vrouw te praten. Het was duidelijk dat hij er niet over peinsde om haar kant op te komen, laat staan een gesprek aan te knopen. De knoop in haar maag werd verder aangetrokken door onbegrip, verontwaardiging en verdriet. Dit waren dus haar zogenaamde vrienden. Met deze mensen was ze twee jaar lang bijna dagelijks opgetrokken. Dezelfde mensen die haar nu behandelden alsof ze lucht was. Zwaar verontreinigde lucht die je verstikte als je ermee in aanraking kwam of er zelfs maar naar keek. Ze slikte om de emotionele brok in haar keel weg te krijgen.

Ruben, rotschoft die je bent. Wat heb jij ze in 's hemelsnaam verteld?

'Juffie.'

'Yes, chef.'

'Kijk me aan als ik tegen je praat, stomme koe.'

'Yes, chef.'

'Jij bent een belediging voor het vak, juffie.'

'Yes, chef.'

'Jouw maaltijden zijn een parodie op de kookkunst en je krijgt het ook nog voor mekaar om langzamer te bewegen dan een stokoude schildpad die net de oceaan is overgezwommen, yes?!'

'Yes, chef.'

'Lik m'n reet met je "yes, chef". Ik zie in je ogen dat je er geen zak van meent. Jij vindt jezelf namelijk de beste kok ter wereld, juffie. En met die grote, bruine kijkers denk jij iedereen voor je te kunnen winnen. Nou, dat kun je bij mij wel vergeten, trut. Ik ben niet zo achterlijk als die kerel van je. Die sukkel geniet nog van een tongzoen als jij even daarvoor bent vreemdgegaan.'

'Yes, chef!'

Haar hart miste drie slagen. De wereld tolde. Ze dwong zichzelf niet te

opzichtig naar adem te happen. De nagels van haar rechterhand schraapten langs de houten toog. De splinters die onder haar nagels en in haar vingertoppen drongen, verwelkomde ze als ware vrienden. De pijn hield haar bij haar positieven en vervlakte het schaamtegevoel.
Tijdens de laatste zin had Dennis zijn hoofd een kwartslag gedraaid en haar recht aangekeken. De afschuwelijke woorden waren voor haar bedoeld. Daarover bestond geen enkele twijfel. Hij had nadrukkelijk haar blik gezocht en de belediging uitgesproken. Dit was geen onderdeel van de Gordon Ramsay-act, maar een rechtstreekse aanval. Gericht aan de paria van De Derde Oktober. De lachsalvo's hadden luid geklonken. Met name uit de monden van hen die ze ooit als haar vrienden had beschouwd.
Dagmar legde een briefje van vijf euro neer. Met haar blik op oneindig liep zij rechtstreeks naar de uitgang. De kracht waarmee ze haar omgeving wist te negeren, putte ze uit een reservebron.
Geen tranen.
Geen scène.
Ik neem mee wat er nog van mijn waardigheid over is.
Ik verlaat dit hellekrocht met opgeheven hoofd.
Lach maar, beschimp maar, veroordeel maar.
Mijn haat is toch groter dan jullie lol.
Ik hoop dat jullie ooit een pijnlijke dood sterven.

6

Herman Aalberts stond op en schudde haar de hand. Zijn glimlach was innemend.
'Hallo Dagmar, neem plaats.'
Ze ging recht tegenover de directeur Personeelszaken zitten. Het was onvermijdelijk dat haar blik direct naar zijn bureaublad werd getrokken. Zelden had ze zo veel verschillende artikelen op een bureau zien liggen. De fotolijsten, paperclips, vier multomappen, drie mobiele telefoons en een vuurrode lunchbox werden omringd door koffiebekertjes, pakjes kauwgom, losliggende vellen en tientallen pennen.
'Wat een bende, hè?' sprak Aalberts op luchtige toon.
'Ik functioneer echter het best als ik zoveel troep om me heen heb verzameld. Heeft waarschijnlijk met de situatie thuis te maken. Mijn vrouw is een echte perfectionist die elk kruimeltje opspoort en vernietigt.'
Hij haalde zijn schouders op en grijnsde.
'Ach, iedere gek heeft tenslotte zijn gebrek. Ik vorm daarop geen uitzondering.'
Door deze merkwaardige, bijna familiaire ontvangst, viel er een last van haar schouders. De verhalen die over Herman Aalberts de ronde deden mochten dan zonder uitzondering positief zijn, hij bleef wel directeur Personeelszaken. En de reden waarvoor zij hier zat, was er een waarvan je niet vrolijk werd.
Blijkbaar had Aalberts een andere visie op deze zaak, want hij glimlachte. Dit correspondeerde overigens weer wel met hetgeen zij in de wandelgangen over hem had opgevangen. Herman Aalberts had Nijenrode gedaan. Na de afronding van zijn studie was hij in het bankwezen beland. Geheel tegen de verwachting in sjeesde deze briljante student in

de wereld die strak werd geregeerd door werkweken van honderd uur, louche deals en heel veel geld. Aalberts crashte en kwam zelfs in een psychiatrische inrichting terecht. Via wat omwegen belandde hij bij de vliegtuigmaatschappij, waar hij sinds vijf jaar de functie van directeur Personeelszaken bekleedde. De mensen uit zijn directe werkomgeving liepen met hem weg. Hij was een man met een sociaal gezicht die altijd zijn uiterste best deed om werknemers van dienst te zijn en hij sprong regelmatig voor hen in de bres.

'Sorry dat het een week duurde voordat we met elkaar aan tafel konden,' verontschuldigde Aalberts zich. Hij grijnsde breeduit.

'Het was zo druk, dat ik zelfs geen tijd had om mijn bureau op te ruimen.'

Er verscheen een voorzichtige glimlach rond Dagmars lippen. Ze voelde zich al wat meer relaxed.

'Dagmar, we hebben een serieus probleem,' sprak hij op rustige toon. De glimlach had plaatsgemaakt voor een neutrale gezichtsuitdrukking.

'Daarvoor zit ik hier,' antwoordde ze. 'Die beschuldiging van seksuele toespelingen is het meest belachelijke wat ik ooit heb gehoord. Tijdens mijn werk heb ik mij nooit aan dat soort zaken schuldig gemaakt.' Ze liet een stilte vallen. 'En daarbuiten evenmin. Dat zit gewoon niet in mijn karakter.'

Aalberts knikte begrijpend.

'Ik heb jouw staat van dienst bekeken. Die is echt uitstekend te noemen. Daarom verbazen deze akkefietjes mij ook zo. In een kort tijdsbestek zijn ze bij wijze van spreken zomaar uit de lucht komen vallen. Daarbij druist het helemaal tegen jouw carrièreloop in. Nooit is er iets op jouw functioneren aan te merken geweest.'

Dagmar fronste haar wenkbrauwen.

'Wat bedoelt u met akkefietjes? We hebben het toch over één vermeende klacht van seksuele toenadering?'

Aalberts zuchtte diep. Aan de pijnlijke uitdrukking op zijn gezicht las ze af dat hij met haar meeleefde. Als reactie hierop gingen de haartjes op haar armen spontaan overeind staan.

'Gisteren hebben wij een tweede klacht over jou ontvangen. Om het nog erger te maken, ging het ditmaal gepaard met bewijs.' Terwijl hij het laatste woord uitsprak, maakte Aalberts met de wijs- en middelvinger van beide handen het 'tussen haakjes'-gebaar. Uit de rechterla van zijn bureau haalde hij een doorzichtige map waarin een papiertje zat.
'Dit is jouw handschrift. Dat hebben we gecheckt op de administratie. Eerder door jou ingevulde formulieren getuigen van een identiek handschrift.'
Dagmar was te verbouwereerd om een woord uit te brengen. Ik droom, ging het door haar heen. Ik zit midden in een nachtmerrie en word zometeen wakker. Hopelijk kan ik er straks om lachen.
'Ter ondersteuning van zijn klacht, liet de klant dit briefje bij ons achter. Tevens meldde hij dat de stewardess in kwestie hem de prijzen voor haar seksuele diensten had ingefluisterd. Haar opgespelde reversbordje vermeldde de naam D. Vredeling.'
'Wát?! Zijn jullie soms helemaal gek geworden?! Dat briefje heb ik tijdens de vlucht Stockholm-Amsterdam aan mijn collega Iris van der Heide gegeven. We wisselden telefoonnummers uit.'
De wenkbrauwen van Aalberts schoten omhoog.
'Kunnen naast Iris nog anderen dit bevestigen?'
'Zeker weten. Johan de purser... eh... Johan Tervoort. Hij heeft precies hetzelfde briefje ontvangen.'
Terwijl Aalberts de informatie op een rondslingerend velletje noteerde, graaide Dagmar met de vingers van haar linkerhand in haar tas. Ze haalde haar opschrijfboekje tevoorschijn en slaakte een triomfkreet van opluchting.
'Alsjeblieft. Precies dezelfde papiertjes met daarop de nummers van Iris en Johan.' Ze trok de twee briefjes tussen de pagina's vandaan en wapperde er opgetogen mee.
Aalberts had aan een snelle oogopslag genoeg om te concluderen dat zij de waarheid sprak.
'Perfect,' mompelde hij. 'Daar kan ik wat mee.'
Hij vouwde het papiertje op, pakte de twee blaadjes uit Dagmars vin-

gers en stopte het minipakketje zorgvuldig in de binnenzak van zijn colbert. Hierna legde hij beide handen op het bureau en keek Dagmar doordringend aan.

'De discrepantie tussen de twee dingen die ik je nu ga zeggen is gigantisch. Aan de ene kant heb ik een bijzonder teleurstellende mededeling voor je, terwijl ik je dringend vraag mij te vertrouwen.'

Dagmar trok een verwonderd gezicht.

'Wat bedoelt u? Alles is nu toch duidelijk? Men probeert mij zwart te maken en het bewijs daarvan hebt u in uw binnenzak.'

Aalberts schudde van nee.

'Zo simpel ligt het helaas niet, Dagmar. Ik ben onderdeel van de directie, maar heb in dit soort aangelegenheden geen individuele bevoegdheid. Waarmee ik aan wil geven dat ik persoonlijk geen directiebesluit ongedaan kan maken.'

Zijn rechterhand schoot omhoog. Een bezwerend gebaar volgde.

'Nog niet, begrijp me goed. Ik zal alles doen wat in mijn macht ligt om jouw onschuld aan te tonen. Daarom vroeg ik daarnet of jij mij wilde vertrouwen.'

Door zijn gereserveerde manier van spreken en dito lichaamstaal rees bij haar het vermoeden dat er meer aan de hand was. Verbale schermutselingen die langzamerhand toewerkten naar het moment waarop een vervelende boodschap werd gebracht.

Uit de linkerla van zijn bureau haalde Aalberts een brief. Met samengeperste lippen schoof hij deze naar haar toe.

'Naar aanleiding van de klachten heeft de directie besloten om jou met ingang van vandaag twee weken te schorsen. De exacte beweegredenen staan hierin omschreven.'

Hij beet met zijn voortanden op zijn onderlip.

'Het spijt me, Dagmar.'

Ze legde haar rechterhand op de brief en bleef onbeweeglijk voor zich uit staren. In haar hoofd woedde een oorlog. Adviezen, scenario's en beschuldigingen vochten tegen de totale ontreddering. Een kansloze strijd. Op het slagveld van haar eigen geest verloor ze van zichzelf. Ze boog haar hoofd. In drie weken tijd was haar relatie op de klippen gelopen, hadden zogenaamde vrienden haar tot sociale paria gedegradeerd, werd ze beschuldigd van seksuele toespelingen en stond haar baan op het spel. Het was teveel. Elk vertrouwen in een goede afloop glipte door haar poriën naar buiten. Op zoek naar iemand met een heuse toekomst. Een vrouw wier abonnement niet door God was opgezegd, bijvoorbeeld.

'Jezus, meisje. Rustig maar.' Herman Aalberts was om zijn bureau heengelopen en legde een arm om haar schouders.

'Ik beloof je dat ik alles zal doen om je te helpen, Dagmar. Ik geloof, nee, ik weet dat jij het slachtoffer van een heel gemeen spelletje bent.'

Ze knikte afwezig.

7

De leuke zomerjurken golden als alibi. Ze bekeek zichzelf in de etalageruit en zag wat ze al verwachtte. Of eerder waar ze bang voor was. Een uitgerangeerde vrouw van achter in de dertig, wellicht begin veertig. Een meter zeventig, blond haar dat alle kanten op stond en een fletse oogopslag. Een serieus hoopje ellende, dus. Gehuld in een lompe jas die haar een peervormig figuur bezorgde met daaronder zwarte laarzen die in een ander decennium als modieus golden.

Je hebt nog meer groeven in je gezicht dan Viola Holt, dacht ze. Ze kon het niet opbrengen om haar cynisme van een begeleidende grijns te voorzien. Daarvoor was de gechargeerde conclusie te pijnlijk.

Dagmar draaide zich abrupt om. Ze had genoeg van haar spiegelbeeld en de bijtende zelfspot die werkelijk zeer deed. Ze begaf zich tussen het winkelende publiek. Volle tassen, rinkelende telefoons en iPods. Ongeduld, tijdgebrek en de voortdurende behoefte aan digitale communicatie. De Oude Gracht in Utrecht, vijf uur 's middags. Ontheemd in je geboorteplaats.

Het was onmogelijk om van de sfeer te genieten als je jezelf niet toestond deze te voelen, laat staan ervan te proeven. Het leven trok in beelden langs haar heen. Ze rook de geuren zonder deze daadwerkelijk op te snuiven. Ze maakte deel uit van het geheel terwijl ze geen moment het idee kreeg er bij te horen. Alleen op de wereld. Vergeleken met mij was die Remy een drukbezet baasje, dacht ze emotieloos.

Het maalde constant in haar hoofd. Drijvende eilandjes van gedachten in een oceaan vol rotsvaste vraagtekens. Verwarring. De ideale manier om jezelf continu buitenspel te zetten.

Na het gesprek met Herman Aalberts had ze een tijdje doelloos rondgereden. Totaal verbijsterd en volkomen kapot van de schriftelijke mededeling van de directie. Twee weken schorsing, waarna een mondeling onderhoud met een commissie volgde. Hierin kon zij haar kant van de zaak kenbaar maken. In de tussentijd stond zij op non-actief en onderzocht het bedrijf de mogelijkheden voor een ontslagprocedure.

'Het is toch ongelofelijk!'

Een bejaarde vrouw die naast haar liep, schrok van de heftige woorden die tegen niemand in het bijzonder gericht leken. Ze keek argwanend opzij en versnelde haar pas. Dagmar zag vanuit haar ooghoek de reactie maar besteedde er verder geen aandacht aan. Ze had haar portie vreemde blikken allang gehad. Deze kon er ook nog wel bij.

Ontelbare keren had ze zichzelf voorgehouden dat Ruben de kwade genius was. Het kon gewoon niet anders dan dat hij deze ellende in scène had gezet. Wat in deze redenatie echter ontbrak was het grote waarom. Al die moeite om haar een trap na te geven? Nee, dat leek erg onwaarschijnlijk. Het was trouwens een dagtaak om zo veel desinformatie te creëren, verspreiden en te coördineren. Daar had hij gewoonweg de tijd niet voor. Althans, daar ging zij vanuit.

De enige mogelijkheid die overbleef was de enveloppe met geld. Gemakshalve nam zij aan dat het smeergeld was. De belachelijke reactie van Ruben nadat zij hem ermee confronteerde, sprak wat dat betrof boekdelen. Maar dan nog... De wereld hing van omkoping aan elkaar en zo'n gigantisch bedrag was het nou ook weer niet. In elk geval niet hoog genoeg om zo veel stampij te veroorzaken. Als hij achter dit plan zat, dan stond de moeite die hij erin had gestopt niet in verhouding tot het geldbedrag. Daar kwam bij dat Ruben nooit een verklaring over de enveloppe had gegeven. Misschien was het wel bedoeld voor een personeelsfeestje of bleek het uiteindelijk de opbrengst van een inzamelingsactie van klanten voor een ziekenhuis in Rwanda te zijn. Een liefdadigheidsproject waaraan hij nog geen ruchtbaarheid wilde geven. Ruwe bolster, blanke pit.

Hou op, zeg! Zijn enige definitie van liefdadigheid is eigenbelang.

Mocht er al een lijn in haar denken zitten, dan werd deze vanaf dit punt ontrafeld. Hieruit bleek dat haar uitgangspunten dus van geen kant klopten. Als je alles op een hoop veegde, kon je slechts concluderen dat Ruben hier part noch deel aan had. Toch kon het haast niet anders of Ruben had de regie van die beschamende vertoning in De Derde Oktober in handen gehad. Dit gaf aan dat hij heel ver durfde te gaan. Waar lag zijn grens? Was hij toch de kwade genius achter de ineenstorting van haar leven?

'Daar gaan we weer,' zuchtte ze.

'Dagmar!' Omdat ze haar geest min of meer had afgesloten voor de buitenwereld, drong de enthousiaste kreet nauwelijks tot haar door.

'Hé Dagmar!' Ze schrok toen een hand plotseling haar linkerarm vastgreep. Het waas van overpeinzingen scheurde, waardoor ze weer bewust met twee benen op de Oude Gracht stond.

'Tijd niet gezien. Hoe is het ermee?'

De omschakeling duurde even. Verwarring, herkenning, verbazing.

'Marianne,' sprak ze op vaststellende toon. Haar emotie moest nog een plek in haar stem vinden.

'Dat is zeker een tijd geleden.'

'Een jaartje of drie,' antwoordde Marianne ten Broeke. Ze glimlachte breeduit.

'Kom op, dit moeten we vieren.' Ze wees met haar rechterwijsvinger naar de overkant van de gracht.

'Daar zit een lunchroom. Kunnen we een bakkie koffie doen.'

Voordat Dagmar de kans kreeg om te reageren, trok Marianne haar mee. Het 'Wat is dit leuk, joh,' leek recht uit haar hart te komen.

Het tijdstip en het mooie weer waren in het nadeel van de lunchroom. Hierdoor vonden ze moeiteloos een plaatsje bij het raam.

'Ik wil alles weten,' sprak Marianne gretig. 'Mannen, werk, mannen en mannen.'

Voor de eerste maal verscheen er rond Dagmars mondhoeken iets wat op een glimlach leek.

'Jij eerst,' zei ze. 'Nog in de reiswereld?'

Een bevestigende knik volgde.

'Ik doe nog steeds hetzelfde werk. Verleden jaar heb ik eindelijk promotie gekregen. Hoofd reisleiding op Mallorca. Een hele mond vol, maar het stelt eigenlijk weinig voor. Problemen van gasten oplossen en die meiden aan het werk houden, daar komt het wel zo'n beetje op neer.'

'Ik kan me nog herinneren dat je op Rhodos zat,' zei Dagmar. Herinneringen kwamen stap voor stap terug. Ze kende Marianne een jaar of zes. Toen ze nog bij haar ouders woonde, had ze de gezellige flapuit in een café hier in Utrecht leren kennen. Dagmar was daar samen met een vriendje dat veel teveel dronk en baldadig werd. Toevalligerwijze had Marianne hetzelfde probleem met haar date en raakten ze in gesprek. Terwijl beide vriendjes elkaar met de stoerste verhalen bestookten, hadden zij alsnog een gezellige avond. Het klikte meteen. Na afloop wisselden ze telefoonnummers uit en beloofden te bellen.

'Na Rhodos kwam Villach in Oostenrijk, daarna Ibiza, gevolgd door de Franse Alpen. Tijdens mijn verblijf op Mallorca besloot de leiding om er iemand het hele jaar door te stationeren. Ze vroegen mij en ik zei ja. Ik zit er nu ruim een jaar en het bevalt me prima.'

Dagmar knikte driftig. Het enthousiasme van haar tafelgenoot was overgesprongen. Voor even waren haar problemen van latere zorg. 'Wat een geluk dat jij daar precies op het goeie moment zat én dat ze jou vroegen.'

'Dat was inderdaad puur geluk. Bijna alle bestemmingen zijn namelijk seizoengebonden. Zomer of winter. In de winterperiode is het bijvoorbeeld laagseizoen op de Balearen en halen de touroperators hun werknemers daar weg. Het overgrote deel van de reisleiders werkt op een halfjaarcontract. Na de zomer worden ze op een winterbestemming geplaatst. Is er echter een dip qua boekingen, dan hebben ze pech gehad. Zijn ze een halfjaar werkloos.'

'Waarom besloot de leiding dan om iemand pertinent op Mallorca te houden?' wilde Dagmar weten.

Mariannes rechterduim en -wijsvinger speelden met haar bruine lokken. Een gewoonte die Dagmar nog van vroeger kende. Oude beelden van de leuke tijd die ze samen hadden flitsten voorbij. Ze realiseerde zich dat het niet haar verdienste was dat ze hier zo gezellig zaten te kletsen. Ook Marianne behoorde tot haar vroegere vriendengroep die ze op een schandalige wijze in de steek had gelaten. Eigenlijk was het een klein wonder dat ze nog met haar wilde praten.

'Het fijne weet ik er natuurlijk niet van, dat wordt tenslotte op directieniveau bepaald. Mij hebben ze verteld dat men nu Mallorca een te grote bestemming vindt om in de winter onbezet te laten. Het aantal overwinteraars stijgt. Aan deze mensen willen ze toch een bepaalde service bieden. Goed voor de naam van de touroperator, is de achterliggende gedachte. Daar komt bij dat ze twee jaar geleden drie appartementencomplexen hebben gekocht. Tijdens de renovaties heb ik tussen november en april veel contact met de beheerders. Zeg maar een soort van oogje in het zeil houden.'

Nadat ze bij de serveerster twee koffie hadden besteld, trommelde Marianne ongeduldig met haar vingers op tafel.

'Genoeg over mij. Woon je nog samen met die... eh... Ruben?' Ze glimlachte verontschuldigend. 'Ik kon in de haast niet op zijn naam komen. Stom, hè?'

Al die tijd dat ze zaten te praten had ze het geweten. De confrontatie met haar verleden was onontkoombaar. De naam Ruben zou ter sprake komen. Met de naïviteit van een peuter die op een voetbalveld verstoppertje wil spelen, had ze in stilte gehoopt dat Marianne het woord zou blijven voeren. Dat ze onder het koffiedrinken kon blijven luisteren, om na een halfuurtje op te staan en afscheid te nemen met de belofte elkaar weer gauw te bellen. Je kon het niet eens onnozel noemen, ze had gewoon een betonnen plaat voor haar hoofd.

'Ruben en ik...' Waar ze zo bang voor was gebeurde. Ze viel stil. Haar adem haperde, de woorden stokten, haar lippen weigerden dienst. Geen leugens meer. Het was al erg genoeg dat ze haar ouders had wijsgemaakt dat ze twee weken vakantie had opgenomen om eens lekker bij te komen. Uitrusten? Ze was verdomme een neurotisch wrak!

Marianne legde haar rechterhand op de linker van Dagmar. Van het

ene op het andere moment leek ze in niets meer op de vrolijke jonge vrouw die door het leven heen zweefde. In haar oogopslag stond zowel bezorgdheid als medeleven te lezen.
'Wat jij wilt, Dag. We kunnen ook over het weer praten. Ik luister of praat. Waar jij je het lekkerst bij voelt, oké?'
Dagmar haalde een tissue uit haar tas en snoot haar neus. Ze zat aan haar taks. Mooi weer spelen was een gepasseerd station. Ze had zichzelf al lang genoeg pijn gedaan. De frustraties moesten eruit. Wellicht was de tegeltjeswijsheid wel waar. Na regen kwam immers zonneschijn en van het concert des levens kreeg niemand een program. Dat laatste klopte in elk geval. Bestond er ook een spreekwoord dat opluchting beloofde? Lucht je hart en omhels de verademing, wellicht?
Ze keek Marianne aan en deed wat haar hart haar ingaf.
'Ruben en ik zijn uit elkaar, ik sta op het punt om ontslagen te worden en heb geen vrienden meer over.' Ze vocht tegen haar tranen. 'Zo, nu weet je het. Dagmar Vredeling is een hoopje ellende dat de hele dag in zichzelf praat. De enige uitweg die ik zie is een gat dat met het uur dieper wordt.'
Ze schudde vertwijfeld haar hoofd. 'Da's nog eens een leuke binnenkomer, nietwaar?'
Marianne trok haar linkermondhoek op en grijnsde.
'Het had stukken slechter gekund.' Aansluitend wreef ze over de rug van Dagmars linkerhand.
'Het hoge woord is eruit. Gooi alles wat je verder nog dwarszit maar op tafel. Ik heb de tijd.'
Het kostte Dagmar ruim een kwartier om haar verhaal te vertellen. Ze begon bij die noodlottige avond waarop ze Ruben betrapte en eindigde bij de brief die haar schorsing aankondigde. Zonder enige terughoudendheid legde ze haar hele hebben en houden op tafel en ze voelde zich met de minuut beter. Marianne hield woord door te luisteren en haar niet te interrumperen.
'Het zal best achterlijk klinken, maar wat lucht dat op. Dit is de eerste keer dat ik mijn verhaal kwijt kan, weet je. Ik ben echt wekenlang met

mezelf in gesprek geweest. Geloof me, daar word je op den duur stapelgek van.'

Marianne nam een slok van haar koffie en likte met het puntje van haar tong heel even over haar lippen. Terwijl ze door het raam naar buiten keek, kneep ze haar oogleden enkele centimeters toe. Haar denkgezicht, herinnerde Dagmar zich direct.

'Dus jij hebt jouw ouders wijsgemaakt dat je twee weken vrij bent?'

'Ik durfde ze de waarheid niet te vertellen. Dan slapen die mensen geen nacht meer.'

'Om een beetje bij te komen?'

'Ja, dat was het eerste wat in me opkwam.'

'Da's dan precies wat je gaat doen.'

'Hoe bedoel je?'

'Lekker op vakantie, natuurlijk.'

Dagmar keek haar vriendin verbaasd aan.

'Op vakantie? Waarheen moet ik op vakantie? Ik ben overal al geweest.'

Marianne trok zich niets aan van haar verweer. Er speelde een grappig, zelfingenomen lachje rond haar lippen.

'Wat dacht je van Mallorca?'

8

Dagmar parkeerde haar auto in een zijstraat van de Atoomweg. Toen ze uitstapte rook ze direct de benzinedampen en hoorde ze het blikken gezoem. Het industrieterrein Lage Weide lag pal aan de A2. Geruis op de achtergrond en de onfrisse uitstoot van het verkeer wezen de bezoekers daar voortdurend op. Voor de mensen die hier hun brood verdienden was het dagelijkse kost. Na een werkweek in dit verontreinigde hart van Nederland wisten ze niet beter. Je kon het enigszins vergelijken met mensen die onder aanvliegroutes van Schiphol woonden. Bij dichte mist stoorden zij zich aan de natuurlijke stilte die er in het gebied hing.
Het adres dat ze had opgekregen was een pand waarin meerdere bedrijven kantoor hielden. Naast elk naambordje bevond zich een bel. Zij drukte op het knopje rechtsonder, naast het witte plaatje waarop in zwarte letters ONDERZOEKSBUREAU TIMMER stond vermeld. Gezoem. Ze drukte op de deur die als vanzelf openging.
Het bureau waar zij werd verwacht bevond zich op de eerste verdieping. Een moderne wenteltrap vormde de verbinding met de begane grond. De hal was klein en brandschoon. Terwijl ze haar rechtervoet op de eerste traptrede zette, zette de twijfel aan voor een slotoffensief. Haar linkervoet bleef op de tweede tree staan, haar rechter sloot aan. Ze stond stil, probeerde rustig te ademen en overwoog voor de laatste maal de beslissingen die ze binnen enkele uren had genomen.
De ontmoeting met Marianne had haar een mentale oppepper bezorgd. Mariannes natuurlijke mengeling van nonchalance en optimisme was de perfecte tegenhanger van haar eigen mentale gesteldheid. In de ban van de hoop die haar donkere psyche op deed lichten, boekte ze via internet een retourtje Mallorca. Haar vlucht stond voor overmorgen

gepland. Tien over elf vertrek, aankomst twee uur 's middags. Marianne had haar nadrukkelijk verboden een accommodatie te boeken. Met haar connecties zou zij ter plekke een prima slaapplaats regelen.
Haar terugkerende opgewektheid versterkte ook haar zelfverzekerdheid. Naast de korte break wilde ze ook een constructieve actie ondernemen waarvan ze op de lange termijn de vruchten kon plukken. Nadat ze het ticket had geboekt, begon ze in het telefoonboek te bladeren. Ze had hulp nodig.
Hoewel het tegen achten liep, werd er meteen opgenomen. Een mobiel nummer dat vierentwintig uur per dag bereikbaar was, zo meldde de kleine advertentie. Met een stem die gevoelsmatig nauwelijks de hare was, maakte ze een afspraak. De donkere bariton aan de andere kant van de lijn hield het kort en zakelijk. Op zijn kantoor zouden zij op de details ingaan. Goedenavond en tot morgen, mevrouw.
Naargelang de avond vorderde, temperde de euforie. Tijdens het doelloos staren naar de televisie, dacht ze terug aan haar ontmoeting met Marianne. Gespreksflarden werden na verloop van tijd hele conversatiedelen. Hoewel het goede gevoel hierover overheerste, keerde een bepaalde passage steeds weer terug.
Na haar aanvankelijk verbaasde reactie over het voorstel van Marianne om op Mallorca uit te blazen, werd ze meer en meer enthousiast over het idee. Bij haar vriendin leek dit echter precies het tegenovergestelde. Alsof zij in de waan van het moment voor haar beurt had gesproken.
Uiteindelijk had ze de knoop doorgehakt en Marianne gebeld. Het laatste wat ze wilde was in de rol van ongenode gast kruipen. Gelukkig verklaarde Marianne haar direct voor gek. Haar vriendin bezwoer dat zij zich er enorm op verheugde om haar het eiland te laten zien. De schaduw die tijdens het gesprek even over haar gezicht was getrokken had met haar oma te maken. Daar ging het slecht mee, wat de hoofdreden voor haar spoedbezoek naar Nederland was geweest. Nadat ze hadden afgesproken dat Marianne haar op het vliegveld van Mallorca op zou komen halen, verbrak ze opgelucht de verbinding. Het stemmetje vanuit de verte dat haar meldde dat Marianne in de lunchroom niets over

haar oma had gezegd, negeerde ze. Tenslotte kon je op alle slakken wel zout leggen.

Ze werd ten onrechte beschuldigd door haar werkgever, maar kon in haar eentje het gevecht nooit winnen. Daarvoor ontbrak het haar aan expertise en kracht. Waar moest ze beginnen? Ruben schaduwen? Met Iris van der Heide en Johan gaan praten? Tja, die zagen haar al aankomen... Hoogstwaarschijnlijk zaten die ook in het complot. En wat te denken van haar 'vrienden' in De Derde Oktober?

Ze had dus hulp van buitenaf nodig. De politie leek de meest geschikte partij. Zette je alles echter op een rijtje, dan werd het steeds onwaarschijnlijker dat die haar echt van dienst kon zijn. Door de verharding van de maatschappij kwam de politie meer en meer tot over de oren in het werk te zitten. En niet met de minste zaken. Drugs, afrekeningen in het criminele circuit en roofovervallen waren dingen die als eerste bij haar opkwamen. Daar stak haar zaak dus schril tegen af. Ze zouden haar klachten op schrift zetten, troostende woorden spreken en beloven er zo spoedig mogelijk werk van te maken. Binnen een halfuur zou ze weer buiten staan, terwijl haar dossier een nummer kreeg en ergens in het archief verdween.

Haar zaak had geen prioriteit vergeleken met de ellende waarmee de politie dagelijks werd geconfronteerd. Objectief gezien kon je voor die stelling zelfs begrip opbrengen. In haar geval was er echter geen sprake van objectiviteit. Voor Dagmar waren op dit moment de maatschappelijke problemen ondergeschikt aan die van haarzelf.

Met deze instelling kon ze enkel in de particuliere sector terecht. Het inhuren van een privédetective kwam als eerste en enige in haar op. Ze had op tv documentaires gezien over mensen die dit werk deden. Doodnormale mensen die op onregelmatige tijden hun beroep uitoefenden. Bewijs verzamelen voor echtscheidingen, bedrijfsfraude en het opsporen van vermisten. In tegenstelling tot sommige tv-series, droegen deze speurders geen pistool en raakten ze niet of nauwelijks bij gewelddadigheden betrokken.

Thuis had het allemaal zo logisch geleken. Nu stond ze te trillen op haar benen. Op het punt om een privédetective in de arm te nemen. Dat klonk zo onwerkelijk, zo... Amerikaans. Jezus, als iemand haar dit een maand geleden had gezegd, zou ze de desbetreffende persoon naar een psychiater hebben verwezen.

Ze sloot haar ogen en haalde diep adem.

Nu kun je nog terug.

Draai je om, ga naar huis en rust uit op Mallorca.

Een privédetective, doe eens normaal!

Ze opende haar ogen, slaakte een zucht en liep de trap op. Nadat ze de deur had geopend, keek ze recht in het vriendelijke gezicht van een gezette vrouw met bruin haar die achter een kleine balie zat.

'Goedemorgen.'

'Goedemorgen, mijn naam is Dagmar Vredeling. Ik heb een afspraak met de heer Timmer.'

De vrouw maakte een gebaar in de richting van de tweede deur in een rijtje van vijf.

'Loopt u maar door. Meneer Timmer verwacht u.'

Ze bedankte de vrouw met een knikje, liep naar de deur en opende deze.

'Goedemorgen. Mevrouw Vredeling?'

'Inderdaad. Ik heb u gisterenavond gebeld.'

Een zwaargebouwde man stond op vanuit zijn stoel en gebaarde haar om tegenover zijn bureau plaats te nemen.

'Kan ik u iets te drinken aanbieden?'

'Nee, dank u.'

Joop Timmer legde beide handen op het bureaublad en keek haar met een ernstige blik aan.

'Waarmee kan ik u van dienst zijn, mevrouw Vredeling?'

Ondanks zijn indrukwekkende postuur en indringende blik voelde Dagmar zich meteen op haar gemak. Joop Timmer had de uitstraling van een favoriete oom. Een rechtvaardig iemand die je graag op je hand wilde hebben. Een man met een groot verantwoordelijkheidsgevoel die geen enkele confrontatie uit de weg ging.

De opgebouwde spanning gleed uit haar lijf. Zonder dat Timmer hier specifiek om vroeg, begon ze te praten. De woorden kwamen als vanzelf. Een kwartier lang was ze onafgebroken aan het woord. De forse man luisterde, maakte aantekeningen en onderbrak haar geen enkele maal. Toen ze eenmaal was uitgesproken, knikte hij begrijpend en stelde zijn eerste vraag.

'Zijn er in uw vrienden- en werkkring nog mensen die u wél denkt te kunnen vertrouwen?'

9

Dagmar pakte haar koffer van de lopende band en liep naar de uitgang. De mechanische schuifdeuren openden zich aan weerskanten, waarna ze op een haag van mensen stuitte. Het merendeel was gekleed in een uniform en hield een bordje omhoog met daarop een naam. Bij het overgrote deel betrof het de naam van een touroperator, zodat de toeristen in een oogopslag zagen waar ze zich dienden te melden.

'Hé meisje!' Marianne ten Broeke maakte zich los van een groepje in lichtblauwe mantelpakjes geklede jonge vrouwen. Met uitgestrekte armen liep ze naar Dagmar toe.

'Goede vlucht gehad?' vroeg ze. Aansluitend rolde ze opzichtig met haar ogen.

'Beroepsdeformatie, Dag. De standaardopeningszin voor onze gasten.'

Dagmar wuifde haar excuus met een luchtig handgebaar weg.

'Best wel een aparte vlucht gehad. Het is alweer een tijdje geleden dat ik werd bediend. Voelde een beetje aan als de omgekeerde wereld.'

Marianne grinnikte als een tienermeisje na haar eerste slokje wijn.

'Daar kan ik me wel iets bij voorstellen.' Hierna sloeg ze haar rechterarm om Dagmars schouders.

'Kom op, jouw vakantie is begonnen. Elke seconde die we verspillen op dit duffe vliegveld is er eentje te veel.'

Terwijl ze naar de uitgang van de aankomsthal liepen, zwaaide Marianne kort naar haar drie collega's. Hoewel het trio de handen vol had aan de belegering van toeristen die allemaal een dringende vraag hadden, wisten ze stuk voor stuk een moment te pikken waarop ze Marianne met een speciale oogopslag of opgestoken hand gedag zegden.

'Prima meiden,' zei Marianne toen ze eenmaal buiten stonden. Daarna

wees ze op een knalgele Renault cabriolet die tussen twee bussen geparkeerd stond.
'Laten we dat karretje maar nemen.'
Dagmar keek haar verbaasd aan.
'Grapje, zeker?'
Marianne grijnsde breeduit en schudde van nee.
'Verleden jaar heb ik een deal met autoverhuurbedrijf Domingo kunnen maken. Van april tot november leasen wij zes identieke auto's. Zelfde type en kleur met op beide portieren een sticker met ons bedrijfslogo. Een voordelige overeenkomst voor beide partijen.'
Dagmar liet haar blik van de glimmende cabriolet naar haar vriendin glijden.
'Jullie voordeel zie ik wel, nu nog dat van het verhuurbedrijf,' sprak ze lachend.
'Reclame en samenwerking,' antwoordde Marianne voor haar doen erg serieus. 'Ons team rijdt de hele zomer het eiland rond. Jonge meiden van een Nederlandse touroperator in een gele Renault coupé. Heel herkenbaar voor de duizenden gasten en de plaatselijke bevolking. Jong, snel, leuk, betrouwbaar. Afijn, vul maar wat in. Tevens werken wij met dat verhuurbedrijf samen. Als een gast een auto wil huren, dan raden wij Domingo aan. Het werkt perfect. Wij hebben geinige wagentjes voor een leuke prijs en het verhuurbedrijf doet prima zaken.'
Dagmar legde haar koffer op de achterbank. Ze stapten in, waarna Marianne de motor startte en wegreed.
'Heb ik je eigenlijk al verteld dat wij in november maar vier auto's terugbrengen?' Voordat Dagmar de kans kreeg om te reageren schaterde ze het uit.
'Deze auto blijft het hele jaar bij mij voor de deur staan. Tja, als cheffin heb je nu eenmaal bepaalde privileges!'
Ze draaiden de snelweg op. Marianne liet de teller oplopen tot honderdtwintig. Haar linkerhand lag losjes op het stuur, met de duim van haar rechter wees ze naar achteren.
'We rijden nu weg van Playa de Palma, het lange zandstrand waaraan

de hotels, appartementen en *hostals* liggen. In dit gebied verblijft het overgrote deel van onze gasten. Het gros daarvan is gesitueerd in El Arenal. De zogenaamde "Hollandse kolonie".'

Marianne minderde vaart toen ze de hoofdstad Palma binnenreden. Ze maakte een korte hoofdbeweging naar rechts.

'Dat is de kathedraal van Mallorca. Je hoeft niet katholiek te zijn om het prachtig te vinden. Als je ergens een uurtje over hebt, moet je die kerk echt bezoeken. Heel indrukwekkend.'

Dagmar keek naar het kolossale bouwwerk. Alleen Marianne kon zoiets imposants als 'die kerk' bestempelen zonder dat het oneerbiedig klonk.

Links van hen kwam de haven in zicht. Marianne stuurde behendig langs een langzaam rijdend busje en hield de linkerkant van de weg aan. Toen ze onder een verkeersbord doorreden waarop PASSEIG MARITIM stond, keek Dagmar haar vriendin verwonderd aan.

'Ik dacht dat ze hier Spaans spraken?!'

Marianne fronste haar wenkbrauwen. 'Jij maakte toch een geintje toen je zei dat je nog nooit op Mallorca was geweest?'

Dagmar haalde quasi-verontschuldigend haar schouders op.

'Ik vlieg lijndiensten. Vanuit Nederland kun je alleen met een chartervlucht rechtstreeks naar Mallorca.'

'Dat is je werk. Heb je hier nooit als kind met je ouders of later met een vriendje vakantie gevierd?'

'Nee, écht niet,' benadrukte Dagmar. 'Mijn ouders gingen altijd met de caravan naar Zuid-Frankrijk. Later werden het exotische bestemmingen zoals Maleisië, Guatemala en de Maldiven. Met of zonder vriendje. Om eerlijk te zijn is Mallorca nooit bij me opgekomen.'

'Duidelijk,' zei Marianne. Ze remde af voor een verkeerslicht dat op oranje sprong.

'"Passeig maritim" is een voorbeeld van een Catalaans dialect dat de Mallorquines onderling spreken. Niet te volgen. Daarnaast spreken ze natuurlijk Spaans, de officiële taal. Degenen die in het toerisme werkzaam zijn, en dat zijn er een heleboel, spreken allemaal Engels, kunnen

zich goed verstaanbaar maken in zowel Duits als Frans en kennen meestal een paar woordjes Nederlands en Scandinavisch.'
Ze reden nu op de boulevard van Palma. Rechts de stadshotels waarin merendeels zakenlieden verbleven, restaurants, volle terrassen en winkels die uitsluitend toegankelijk waren voor mensen met een dikke portemonnee. Links van hen lag de haven. Een bewonderend gesis ontsnapte aan Dagmars lippen.
'Is hier soms een bijeenkomst van miljardairs?'
Marianne grijnsde.
'Aardige sloepen, nietwaar? Hier staat Palma de Mallorca bekend om. De steenrijken hebben hier hun scheepjes liggen. Michael Douglas, Boris Becker, Claudia Schiffer. En dan vergeet ik er gemakshalve nog een paar honderd. De echte rijken die relatief onbekend zijn bij het grote publiek.'
Dagmar keek haar ogen uit. Hele rijen superjachten kwamen voorbij. Het ene jacht nog langer en hoger dan het andere. De afmetingen leken met de seconde absurdere vormen aan te nemen. Toen ze langs een schip als een drijvend flatgebouw reden, slaakte Dagmar een kreet van opwinding.
'Jeetje, kijk nou eens!'
'Dat is het tijdelijke optrekje van Tommy Hilfiger,' antwoordde Marianne met de gespeelde onverschilligheid van iemand die dagelijks bij de modeontwerper over de vloer kwam.
'Zestig meter lang, drie dekken en tien personeelsleden. Tussen de middag mag onze Tommy graag op het bovendek op zijn hometrainer een stukje fietsen.'
'Wat een boot,' zuchtte Dagmar.
'Valt wel mee, hoor. Die van sjeik Radjafani is stukken groter.' Hierna gaf Marianne haar een vette knipoog. 'En het hardnekkige gerucht wil dat dit ook voor zijn gereedschap geldt. Hij is op het eiland, misschien maak je nog kennis met hem. Arabieren zijn gek op blondjes.'
Ze barstten gelijktijdig in lachen uit. Hierdoor gleed Mariannes linkerhand van het stuur, waarna de Renault vervaarlijk begon te slingeren.

Het daaropvolgende getoeter van het verkeer achter haar wuifde ze weg met een nonchalant armgebaar.
'Dit is toch te gek voor woorden. Die gasten rijden zelf als idioten,' mopperde ze.
Ze bereikten een rotonde die parallel lag aan het einde van de haven. Marianne reed rechtdoor, volgens de wegwijzers richting Portals Nous. Toen ze even later de afrit hiervan rechts lieten liggen, keek Dagmar haar vriendin vragend aan.
'Waar gaan we eigenlijk naartoe?'
'Palma Nova, een kilometer of tien verderop. Vlakbij het beruchte Magalluf.'
Ze beantwoordde de schaduw die over Dagmars gezicht trok met de typische grijns van een jonge vrouw die stevig in haar schoenen stond en het leven altijd van de optimistische kant bekeek.
'Dat was maar een geintje, meid. Magalluf is de Britse variant op El Arenal. Stratenvol pubs en herrie tot in de vroege morgen. Ideale vakantieplek voor de opgroeiende jeugd.'
'En daar zet jij mij tussen?'
'Welnee, jij logeert in hotel Mirador in Palma Nova. Een rustige omgeving met hooguit vijf pubs waar ze tot twaalf uur 's avonds meezingers uit de jaren zeventig draaien. Daarna gaat iedereen snel onder de wol.'
'Een soort van bejaardensoos, dus?'
Marianne schudde ontkennend haar hoofd.
'Meer een gemêleerd publiek. Gezinnetjes, vrijgezellen en ouderen. Mensen die door omstandigheden in het hoogseizoen op vakantie gaan, maar geen zin hebben in nachtelijk feestgedruis.'
'Klinkt goed. Ik moet er niet aan denken om de hele nacht in de kroeg te zitten.'
Marianne stak haar rechterduim omhoog.
'Tot die conclusie was ik ook al gekomen. Een beetje luieren op het strand, hapje eten, 's avonds een glaasje, geen druk gedoe.'
'Precies.'
'Dus viel El Arenal af. Lawaaierige appartementencomplexen, een zee

aan kroegen en ladingen opgeschoten dronkenlappen. Die narigheid wilde ik je besparen.'

Ze tikte met haar linkerwijsvinger de richtingaanwijzer omhoog en nam de afrit naar Palma Nova. Drie minuten later parkeerde ze haar auto recht voor hotel Mirador. Ze stapten uit. Dagmar pakte haar koffer en wilde naar de hoofdingang lopen. Marianne bleef echter naast de cabriolet staan.

'Luister, Dag. Ik moet er echt vandoor, het is nogal hectisch op het bureau.'

Dagmar zette haar koffer neer, liep naar Marianne toe en omhelsde haar.

'Natuurlijk, joh. Ik heb al veel te veel beslag op jouw tijd gelegd.'

Marianne knikte in de richting van de ingang.

'Ze zijn op de hoogte van jouw komst. Even inchecken en klaar. Jij hebt een kamer met balkon, uitzicht op zee. All-inclusive, ontbijt, lunch en avondeten. Weliswaar een buffet, maar het eten is uitstekend. De rekening is vooruitbetaald door de touroperator. Doen we wel meer met belangrijke gasten.'

Dagmars mond viel bijna open.

'Wat?! Ben jij soms gek geworden?'

'Had je nu al aanmerkingen?' vroeg Marianne met een uitdagende gezichtsuitdrukking.

'Nee... maar... maar, dat is toch veel te gek?'

Een opgestoken linkerwijsvinger onderbrak haar.

'Te gek is een oude vriendin ontmoeten die erbij loopt als een dood vogeltje. Ik heb je vandaag al beduidend meer zien lachen dan in die lunchroom. En dat wil ik graag zo houden.'

Dagmar pakte haar vriendin stevig vast.

'Jezus, Marianne. Dit had je echt niet hoeven doen.' Ze slikte een opkomende brok in haar keel weg. 'Bedankt.'

Marianne drukte haar heel even stevig tegen zich aan en stapte achteruit.

'Ik neem aan dat jij je mobieltje bij je hebt?'

Dagmar beaamde dit.
'Mooi. Vanavond is er namelijk een feestje in Palma. Een jaarlijkse traditie waar de mensen uit het reis- en hotelwezen bij elkaar komen. Een soort van party vanwege de succesvolle seizoenopening. Ik bel je straks. Koop in de tussentijd een stadsgids van Palma. Da's wel zo makkelijk.'
Ze startte de motor en zette de auto in de eerste versnelling. 'Ik heb voor deze week een auto voor je gereserveerd. De sleutels liggen al bij de receptie. Tot vanavond, het wordt gezellig.'
Dagmar zwaaide en riep nogmaals 'Bedankt.' Toen haar vriendin uit het zicht was verdwenen pakte ze haar koffer en liep het hotel binnen. Het leven zag er stukken beter uit dan een paar dagen geleden.

10

Zonder Mariannes uitleg en de stadsplattegrond van Palma had ze het nooit gevonden. Hotel Ripoll bevond zich in een achterafstraatje van het oude stadsgedeelte dat door de bewoners *La Lonja* werd genoemd. Toen ze het hotel eenmaal had gespot, was de dichtbijgelegen parkeergarage een uitkomst. In de nauwe straatjes was parkeren nagenoeg onmogelijk.

De vriendelijke receptionist meldde haar dat de bijeenkomst op de derde verdieping werd gehouden. Hij wees haar op de lift en boog zich weer over zijn papierwerk. Eenmaal boven hoefde ze slechts op het geluid af te gaan om de zaal aan het eind van de hal te vinden.

De ruimte was hooguit tweehonderd vierkante meter en werd bevolkt door minstens honderd man. Het was een opeengepakte massa waarin iedereen met iedereen leek te praten. Uit de constante herkenning op de talloze gezichten kon je opmaken dat het hier één groot onderonsje betrof.

Dagmar schuifelde voetje voor voetje door de menigte heen. Terwijl ze naar Marianne speurde, mat ze zich dezelfde uitdrukking aan als het overgrote merendeel van de bezoekers. Opwippende mondhoeken, dunne glimlach en bedachtzaam knikkend als zogenaamd de zoveelste bekende in je blikveld verscheen.

In het achterste gedeelte van de zaal bevond zich een provisorische bar. Drie tegen elkaar geschoven tafels met daarop een aanzienlijke hoeveelheid drank. Een jonge vrouw schonk glazen vol en liet deze vervolgens staan. Een vorm van zelfbediening waarmee zij het bijzonder druk had. Een woud van handen graaide naar de volle glazen, waarna zij weer opnieuw kon beginnen.

Geen spoor van Marianne. Ze overwoog om terug naar de lift te gaan, maar verwierp het idee snel. Dat zou respectloos zijn naar Marianne toe. Daar kwam bij dat ze pas een paar minuten op de party was. Misschien was haar vriendin wel verlaat en werd het straks alsnog gezellig.
'Dagmar?'
Ze draaide zich om. Vlak achter haar stond een jonge vrouw met lang, kastanjebruin haar die vriendelijk glimlachte. Haar lichtblauwe uniform maakte in een oogopslag duidelijk dat ze tot Mariannes team behoorde.
'Hoi, ik ben Sanne de Jong.' Ze stak haar rechterhand uit die Dagmar gretig accepteerde. Eindelijk iemand die ik 'ken', dacht ze. Hoewel ze in de aankomsthal slechts een korte blik op hen had geworpen, was zij er vrijwel zeker van dat Sanne onderdeel uitmaakte van het trio reisleiders dat door de toeristen met vragen werd overstelpt.
'Marianne vroeg me om naar je uit te kijken,' verduidelijkte de hostess. 'Ze vond het hier te druk worden en is naar het dakterras gegaan.'
Dagmar keek met een verwilderde blik om zich heen. Aansluitend rolde ze theatraal met haar ogen. 'Dat lijkt mij ook geen gek idee. Straks word ik nog doodgedrukt door al die bekenden van wie ik niemand ken.'
Sanne lachte spontaan.
'Goed plan, loop maar achter mij aan.' Een ondeugend 'En niet met vreemde mannen aanpappen, hoor,' volgde. Zonder dat iemand enige notie van hen nam, bereikten ze de gang.
'Het dakterras ligt hierboven,' verduidelijkte Sanne toen ze de trap in plaats van de lift namen. Voordat ze het dakterras bereikten, wisselden ze in het trappenhuis op lacherige toon een paar opmerkingen uit. Het klikte meteen tussen hen, wat Dagmar een gevoel gaf dat ze Sanne al jarenlang kende.
Het dakterras had min of meer dezelfde afmetingen als de zaal op de derde verdieping. De omstandigheden waren daarentegen stukken aangenamer. De zwoele buitentemperatuur kwam hier volledig tot haar recht, het uitzicht was schitterend en er waren hooguit twintig mensen. Verdeeld over het dakterras stonden ze in groepjes te praten. De sfeer oogde zeer relaxed.

'Stukken beter,' zei Dagmar. Nadat Sanne instemmend had geantwoord, viel haar oog op Marianne. Haar vriendin was in gesprek met een man wiens lengte ogenblikkelijk opviel. Hij was hooguit een meter zeventig lang. Tevens was hij broodmager. De witte, veel te wijde broek en zwarte blouse met schreeuwerige gele palmbomen erop konden dit niet verhullen.

Naast Marianne stond een vrouw met halflang blond haar. Ze droeg een spijkerbroek en een vrolijk T-shirt met tientallen roze hartjes. De serieuze blik in haar ogen contrasteerde echter met haar kleding. Ze volgde de conversatie met toegeknepen oogleden en een grimmige trek om haar mond.

Het duurde enkele seconden voordat het tot Dagmar doordrong dat de sfeer van het gesprek haaks stond op de gemoedelijkheid die rondom haar leek te heersen. In plaats van naar haar vriendin toe te lopen, bleef ze staan. Blijkbaar had Sanne dezelfde conclusie getrokken, aangezien ook zij geen stap verzette.

Marianne was overduidelijk aan het woord. Terwijl ze sprak, knikte ze hevig met haar hoofd. De kleine, magere man luisterde en keek haar onverstoorbaar aan. Dagmar stond te ver van het groepje vandaan om te kunnen horen wat er werd gezegd. Wel kreeg ze het idee dat Marianne ergens tegen ageerde, zonder dat er sprake van een berisping was. Daarvoor straalde de man tegenover haar te veel zelfvertrouwen uit.

Van het ene op het andere moment stak hij zijn rechterhand omhoog, waardoor Mariannes woordenstroom abrupt werd onderbroken. Hij keek haar enkele seconden doordringend aan en verlegde zijn blik naar de vrouw die tot dusver enkel had geluisterd. Hij deed een stap naar voren. Zijn linkerhand kwam omhoog. Het puntje van zijn priemende wijsvinger bleef een paar centimeter dreigend voor haar gezicht hangen. Daarna draaide hij zich een kwartslag om en beende weg. Toen de man langs haar liep, voelde Dagmar hoe de haartjes op haar armen rechtop gingen staan. Een koude rilling liep langs haar ruggengraat.

Marianne had hen inmiddels opgemerkt. Haar transformatie was opmerkelijk. Ze zwaaide en glimlachte uitbundig. De jonge vrouw naast

haar keek daarentegen recht voor zich uit. Hierdoor bleef het onduidelijk of ze geschrokken of boos was. Samen met Sanne liep Dagmar naar het tweetal toe.
'Hé meisje, kon je het makkelijk vinden?' vroeg Marianne. Niets in haar stralende gezicht wees op de woordenwisseling van zojuist.
'Als je de dertig minuten ronddwalen niet meerekent was het een makkie,' antwoordde Dagmar.
'De binnenstad is een doolhof,' sprak Sanne opgewekt. De vrouw naast Marianne zei helemaal niets. Haar houding suggereerde dat ze zich van haar omgeving had afgesloten.
'Dit zonnestraaltje is Ingrid,' zei Marianne op luchtige toon. 'Ze is boos omdat een hotelmanager zich kritisch uitliet over haar functioneren.'
Ingrid zond haar een nietszeggende blik.
'Wat overigens helemaal nergens op sloeg,' vervolgde Marianne. 'En dat is precies wat ik hem heb verteld.' Toen ze er 'Wat een eikel, zeg,' aan toevoegde, leek Ingrid te ontdooien. Ze stak haar hand naar Dagmar uit.
'Hallo, ik ben Ingrid Wagenaar. Sorry voor de eerste indruk.'
'Ben je gek,' antwoordde Dagmar met een brede glimlach. 'De wereld zit vol met dat soort huftertjes. Ik weet er alles van.'
Uit de tas van Sanne klonken ineens de doordringende piepjes van een bericht dat op haar mobiele telefoon binnenkwam. Ze opende de zwartleren flap, pakte de telefoon eruit en las het bericht. De zucht die ze slaakte klonk gemeend.
'Dat was het dan, dames. De plicht roept.'
'Sanne draait de stand-bydienst,' verduidelijkte Marianne. 'Eens in de drie weken één week vierentwintig uur per dag oproepbaar.'
Sanne borg haar telefoon op en keek Dagmar aan.
'Dit is toch jouw eerste vakantie op Mallorca?'
Dagmar knikte.
'Overmorgen heb ik een rustige route. Drie hotels en twee appartementencomplexen. Waarom ga je niet met me mee? Zie je meteen wat van de omgeving. Daarna kunnen we een hapje gaan eten of ergens wat drinken.'

Het spontane voorstel leek Dagmar wel wat. Sanne was een leuke meid met wie het klikte. Op het moment dat ze positief wilde antwoorden, zag ze hoe Sanne van zowel Marianne als Ingrid een afkeurende blik kreeg toegeworpen. Omdat de twijfel toesloeg, begon ze te hakkelen.
'Nou... eh... ik weet niet of...'
Ineens was Mariannes brede glimlach weer terug van weggeweest.
'Natuurlijk ga jij met Sanne mee. Hartstikke leuk, meid. Doen!'
Deze woorden waren voor Ingrid een teken om eveneens een glimlach tevoorschijn te toveren.
'Gezellig,' zei ze zonder overtuiging. 'Tijdens die bezoekjes maak je leuke dingen mee.'
Sanne boog zich voorover en drukte een snelle kus op Dagmars rechterwang. 'Ik ga er nu vandoor. Marianne geeft me jouw nummer wel.'
Terwijl ze naar de uitgang van het dakterras liep, drukte ze haar rechterhand tegen haar oor en riep 'We bellen'. Dagmar grijnsde om de parodie op die oude reclamespot. Ze was de enige die er de humor van inzag.
'Ik ga er ook eens vandoor,' zei Ingrid. Ze gaf zowel Marianne als Dagmar een kus en liep met krachtige stappen weg. Hoewel Marianne de kunst verstond om met emoties te goochelen, zag Dagmar toch een spoor van bezorgdheid in de blik die haar vriendin op de vertrekkende hostess sloeg.
'Toch geen problemen, hoop ik?' Ze stelde de vraag uit zowel beleefdheid als interesse. Gevoelsmatig kwam Mariannes verklaring omtrent de hotelmanager namelijk over als een leugentje om bestwil. De manier waarop de man naar Ingrid had gewezen, was best angstaanjagend. Nu haar twee medewerksters waren opgestapt, wilde ze er wellicht meer over kwijt. Je hart luchten bij een vriendin kon soms wonderen doen. Daar wist zijzelf inmiddels alles vanaf.
Marianne wuifde het echter weg. 'Welnee, joh. Gewoon een machomannetje dat het heerlijk vindt om bijdehand te doen. Stelt helemaal niks voor. Morgenochtend hangt hij met een zielig stemmetje aan de lijn om zijn excuses aan te bieden.'

Ze wreef opzichtig in haar handen. 'Zo, nu is het tijd voor een drankje. Nog steeds rode wijn?'

Dagmar mompelde van ja.

'Geniet jij van het uitzicht, dan haal ik beneden wat te drinken.' Zonder op een reactie te wachten wandelde ze op haar gemak naar de deur die het dakterras met de hal verbond. Dagmar keek geamuseerd hoe Marianne langs de aanwezigen liep. Het had meer weg van flaneren. Een manier van lopen die haar een aantal blikken opleverde. Variërend van openlijke belangstelling tot verhulde argwaan.

Opmerkelijk hoe iemand zich kan ontwikkelen, dacht Dagmar toen ze zich omdraaide en het indrukwekkende zicht van Palma *by night* op zich liet inwerken. Marianne was vroeger een lieve, grappige, maar zeker geen zelfverzekerde meid geweest. Je kon met haar lachen en ze luisterde altijd aandachtig als je een probleem op tafel legde. Kwam het echter op daadkracht aan, dan deed ze steevast een stapje terug. Ze was verre van ondernemend en hield er niet van om in de spotlights te staan.

'Zo zie je hoe mensen kunnen veranderen,' fluisterde Dagmar. Ineens realiseerde ze zich heel sterk dat hier en nu de zaken omgedraaid waren. Een hoeveelheid gebeurtenissen in de laatste jaren had hen gekneed, gepokt en gemazeld. Marianne had zich ontwikkeld tot een sterke, zelfverzekerde vrouw die was meegelift op succesvolle golven. Tijdens dit proces had ze keuzes gemaakt die achteraf de juiste bleken te zijn. Op dit moment plukte zij hiervan de vruchten. Wat een schrijnend verschil met haar eigen situatie...

'Het zou verboden moeten worden dat een mooie Nederlandse vrouw in haar eentje staat te mompelen.'

Opgeschrikt uit haar gedachten draaide Dagmar zich om. Ze keek recht in het knappe gezicht van de man die haar zojuist in het Engels had aangesproken.

'Hoe weet u dat ik Nederlands ben?'

Een brede grijns toonde een perfect gebit. Mede door zijn getinte huidskleur leken zijn tanden onnatuurlijk wit.

'Ik zag u samen met de dames van de Nederlandse touroperator. Bovendien spreek ik een paar woordjes over de grens.'

Terwijl ze naar hem luisterde, zag Dagmar pretlichtjes in zijn gitzwarte ogen. Een levenslustige blik die onlosmakelijk met zijn voorkomen was verbonden. Hij was aantrekkelijk, goed verzorgd en leek losjes in de omgang. Iemand die genoot van het leven en nam wat hij wilde hebben.

'Ik ben trouwens Orlando Pons.'

Ze accepteerde zijn handdruk die heerlijk koel aanvoelde.

'Dagmar Vredeling.'

Hij kwam naast haar staan. Het vleugje aftershave dat haar reukvermogen prikkelde, was onmiskenbaar Armani. Een mannelijke geur die prima bij hem paste.

'Uw eerste keer op Mallorca?'

'Is dat zo duidelijk te zien?' antwoordde ze licht spottend. 'Gedraag ik me soms als een toerist die zijn ogen uitkijkt?'

Orlando Pons legde zijn hoofd in zijn nek en lachte hardop.

'Zo bedoelde ik het niet,' zei hij. 'Het was meer een voorzetje naar een compliment. Als u "nee" had geantwoord, dan had ik direct iets gezegd in de trant van "hoe is het mogelijk dat ik u nog nooit eerder heb gezien". Een beetje flauw, eigenlijk. Dat krijg je nou eenmaal als een man door schoonheid wordt overvallen. Dan krijgen de hersens een black-out en verval je al gauw in puberaal gedrag.'

Nu was het Dagmars beurt om breeduit te lachen. Het kwetsbare antwoord klopte niet met zijn zelfverzekerde houding. Je kon het zomaar provocerend noemen. Een tactiek waar ze normaal gesproken niet van was gediend. Hier, op een dakterras onder de sterrenhemel van broeierig Mallorca, lagen de zaken toch anders. Voelde ze zich zelfs gevleid.

Hij strekte sloom zijn rechterarm. De afstand tussen hen bedroeg enkele centimeters. Met zijn rechterwijsvinger wees hij naar een punt in de verte rechts van hen.

'Waarschijnlijk vertel ik u niets nieuws, maar de lichtjes in het verlengde van mijn vinger behoren toe aan Palacio Maryvent. Dit is de villa van ons koningshuis. Elk jaar brengen de koning en zijn familieleden hier een maand door. Meestal in augustus.'

Voordat zij kon reageren, deed hij een stap zijwaarts en haalde een mobiele telefoon uit de binnenzak van zijn zwarte colbert. Hij luisterde een tiental seconden, gromde iets onverstaanbaars en drukte het gesprek weg.

'Het spijt me,' sprak hij teleurgesteld. 'Problemen op het werk, ik moet direct weg.'

Dagmar haalde haar schouders op. De gespeelde nonchalance was een signaal waarmee haar lichaam haar verstand buitensloot. De vermeende desinteresse lag er duimendik bovenop. De weinig subtiele hint dat zij zijn gezelschap op prijs stelde, kon door een man als Orlando Pons onmogelijk over het hoofd worden gezien.

'Ik hoop dat het niet bij deze korte ontmoeting blijft… Dagmar.' Hij knikte haar toe en liep weg. Na drie passen draaide hij zich snel om. 'We spreken elkaar snel,' sprak hij op een toon die geen enkele twijfel toestond.

Terwijl haar blik langs de ontelbare lichtjes gleed, bedacht ze dat ze voor de eerste maal na haar breuk met Ruben anders op de toenadering van een man had gereageerd. Het kietelende, nerveuze en verwachtingsvolle gevoel waarvan zij dacht dat het verdwenen was, had kortstondig door haar lichaam geraasd.

'Wat een kanjer, hè?'

Dagmar voelde hoe haar hart een slag miste.

'Jezus, Marianne. Je laat me schrikken!'

Haar vriendin grijnsde. 'Nu al in de ban van een latino lover?'

'Waar heb jij het nou weer over?' klonk het weinig overtuigend.

'Over Orlando, natuurlijk. Ik kwam hem op de gang tegen. In vogelvlucht meldde hij me met een "allercharmantste Nederlandse" te hebben gesproken. Driemaal raden wie hij daarmee bedoelde.'

Dagmar ontweek bewust Mariannes nieuwsgierige blik. Ze wilde niet dat haar ogen haar zouden verraden.

'Orlando lijkt me best wel een aardige vent,' sprak ze op neutrale toon.

‘Waar ken jij hem eigenlijk van?’
Marianne stootte een eigenaardig lachje uit. Alsof het aanstaande antwoord vanzelfsprekend was.
‘Als je in de reisbranche werkt, krijg je vroeg of laat met Orlando te maken.’
Dagmar trok haar wenkbrauwen op.
‘Hij werkt voor het Bureau voor Toerisme,’ ging Marianne verder. ‘Orlando’s kantoor is zo’n beetje de spil in het toeristenweb.’
Het lukte Dagmar maar net om een lachje te onderdrukken.
‘Een administratief medewerker, dus. Dat was echt het laatste wat ik achter hem had gezocht.’
Ze pakte het glas rode wijn aan dat Marianne haar voorhield. ‘Niet dat het wat uitmaakt, hoor. Hij kwam alleen niet over als een boekhouder.’
Marianne schudde vertwijfeld met haar hoofd. ‘Wat kun je soms toch een onnozel trutje zijn, Dag,’ sprak ze met een ontwapenende grijns. ‘Orlando is de directeur van het Bureau voor Toerisme van Mallorca. Zo’n beetje de meest prestigieuze baan van het eiland.’

11

Dagmar smeerde haar benen zorgvuldig in met aftersun. Ondanks haar voornemen om het rustig aan te doen, had ze toch te lang in de zon gelegen. Op het strand had ze zichzelf meerdere keren gewaarschuwd voor de gevolgen van het zonnebaden. Evenzovele malen had ze de adviezen in de wind geslagen, zodat ze nu niet moest zeuren over het branderige gevoel op haar scheen- en dijbenen. Beschouw het maar als een souveniertje van een heerlijke middag op het strand, dacht ze tijdens het smeren.

Op de tijdelijke zonmarkeringen na, kon ze terugkijken op een dag uit duizenden. Het was begonnen met een uitgebreid ontbijt, waarna een relaxte wandeling over de boulevard van Palma Nova volgde. Terwijl ze doelloos slenterde, liep het aangrenzende strand langzaam vol. Stellen met kinderen, oudere echtparen en een sporadische vrijgezel. De jongeren waren duidelijk in de minderheid.

De onvermijdelijke McDonald's bevond zich in het midden van de boulevard. Vanwege de exclusieve ligging was het een filiaal om door een ringetje te halen. Het buitenterras grensde namelijk aan het strand. Met in haar achterhoofd de wetenschap dat er straks in het hotel een lunch op haar wachtte, weerstond ze de verlokking van een gepatenteerde hamburger met zeezicht.

Langs de weg die pal naast de boulevard liep, bevonden zich hoofdzakelijk souvenirshops. 'Als je er één hebt gezien, ken je ze allemaal' was hierop van toepassing. Het kitschpercentage van de uitgestalde waren bereikte er ongekende hoogten. Ze was dus eerder verbijsterd dan verbaasd dat de wanstaltige prullaria daadwerkelijk aftrek vonden. Dat het voornamelijk zwaargetatoeëerde Engelsen waren die tassenvol van deze rommel kochten, deed daar niets aan af.

In een smalle doorgang van de boulevard naar een straat met hotels en appartementen ontdekte ze een tweedehandsboekwinkel. Op het gammele pandje stond in sjofele, rode letters THE BOOKWORM. Tot haar verrassing werd ze bij binnenkomst direct door de authentieke sfeer gegrepen. Een bijna serene stilte waarin enkel het verwachtingsvolle van gedrukt papier de boventoon voerde.

De eigenaresse was een Engelse dame die haar uiterst vriendelijk begroette en er meteen flink op los begon te babbelen. Dit ging op een toon die suggereerde dat zij al jarenlang bevriend waren. Ze heette Ann Hellington, was 78 jaar, gek op lezen, had de winkel al dertig jaar en was geenszins van plan om voor de druk van de projectontwikkelaars te zwichten die heel andere plannen hadden met haar winkel en de aangrenzende woning. Haar enige zoon die in Boston woonde, was het helemaal met haar eens. Komende kerst zou hij met vrouw en kinderen op Mallorca vieren, meldde zij met de pretoogjes van een grootmoeder die zich erop verheugt haar kleinkinderen weer te zien.

Omdat de telefoon begon te rinkelen liet het schattige, praatzieke omaatje haar verder met rust. Het volgende 'slachtoffer' bleek een oude vriendin uit Plymouth met wie ze het hele oeuvre van Elizabeth George doornam. Met het voornemen om deze week het excentrieke mensje nogmaals te bezoeken, nam ze zwaaiend afscheid.

Na deze ontmoeting was het tijd voor de lunch. Evenals bij het ontbijt, werd het eten in buffetvorm geserveerd. Een gerant bracht de drankjes, het eten ging op basis van zelfbediening. Marianne had niets te veel gezegd over de keuken van hotel Mirador. Het voedsel was van uitstekende kwaliteit.

Met het voldane gevoel van een volle maag liet ze zich in een strandstoel zakken. De bijgeleverde parasol bleef ingeklapt. Ze wilde volop van de middagzon genieten. Dat overdaad schaadt, bemerkte ze een aantal uren later. De vele lagen zonnecrème waren niet tegen de straling opgewassen gebleken.

Het diner was gevarieerd. Brood, beleg, vlees, vis, aardappelen, pizza, rijst en fruit lagen in blinkende, rechthoekige bakken uitgestald. Een

lekker bakje koffie was haar slagroom op de taart, waarna ze haar kamer opzocht.
Nadat ze haar handen had gewassen, liep ze weer terug naar het balkon. Het uitzicht op de baai van Palma Nova was fraai. Ze zakte weg in het dikke kussen dat op de stoel van hard plastic lag. Het bijzettafeltje gebruikte ze als voetenbank. Het piekeren kon beginnen.
Vanaf het moment dat ze was opgestaan, had ze er bij zichzelf voortdurend op gehamerd om van de omgeving en de omstandigheden te genieten. Ze was op Mallorca en had vakantie. Op datgene wat zich thuis afspeelde kon ze geen invloed uitoefenen. Joop Timmer zou zijn werk doen. Op het eerste gezicht leek hem inhuren een juiste zet, want hij kwam bekwaam over. Een man die in 25 jaar bij de recherche het nodige had meegemaakt. Die kon je wel om een boodschap sturen, toch?
Uiteindelijk bleef het allemaal gissen. Hij had die carrière wel verzonnen kunnen hebben. Misschien hebben ze hem er tien jaar geleden wel uitgegooid vanwege fraude. Of drankgebruik in diensttijd, of wegens ongeoorloofd geweld tegen een arrestant, wellicht heeft hij een vrouwelijke collega onzedelijk betast, ging hij…
'Hou op,' fluisterde ze. Hierna sloot ze haar ogen en dacht sterk aan de avond ervoor. De vriendelijke Sanne met wie het direct klikte, het gesprek tussen Marianne, Ingrid en die griezel die haar kippenvel had bezorgd, de vreemde reactie op het voorstel van Sanne om haar wat van de omgeving te laten zien, de ontmoeting met Orlando Pons…
Ze wreef nerveus haar vingertoppen tegen elkaar. Ze had de hele dag de gedachten omtrent de gebeurtenissen van de laatste weken onderdrukt. Niet nu, had ze zichzelf steeds weer voorgehouden. Als je vanavond met een fles rode wijn op je balkon zit, mag je die film weer afspelen. Dan kun je een paar uur gaan mokken, schelden of voor mijn part janken. Dan gooi je het eruit en ben je de volgende dag weer fris. Overdag genieten, 's avonds afzien. Als dat laatste zich onder een sterrenhemel afspeelt terwijl je regelmatig slokjes neemt van een heerlijke rode wijn, lijkt me dat goed vol te houden.

Dat had ze dus met zichzelf afgesproken. En ze had zich eraan gehouden: geen overpeinzingen overdag wat de situatie in Nederland betreft. Sinds gisterenavond had ze bovendien nieuwe onderwerpen erbij om over na te denken. Zoals die aantrekkelijke Spanjaard met wie ze hooguit vijf minuten had gesproken. Hij kroop telkens wanneer zij haar gedachten op nul probeerde te zetten weer in haar hoofd. Zijn lach verscheen op haar netvlies, ze rook de heerlijke combinatie van zijn aftershave en zijn mannelijke geur. Het verslavende geruis van de branding klonk als de echo van zijn woorden, de zee vervormde tot zijn prachtige oogopslag waarin zij wilde verdrinken.
Onzin. Ronduit belachelijke clichés van een middelbare scholiere die op haar zolderkamertje over een vakantieliefde mijmert.
Ze stond op en hield zichzelf voor dat ze onder enorme druk stond waardoor ze op bepaalde zaken buitenproportioneel emotioneel kon reageren. Blijkbaar viel Orlando Pons onder die 'bepaalde zaken'. De kans was groot dat ze hem nooit meer zou zien, wat inhield dat hij over een paar dagen uit haar systeem was verdwenen. Zo ging dat nu eenmaal. Maar beter ook, gezien haar situatie. 'Bepaalde zaken' kon ze er niet bij hebben. Haar leven was al gecompliceerd genoeg.
Ze pakte een fles rode wijn, opende deze en schonk een glas voor zichzelf in. Met een geforceerde glimlach ging ze weer zitten.
'Gezellig.'
Terwijl ze verder mijmerde, maakte het uitzicht op zee plaats voor het beeld van Marianne. Haar vriendin was de vrolijkheid zelve. Gierde het uit om een opmerking die de receptionist maakte toen ze op het punt stonden hotel Ripoll te verlaten. Een tijdsprongetje later zaten ze op een terras aan de haven. Ook hier had Marianne het hoogste woord. Ze vertelde over haar werk en de mensen met wie ze in aanraking kwam. Kostelijke anekdotes rolden van haar lippen. Anderhalf uur en drie glazen wijn later kwam haar vriendin tot de weinig verrassende conclusie dat je toch echt werkte om te leven.
De horizon was inmiddels gereduceerd tot een zwarte potloodstreep in een donker decor. Vanaf een aan het strand gelegen pub meldde Bono's

stem dat er op nieuwjaarsdag toch niets zou veranderen. En dat in juni, dacht ze melig. Haar rechtervoet tikte op de maat mee.

Vierentwintig graden, uitzicht op zee, glas rode wijn binnen handbereik. De perfecte ingrediënten die gezamenlijk garant stonden voor een heerlijke zomeravond. Toch veranderde die zekerheid haar stemming niet. De beelden die hand in hand gingen met de optimistische zijde van het leven, vervaagden. Een harde trek verscheen op haar gezicht. De contouren van Rubens gezicht werden langzaam maar zeker zichtbaar. Ze onderdrukte een vloek toen hij werd geflankeerd door bekenden uit De Derde Oktober.

Het zoveelste gevecht met haar recente verleden stond op het punt van beginnen.

12

'Jij viel wel met je neus in de boter,' zei Ingrid Wagenaar. Aansluitend lachte ze aanstekelijk.

Dagmar schudde vol ongeloof haar hoofd.

'Ik had van Marianne al wat verhalen gehoord… maar dit. Mijn god nog aan toe, hoe halen mensen het in hun hoofd!' Hierna begon zij eveneens te schateren.

'Joh, je moest eens weten wat ze allemaal uithalen om maar een stukje van de reissom terug te krijgen. Als er geld mee is gemoeid, kunnen ze als een blad aan een boom omdraaien.'

Het lag op haar lippen om 'Ik weet het' te antwoorden. Omdat deze opmerking wellicht de harmonie een deukje zou bezorgen, knikte ze slechts.

'Verleden week haalde een oude man tijdens het bezoekuurtje zijn kunstgebit uit zijn mond. Er was een kies afgebroken. De schuld van het harde vlees dat tijdens de lunch werd geserveerd. Hij wilde een cash voorschot op de komende tandartskosten.'

Dagmar trok een vies gezicht. 'Getverdemme, wat smerig.'

Ingrid grijnsde. ' Hij hield het bewijsstuk recht onder mijn neus.'

'Néé!'

Deze reactie was koren op de molen van de reisleidster. Ze trad verder in detail terwijl Dagmar demonstratief beide handen voor haar oren hield. De onsmakelijke flarden die ze opving wist ze te verdringen door sterk aan de afgelopen uren te denken. Een relatief korte periode waarin ze veel lol had beleefd.

Toen ze die morgen door Ingrid in plaats van door Sanne werd gebeld, dacht ze er sterk over om het uitje af te zeggen. Omdat Ingrid sterk aandrong en veel losser dan eergisteren klonk, besloot ze toch op de uitnodiging in te gaan. Sanne was ziek en Ingrid nam haar taken over. Dit hield in dat Ingrid eerst langs het kantoor in Palma moest voor de papierwinkel die bij Sannes route hoorde. Ze spraken af om elkaar recht voor Hotel Ripoll te treffen. Vanaf dit punt kon zij bij Ingrid instappen, waarna ze gezamenlijk de bezoekjes in het Hollandse bolwerk Arenal zouden afleggen.

'Hier links ligt appartementencomplex Ben Hur,' zei Ingrid. 'Daar worden we om halfzeven verwacht. Eerst gaan we naar hotel Neptunus.'

Dagmar keek naar het immense complex en vroeg zich af wat hen nog te wachten stond. Ze dacht terug aan hun eerste optreden in hotel Mediterrane. Omdat ze precies op tijd waren, kwam de aanzienlijke rij wachtenden haar vreemd voor. Ingrid meldde echter dat het heel normaal was. De mensen hadden de hele dag niets te doen, dus keken ze allemaal uit naar het moment waarop ze eens lekker op z'n Hollands konden klagen. Aangezien ze allemaal als eerste aan de beurt wilden zijn, kwam de hele horde al vroeg opdagen. Door Ingrids vanzelfsprekende en droge toon schoot ze in de lach. Tot haar verbazing vertrokken de wachtende toeristen geen spier. Wat later begreep zij pas waarom. De mensen die in de rij stonden focusten zich geheel op Ingrid. Hoewel zij naast Ingrid achter de houten tafel zat, leek het er sterk op dat ze voor de hotelgasten onzichtbaar was.

'Zit je nu nog steeds aan die twee meiden te denken?'

Dagmars blik sprak voor zich. Na twee onbenullige klachten over de ligging van de kamers te hebben aangehoord, gaf Ingrid twee jonge vrouwen van rond de twintig te kennen dat ze plaats konden nemen. Degene die links van hen zat, had een schoenendoos in haar handen. Toen ze deze opende stak haar reisgenote van wal. In de doos lagen zeven dode kakkerlakken. Stuk voor stuk in hun kamer verdelgd met een spray en daarna als bewijsstuk in de schoenendoos gedeponeerd. Volgens de vrouw rechts van hen diende de touroperator de helft van de reissom terug te betalen als er binnen vierentwintig uur zeven of meer kakkerlakken in dezelfde hotelkamer werden aangetroffen. Deze

informatie had ze via internet opgedaan, meldde ze met een zelfvoldane uitdrukking op haar gezicht.
Het getuigde van ervaring en inzicht hoe Ingrid het geval oploste. In eerste instantie keek ze het tweetal aan alsof het hier een reguliere en gefundeerde klacht betrof. Op een vertrouwelijke toon legde ze de vrouwen uit dat dit hotel juist bekendstond om zijn hygiëne. In het zomerseizoen waren overal op het eiland kakkerlakken, dus ook hier. Dat kon je gewoon niet voorblijven, zelfs niet als je dag en nacht verdelgingsmiddelen in de rondte spoot. Milieutechnisch gezien was dat trouwens een slechte optie, sprak zij met een gepijnigde uitdrukking waarop een Greenpeace-activist trots zou zijn.
De klagende dames werden met de seconde meegaander. Het laatste restje onverzettelijkheid verdween toen Ingrid hen vertelde over de mogelijkheid om na hun vakantie een klacht in te dienen bij het hoofdbureau van de reisorganisatie waar ze hadden geboekt. Een specialist zou hun geval bekijken en de uitkomst daarvan werd hun schriftelijk medegedeeld. Dit kon tussen de zes en twaalf maanden duren. Ingrid gaf ze weinig kans op enige teruggave, maar meldde daaropvolgend dat ze het natuurlijk altijd konden proberen. Met gezichten waarop gemengde gevoelens stonden af te lezen, stond het tweetal op en vertrok.
'Denk jij dat zij nog een klacht over die kakkerlakken in gaan dienen?' wilde Dagmar weten.
'Ben je gek. Die komen een paar leuke jongens tegen, waarna het hele voorval...' Twee indringende piepjes onderbraken haar antwoord. Ze graaide in haar tas, bekeek het bericht op het scherm van haar mobiele telefoon en gromde iets onverstaanbaars. Bij de volgende kruising sloeg ze rechtsaf.
'Even een omweg, spoedgeval.' Wat er precies aan de hand was liet ze verder onbesproken. Dagmar ging ervan uit dat het geen letterlijk spoedgeval betrof, aangezien haar metgezel geen haast maakte. Ingrid stopte wat later voor een groot appartementencomplex.
'Ben zo terug.' Ze stapte uit en liep naar de ingang van de toeristenfabriek.

Dagmar zakte wat onderuit en bekeek de omgeving die weinig verschilde van de rest van Arenal. Ruime straten en hoge gebouwen. Het meest in het oog springende was de kleur van het appartementencomplex waar Ingrid zojuist was binnengelopen. In tegenstelling tot de lichtere kleuren van de andere gigantische onderkomens in de nabije omgeving, was dit complex geheel in rode bakstenen opgetrokken. Als je de stad van boven bekeek, leek deze stenen mastodont net een pukkel in een huid van zandkleurig beton, flitste het door haar heen. Omdat de auto bijna naast het gebouw stond geparkeerd, kon ze nergens een naambord ontdekken. Niet dat het wat uitmaakte; dit gebouw week qua kleurstelling zo van de rest af dat ze het altijd terug zou vinden. Een volstrekt overbodige bespiegeling, dacht ze. Er was immers geen enkele reden te bedenken waarom ze ooit belangstelling voor dit foeilelijke complex zou hebben.

Ingrid was binnen vijf minuten terug.

'Dat was letterlijk een spoedgeval,' grapte Dagmar toen de reisleidster instapte. Ingrid haalde haar schouders op.

'Een gast met kiespijn. Hij wilde met alle geweld door een Nederlandse tandarts worden geholpen. De receptionist had alleen de nummers van een Spaanse, Engelse en Duitse tandarts in zijn map staan, vandaar.'

'En jij kwam met een Nederlander op de proppen?'

Ingrid knikte.

'Ik heb het nummer ook aan die receptionist gegeven. Wie weet scheelt het in de toekomst een belletje.'

Het was geen belletje, maar een sms'je, dacht Dagmar. Omdat ze niet zeurderig over wilde komen en ze feitelijk een buitenstaander was, ging ze er echter verder niet op in. Voor de zoveelste maal die middag werd haar blik getrokken door de armband om Ingrids rechterpols. Een sieraad van opmerkelijke finesse. Onopvallend opvallend. In witgoud verwerkte robijnen, saffieren en briljanten. Om haar rechterringvinger droeg zij een bijpassend kleinood.

'Wat een mooie combinatie is dat,' zei Dagmar. Ze keek bewonderend naar de sieraden.

‘Verleden week gekocht,’ antwoordde Ingrid. ‘Ik had ze al een poosje op het oog maar hikte nogal tegen de prijs aan.’

Dagmar trok beide wenkbrauwen op.

‘Je wilt me toch niet vertellen dat ze echt zijn, hè?’ Ze realiseerde zich dat deze vraag als vrijpostig over kon komen. Zeker wanneer je bedacht dat ze elkaar nog maar sinds kort kenden. Ze kon haar nieuwsgierigheid echter met moeite bedwingen. Als de juwelen geen imitatie waren, dan had dit setje Ingrid een klein fortuin gekost. Zoveel wist ze wel van deze materie af.

Het antwoord op de vraag lag opgesloten in de brede glimlach die haar werd toegezonden.

‘Ik moest ze hebben, Dagmar. Ze lagen gewoon op mij te wachten. Ken je dat gevoel?’

Nou en of ik dat ken, dacht ze. Evenals het prijskaartje dat eraan hangt. Ze knikte slechts bevestigend en zei lachend: ‘Nooit geweten dat reisleiders zulke dikke salarissen verdienden.’

Ingrid maakte een kort wegwerpgebaar. De edelstenen rond haar pols en ringvinger leken nog venijniger te schitteren dan daarnet.

‘Wij werken voor een fooi. Heb jij enig idee wat ons basissalaris is?’

Dagmar overdacht snel de condities. Werken in het buitenland, zes dagen per week en om de drie weken vierentwintig uur per dag beschikbaar, waren de eerste feiten die haar te binnen schoten. Ze nam aan dat daar wel een aardige financiële compensatie tegenover moest staan.

‘Zeventienhonderd euro… eh… netto?’

Ingrid reageerde met een spottend lachje.

‘Wat dacht je van vijfhonderd euro?’

‘Je neemt me in de maling.’

‘Jammer genoeg niet.’ Aansluitend stak de reisleidster haar rechterhand omhoog.

‘Dat is het basissalaris. Daarnaast verdienen wij een percentage aan de dagtrips, entreebiljetten en cursussen die we aan onze gasten verkopen. Dat geld wordt samengevoegd en aan het eind van de maand onder de reisleiding verdeeld. Hiervan hebben wij gemiddeld vijfhonderd extra. Dus al met al komen wij aan duizend euro per maand. Appartement, auto en eten inbegrepen.'

De vanzelfsprekendheid in Ingrids laatste woorden bevreemdde Dagmar. Zoveel extra's werd min of meer weggemoffeld in een achteloos toegevoegde zin.

'Dus jouw werkgever betaalt het appartement, de auto en geeft een extra toelage waarvan je kunt eten en drinken?'

'Dat van het appartement en de auto klopt. Eten en drinken doen we gratis in de hotels.'

Ze stopte voor een zebrapad waarna een aantal jongeren overstak.

'Maar nu genoeg over mij,' sprak Ingrid. Ze negeerde opzichtig de hitsige blikken die enkele opgeschoten knapen in hun richting zonden. 'Ik heb van Marianne gehoord dat jij stewardess bent. Is dat wel een vetpot?'

Het persoonlijke aspect in deze directe vraag overviel Dagmar. Ondanks haar openheid van de afgelopen minuten, bleef Ingrid toch een bepaalde gereserveerdheid behouden. Er lag altijd een mate van afstandelijkheid in haar houding opgesloten. Of ze lachte, serieus sprak of in vertrouwen vertelde dat haar vriendje een geslachtsziekte bij de buurvrouw had opgelopen, maakte weinig uit. De imaginaire muur bleef intact.

'Tja, ons basissalaris ligt stukken hoger. Dat heeft overigens ook weer te maken met het aantal dienstjaren. Onze extraatjes zijn daggeldvergoedingen. Die tikken lekker aan als je bijvoorbeeld een vlucht naar New York of Tokio hebt.'

'Is die vergoeding voor eten en drinken?' vroeg Ingrid.

'Soms. Het komt ook voor dat we "all-inclusive" zitten.'

'In dat geval dus geen dagvergoeding.'

Dagmar grijnsde. 'Jawel, hoor. Die valt onder de standaardprocedures.'

'Dan wordt het dus lekker shoppen,' wist Ingrid.

'Ach, met vijftig dollar per dag ben je in die wereldsteden gauw uitgewinkeld.' Het was eruit voordat ze er erg in had. De hoogte van de dagvergoeding was een interne zaak waar nooit met mensen buiten de maatschappij over werd gesproken. Ze was in haar enthousiasme helemaal meegegaan in de luchtige wijze waarop Ingrid over haar eigen salaris sprak. Stom, stom, stom.

'En jouw werktijden? Zijn die nog een beetje christelijk te noemen?'

'Dat valt reuze mee. Ons rooster is gebaseerd op zeventig vlieguren per maand. De werktijden...' Voordat ze 'zijn heel flexibel' kon toevoegen, sneden twee doordringende piepjes haar zin af.

Ingrid slaakte een diepe zucht. Ze pakte haar telefoon en las het bericht. Op het kruispunt sloeg ze tot Dagmars verwondering rechtsaf.

'Daar ligt...'

'Neptunus, ja. Jammer, dan. Dit gaat voor.'

Drie minuten later parkeerde Ingrid de gele Renault recht voor appartementencomplex Buena Vista. Ze omklemde haar handtas en stapte uit.

'Ben zo terug.'

Dagmar zei 'Oké' en keek haar na. Toen Ingrid uit haar zicht verdween, haalde ze beide schouders op en keek wat om zich heen. Het meest opwindende was Ingrids telefoon die in een bakje naast het dashboardkastje lag. Omdat ze het mobieltje onverschillig had weggelegd, balanceerde het op de rand van het bakje waardoor het elk moment kon vallen. Dagmar pakte de mobiele telefoon en verschoof deze enkele centimeters. Toen ze haar hand terug wilde trekken, weigerden haar vingers dienst. Een stroom aan kortetermijnherinneringen kwam op in haar gedachten. Het vorige berichtje, het vreemde verhaal van de Nederlandse tandarts, de juwelen, het voorgaan van een zogenaamd spoedgeval terwijl er mensen zaten te wachten.

Ze trok de telefoon naar zich toe. Welke Nederlandse toerist stuurt een berichtje naar zijn reisleidster als het een spoedgeval betreft? Dan bel je toch? Of was zij nou gek?

Met een schuin oog keek ze naar de ingang van Buena Vista. Geen Ingrid. Hoewel een stem in haar hoofd fluisterde dat ze zich niet met iemand anders zijn zaken moest bemoeien, begon haar duim in rap tempo op knopjes te drukken. Het laatst ontvangen bericht verscheen in het beeldscherm.

Verde. Voor een vertaling van dit woord voldeed haar beperkte Spaans. *Verde* was groen, wist ze. Waar het bericht op sloeg, was haar echter een raadsel. Snel zocht ze naar het vorige bericht.

Rojo. Ook dit woord was geen probleem. *Rojo* was Spaans voor rood. Nadat Ingrid dit bericht had ontvangen was ze naar het complex met de rode bakstenen gereden. Zou het soms daarmee te maken hebben? Maar hoe viel dit te rijmen met een Nederlander die kiespijn had? Zond die soms een berichtje dat bestond uit het woord 'rojo'? En waar stond 'verde' dan voor? Een blindedarmontsteking soms? Wat was dit voor flauwekul?!

Nummerherkenning, schoot het door haar hoofd. Ze drukte nogmaals en zag dat het laatste bericht door een Spaans nummer was verzonden. Geen toerist, dus. In elk geval geen Nederlander. Of hij moest een Spaans mobieltje hebben, en de kans daarop leek astronomisch klein. Ze legde de telefoon weer terug in het bakje. Alsof het van boven was geregeld, kwam Ingrid aangelopen. Nog sneller dan de eerste keer, dacht Dagmar. Erin en eruit. In een fractie van een seconde besloot ze om haar mond te houden. Als ze het ooit ter sprake zou brengen, was Marianne daarvoor de aangewezen persoon. Om Ingrid er hier en nu op aan te spreken leek haar geen sterk plan.

'Gek word ik van die zeurkousen,' zei Ingrid toen ze instapte. Ze startte de motor en reed weg. Ontstemd keek ze op haar horloge.

'Ruim een kwartier te laat. Bereid je maar vast voor op een lastig halfuurtje, Dagmar. In hotel Neptunus zullen de gasten ons allerminst met open armen ontvangen.'

13

Gehaast liep ze van de parkeerplaats naar de ingang van hotel Mirador. Het was kwart voor negen, wat inhield dat ze nog een kwartier over had om bij het buffet aan te schuiven. Nadat ze hun ronde hadden gedaan, stond Ingrid erop dat ze nog wat gingen drinken. Het werd een tapasbar in het centrum van Palma waar ze volgens Ingrid de beste koffie van het eiland schonken. Onder het genot van een kop koffie, die inderdaad heerlijk smaakte, evalueerden ze op lacherige wijze hun *route touristique.* Hierbij kwamen de merkwaardige onderbrekingen na de berichtjes niet ter sprake. Met de belofte elkaar voor haar terugkeer naar Nederland nogmaals te zien, namen ze een halfuurtje later afscheid.

Eenmaal in de hal van hotel Mirador wandelde ze met een stevige tred direct door naar de grote wenteltrap die in het midden van de lounge stond. Ze wilde zich nog snel even in haar kamer opfrissen. Vertraging vanwege een volle lift liet haar krappe schema nu niet toe.

'Mevrouw Vredeling?'

Dagmar hield haar pas in en keek over haar linkerschouder. Joyce, de receptioniste en mede-eigenaresse van het hotel, wenkte haar. Ze draaide zich om en liep naar de balie.

'Ik heb een pakketje voor u. Vanwege de warmte heb ik het zolang in de koeling gezet.' Met een gebaar van haar rechterhand maakte ze duidelijk dat Dagmar moest blijven wachten. Met een voor haar leeftijd opmerkelijke soepelheid – ze moest minstens halverwege de vijftig zijn, schatte Dagmar in – verdween ze door een deur achter de receptie. Twee minuten later kwam Joyce weer terug. In haar handen droeg ze een doos van dertig centimeter lang, tien centimeter breed en even zo

hoog. Het geheel was verpakt in luxepapier. Een paarse strik waaraan een zwart kaartje hing zorgde voor de extra franje.
'Vanmiddag laat bezorgd,' sprak ze stijfjes. Aansluitend liet ze haar masker van Engelse degelijkheid zakken en fluisterde: 'Dat gebeurt mij nou nooit.'
Ze bedankte de vrouw voor de gedane moeite en nam het pakketje aan. Terwijl ze naar de trap liep, las ze de kleine, gouden letters op het kaartje: Chocolateria Adriano. Dat voorspelde veel goeds.
Twintig treden verder bevond ze zich op de tweede verdieping. Ze liep de hal door en dacht sterk aan Marianne. Zij was echt een vriendin uit duizenden. Alles had ze al voor haar geregeld. En nu dit. Marianne wist dat ze gek op bonbons was. Hoe kon ze dit ooit terugbetalen? Niet eens financieel gezien, maar de aandacht, de zorg, de wil om iemand uit de put te trekken en dit gewoon te doen alsof het de normaalste zaak van de wereld betrof. Eigenlijk waren er geen woorden voor.
Ze opende de deur van haar kamer, liep door naar de minibar en opende deze. Maar ineens versloeg de verleiding het verstand. Wat maakten die vijf minuutjes nou uit! Ze moest gewoon kijken wat er in de doos zat. Hoe appetijtelijk de bonbons eruitzagen. Van de inhoud zou ze afblijven, beloofde Dagmar zichzelf plechtig. Dat was pas na het diner aan de orde.
Met haar nagels pulkte ze de strik los. Het kaartje legde ze op een bijzettafeltje neer. Dat wilde ze bewaren. Leuk aandenken voor later. Het verwijderen van het inpakpapier kostte haar vijf seconden. Hierna hield ze een goudkleurig doosje in haar handen. Voorzichtig opende ze de flap. Op het filterdunne papiertje boven de bonbons lag een glanzend, zwart visitekaartje.
Orlando Pons, Office of Tourism, Mallorca.
Ze draaide het kaartje om. 'Call me', stond er in zwierig handschrift.

14

Orlando hield de deur van de zwarte sportwagen voor haar open. Het was een Porsche 911 cabriolet met beige lederen bekleding. Het soort auto waarvan de haartjes op haar armen meestal rechtop van afkeer gingen staan. Niet omdat ze een hekel aan het merk had, maar vanwege de bestuurders die erin rondreden. Er bestonden grofweg twee categorieën: de patsers en de nerds die in de IT hun fortuin hadden gemaakt. Dat haar theorie zwakke plekken kende, bewees de man die naast haar achter het stuur plaatsnam. Hij droeg leren instappers, een spijkerbroek en een wit overhemd met daaroverheen een kort, leren jasje. De design zonnebril leek speciaal voor zijn knappe gezicht ontworpen. Hij zag er waanzinnig goed uit. De snelle bolide paste perfect bij hem. Klasse, schoonheid en snelheid. Orlando Pons viel in de buitencategorie.

'Hoe bevalt het in Fawlty Towers?' vroeg hij toen ze de kleine oprit van het hotel afreden.

'Prima,' antwoordde Dagmar naar waarheid. Ze begreep waar Orlando op doelde, maar wilde hem niet te snel punten laten scoren. Daar kwam bij dat zijn vergelijking met de tv-serie eerder mank ging dan dat er duidelijke overeenkomsten waren. Toegegeven, hotel Mirador werd voor een groot gedeelte door een familie gerund en er was een ober die Manuel heette. Hij kwam overigens uit Madrid in plaats van Barcelona en de enigszins stijfjes overkomende Joyce kon je in de verste verte niet met John Cleese vergelijken.

'Dat moet je niet letterlijk nemen, Dagmar. Het is een grapje uit de reiswereld hier op Mallorca.'

Ze keek hem vragend aan.

'Dat heeft meer met hun situatie dan met die fantastische serie te maken. Dat Joyce Engels is, moet je meer als een bonus zien. Een toevalligheid die het verhaal iets extra's geeft.'
Hij schakelde door naar de tweede versnelling.
'Joan Ferrer, Joyce' echtgenoot, is een volbloed Mallorquin. Ze zijn al een jaar of dertig getrouwd. Zij kwam hier op vakantie, ze werden verliefd, trouwden en binnen een jaar kregen ze een zoon. Joan kon het hotel van zijn ouders overnemen en Joyce hielp mee in de receptie.'
Aangemoedigd door de geïnteresseerde uitdrukking op Dagmars gezicht, vervolgde hij zijn verhaal.
'De eerste jaren verliepen harmonieus, al moet ik er meteen bij vertellen dat ik dit ook weer van anderen heb gehoord. In die tijd bouwde ik met mijn buurmeisje zandkastelen op het strand.'
Dagmar keek hem met een schuin oog aan.
'Of speelden jullie soms doktertje?'
Hij negeerde de speldenprik en ging verder met zijn verhaal.
'Joyce begon zich steeds nadrukkelijker met het managen van het hotel te bemoeien. Zoals meestal het geval is, zaten daar goede en minder geslaagde ideeën tussen. Voornamelijk om de harmonie in zijn huwelijk te bewaren, gaf Joan nauwelijks tegengas. Zo werd er dus op voorspraak van Joyce flink gemoderniseerd, wat een goede zaak was. Het hotel kon wel een facelift gebruiken. Tevens schroefde Joyce de prijzen op. Een logisch gevolg van de ingrijpende verbouwing, ware het niet dat Joyce het wat te gortig maakte. De eerste jaren pikten de klanten de veel te hoge prijzen die ze rekende voor een verblijf in een driesterrenhotel. De daaropvolgende periode waarin Mallorca moest vechten voor een plekje tussen het opkomende toerisme in met name Azië en Afrika, prijsde Joyce hotel Mirador echter uit de markt. Aangezien ze weigerde om iets aan de tarieven te doen, liepen de touroperators bij haar weg. Omdat Joan een man van het eiland is en Joyce ondanks haar wat stijve voorkomen er best mee door kan, heb ik uit monde van mijn functie een paar gesprekken met de touroperators gevoerd. Uiteindelijk heeft dit weinig uitgericht. Beide partijen weigeren om water bij de wijn te doen.'

De motor van de Porsche gromde toen ze de snelweg opreden en Orlando's rechtervoet het gaspedaal indrukte.
'Dus hotel Mirador heeft geen contract met de touroperators?' wilde Dagmar weten.
'Al jaren niet meer,' antwoordde Orlando zonder aarzelen. 'Een unieke situatie. Het merendeel van hun gasten werven ze zelf. Wat dat betreft is internet voor Mirador van levensbelang. Ondanks deze kans om buiten de touroperators om klanten te boeken, moeten ze echt de eindjes aan elkaar knopen. Hierdoor blijft er veel achterstallig onderhoud liggen en bekleedt het personeel dubbele of zelfs driedubbele functies. Logischerwijze gaat er dan regelmatig iets fout of ontstaan er kolderieke situaties. Vandaar de bijnaam "Fawlty Towers".'
Een reeks vragen kwam bij haar op. Voordat ze echter de tijd kreeg om deze in volgorde van belang te ordenen, schudde Orlando theatraal met zijn hoofd.
'Wat zit ik nou toch te bazelen over dat hotel?' Een diepe zucht volgde. 'Dagmar, je ziet er prachtig uit. Het toppunt van vrouwelijkheid. Als wij straks door Palma rijden heeft heel mannelijk Mallorca een stijve nek van het omkijken en de vrouwen krijgen opeens complexen over hun uiterlijk. Mijn oprechte excuses dat ik eerst over zoiets onbenulligs als een hotel zonder touroperator begon.'
Hierna grijnsde hij jongensachtig.
'Je mag me gerust een klap verkopen. Meld het wel tijdig, want we rijden nu honderdzeventig.'
Terwijl ze beleefd om zijn complimentje glimlachte, zetten zijn woorden van zonet haar aan het denken. Het was nu echter niet het moment om erover te gaan piekeren. De informatie over het hotel en de gang van zaken daar, en de vragen die daarover bij haar opkwamen prentte ze daarom in haar geheugen. Ze zou er op een rustig moment over na gaan denken.
Ze reden Palma binnen. Terwijl hij nog net op tijd door een oranje verkeerslicht reed, wees Orlando naar een gebouw waarop in neonletters Abraxa stond.

'Deze disco is in opkomst. Het is mij een te lawaaierige tent, maar als je van dansen houdt kun je de gok wagen.'
Dagmar schudde van nee. Met discobezoek was ze al jaren geleden gestopt. De herrie, veel opdringerig volk, drugsgebruik op de toiletten. Nee, ze hield het bij de kroeg. Of was het 'ze hielden' het bij de kroeg... Ze verdrong Ruben direct uit haar systeem. De klootzak.
'Daar zit Pacha,' zei Orlando. 'Zoals je wellicht weet is dat een keten van discotheken die je door heel Spanje vindt.' Hij prikte met zijn wijsvinger naar een pand dat aan een boetiek grensde.
'Volgens de verhalen is Tito's helemaal hot. Dit is een discotheek die in het trotse bezit is van een panoramalift waarmee ze hun gasten van de ingang naar de hippe tent zelf transporteren.'
Dagmar hoorde de weetjes met een geïnteresseerde blik aan. Ze was absoluut niet van plan om in deze korte vakantie een disco te bezoeken, maar vond het wel grappig om te horen welke uitgaansgelegenheden het nachtleven van Mallorca bood.
Na de Passeig Maritim bleef Orlando het verlengde van deze weg aanhouden. De Middellandse Zee lag nog steeds aan hun rechterkant. Bij de tweede kruising sloeg hij linksaf, reed honderd meter door en stopte langs de stoeprand. Een sjofel geklede man liep ogenblikkelijk naar hem toe.
'Pas jij even op mijn auto?' zei Orlando uitermate vriendelijk tegen de ongewassen figuur die breeduit lachte toen Orlando hem een briefje van vijf in zijn smoezelige hand drukte.
'Komt voor mekaar, meneer!'
Dagmar voelde haar dijbenen protesteren toen ze een pad beklommen dat steil omhoogliep. Orlando pakte haar hand.
'Nog een paar meter, Dagmar. Dit is een binnendoorroute en die scheelt ons zeker tien minuten lopen.'
Dertig seconden later stonden ze op een plein. Recht voor hen lag de kathedraal van Mallorca. Zonder te aarzelen liep Orlando door de geopende deur naar binnen. Geïmponeerd door het statige bouwwerk, volgde Dagmar hem op de voet. Ze wilde de kathedraal graag van-

binnen bekijken, maar vond het toch een beetje eng om zomaar naar binnen te lopen.
De mis was in volle gang. Ten overstaan van honderden gelovigen droeg een priester de mis op. Achter hem stond een dozijn misdienaren voornamelijk vroom te zijn. Zonder uitzondering lag er op hun gezicht een serene uitdrukking.
Orlando vond in het achterste gedeelte een bank waarop niemand zat. Ze namen plaats, waarna hij een kruisje sloeg en zijn vingers vouwde. Aansluitend sloot hij beide ogen en begon te bidden.
Dagmar liet haar blik door de kathedraal zweven. Het gebrandschilderde glas, boven in de nok, trok als eerste haar aandacht. Het was een prachtige, ronde compositie van geel, blauw, groen en rood glas. Eronder bevonden zich links en rechts twee kleinere, soortgelijke kunstwerken. Wat de beschilderingen precies voorstelden werd haar niet duidelijk. Maar dat maakte niet uit; het was magnifiek.
'Gotisch,' fluisterde Orlando die zijn ogen weer open had. 'Twaalfenhalve meter in doorsnee. Het grootste gotische kerkraam ter wereld.'
Zowel aan haar linker- als rechterkant bevonden zich kapelletjes met daarin Christusbeelden. Het aantal kaarsen dat eromheen stond was nauwelijks te tellen. Het fijne houtsnijwerk aan de buitenkanten van de kapelletjes was van een zeldzaam ambachtelijk niveau. Hier moest duizenden uren aan zijn gewerkt, ging het door haar heen. In gedachte zag ze de houtsnijders uit vroeger tijden bezig met de ultraprecieze uitvoering van hun vak.
Ze draaide haar bovenlijf een kwartslag en zag dat er zich aan de andere zijde van het heiligdom, recht tegenover het altaar, nog een prachtig raam bevond. Het had de vorm van een raket en ook hierin waren dezelfde kleuren verwerkt als in de overige ramen het geval was. In tegenstelling tot de andere beschilderingen, kon ze zich hierbij wel een voorstelling van de betekenis maken. De gele mozaïekjes bestonden uit zes stukjes en vormden samen een bloemmotief. De overige kleuren moesten het met vier stukjes doen. Ook van dit kunstwerk viel haar mond bijna van bewondering open.

‘Genoeg gezien?’ fluisterde Orlando.
Ze knikte bevestigend. Nog betoverd door de schoonheid om haar heen, liep ze achter hem aan in de richting van de uitgang.
‘Ik kreeg het idee dat je het wel mooi vond,’ zei Orlando toen ze weer buiten stonden.
Dagmar slaakte een zucht waaruit voldoening sprak.
‘Wat was dat prachtig, Orlando. Ik heb genoten.’ Ze sloeg spontaan haar armen om hem heen en drukte een kus op zijn rechterwang. ‘Dank je wel. Dit heeft echt indruk op me gemaakt.’
Hij grijnsde breed. ‘Dan is het eerste deel van de missie geslaagd.’ Hierna pakte hij Dagmars hand en leidde haar naar een brede, stenen trap die uitkwam op een pittoresk pleintje. Orlando koos voor de rechterkant. Na tien stappen tikte hij driemaal met de knokkel van zijn rechterwijsvinger op de ruit van een klein pandje. De man achter de toonbank schrok op van zijn papierwerk, keek recht in het gezicht van Orlando en grinnikte schaapachtig.
‘Wel wakker blijven, Frederico,’ sprak Orlando op luide toon. De man maakte een guitig wegwerpgebaar en hervatte zijn werkzaamheden.
‘Dit bureau is uitsluitend op toeristen gericht,’ zei Orlando toen ze rechtsaf de Passeig des Born betraden. ‘Een soort winkel waar we informatie verkopen zonder er iets voor te rekenen. Het hoofdkantoor bevindt zich in het centrum. Daar verrichten we enkel zakelijke transacties. Overeenkomsten met hoteliers, touroperators, reclamecampagnes, aanvragen voor vergunningen, te veel om op te noemen. Hier verdient Mallorca een deel van haar geld.’
‘Ik neem aan dat jullie hoofdkantoor stukken groter is dan dit pandje,’ grapte Dagmar.
‘Als jij niet op het raam had geklopt, was ik er straal voorbijgelopen.’
Orlando knikte.
‘Dit kippenhok runnen we alleen maar omdat we naar het publiek toe een verplichting hebben. Toeristen moeten hun vragen en verzoeken bij ons neer kunnen leggen. Om het ‘laagdrempelige’ gehalte zo hoog mogelijk te houden, hebben wij voor deze optie gekozen. Als je erop let,

zul je zien dat overal in Palma wegwijzers staan met onze naam.'
Ze stonden nu voor een T-splitsing. Aan hun linkerhand bevond zich een fontein, recht voor hen liep een brede straat waardoor verkeer raasde. Ze namen het zebrapad en hielden hun pas in bij de etalageruit van het chique Loewe. Dagmar keek naar de uitgestalde kleding en de piepkleine letters eronder waarop de prijzen stonden vermeld. Ze kreeg het gevoel dat haar eigen ogen haar bedrogen.
'Dit is toch een geintje, neem ik aan?' Ze wees naar een handtas. 'Negentienhonderd euro!'
'We hebben het wel over slangenleer, dame.'
Met de verbijstering van een kind voor de ruiten van zijn favoriete speelgoedwinkel, wees haar vinger een ander artikel aan.
'Zevenenhalfduizend euro voor een jas!'
'Dat is nerts, Dagmar,' antwoordde Orlando droog. 'Die prijzen liggen erg hoog.'
Met beide handen maakte hij een breed gebaar.
'Dit is de Avinguda Jaume III, het tweede gedeelte van onze missie.'
Dagmar keek hem met een blik aan die het midden hield tussen gespeelde uitdagendheid en onverholen nieuwsgierigheid.
'En wat is het derde deel?'
'Dat zie je straks wel,' sprak hij op een toon die aangaf dat hij daar nu nog niets over wilde vertellen. Voorzichtig, maar beslist, trok hij haar mee toen het verkeerslicht op groen sprong.
'Aan de overkant zijn een paar winkels die jouw goedkeuring vast wel kunnen wegdragen.'
Na enkele meters op het trottoir van Avinguda Jaume III bleek dat waar te zijn. De eerste winkel op hun route was van Massimo Dutti. In vergelijking met Loewe leken de prijzen hier een stuk aantrekkelijker.
Op de volgende boetiek stond in zwarte letters JAIME MASCARÓ. In de etalage hadden de verkoopsters tassen en schoenen op een smaakvolle wijze uitgestald. Dagmars oog viel direct op een charmante witte schoen met een laag hakje. Blijkbaar hield Orlando haar blik in de gaten, want

hij stapte ineens de winkel binnen en wees op de schoen die in gedachten al bij haar in de kast stond.
'Probeer die eens.'
Met een beroepsmatige glimlach reikte de verkoopster haar even later de juiste maat aan. Het model zat haar als gegoten en leek voor haar gemaakt. Het prijskaartje onder de zool beweerde echter het tegenovergestelde. Bijna driehonderd euro voor een paar schoenen was haar te buitensporig. Hoe mooi ze ook waren.
'Ze staan niet echt bij mijn jurk,' sprak Dagmar met al de overtuiging die ze bijeen kon schrapen. Op het vlaagje teleurstelling dat desondanks over haar gezicht gleed, had ze echter geen grip. Zo nonchalant mogelijk gaf ze de schoen terug aan de verkoopster en bedankte haar voor de gedane moeite. Tijdens en na het pasritueel had Orlando geen woord gesproken.
'Eerlijk gezegd vond ik ze wel leuk,' zei hij even later.
Omdat ze geen passend antwoord had, haalde ze haar schouders op. Om een pijnlijke stilte te vermijden, wees Dagmar enthousiast naar de volgende etalage. Orlando deed zijn best om een lach te onderdrukken. Voor de liefhebbers is Ferresi een waar paradijs op aarde. Hun kleding-, tassen- en schoenenlijn is het walhalla voor de tijgerfetisjist. De prints van dit dier zijn op praktisch elk artikel terug te vinden. Hierbij legt de bescheiden vorm het merendeels af tegen drukke strepen en vlekken die naar ordinair neigen.
'Grrr,' gromde Orlando en maakte een klauwende beweging met zijn linkerhand.
'Het is zo lelijk dat je het bijna mooi gaat vinden,' kaatste Dagmar terug.
Hij haalde zijn schouders op.
'Jammer, ik zag jou al voor de open haard in zo'n tijgervelletje liggen.'
Een speels tikje tegen zijn wang was zijn beloning.
'Dat kun je wel vergeten, wellusteling.' Ze pakte zijn hand en liep door. Demonstratief keurde ze Ferresi's *fine de fleur* geen blik meer waardig. Deze koppige houding hield ze exact vijf passen vol. Daarna lachte ze om Orlando die breeduit stond te grijnzen.

'Jullie mannen zijn ook allemaal hetzelfde!'
Orlando knikte bevestigend.
'Dat is om het jullie makkelijk te maken.'
Hij legde zijn arm om haar schouder en richtte zijn blik op de overkant van de straat.
'In elke zichzelf respecterende winkelstraat van Spanje mag El Corte Inglés niet ontbreken.' Hierna keek hij haar vragend aan.
'Wat mij betreft houden we het bij deze winkelstraat,' reageerde Dagmar direct. Ze had in Barcelona en Madrid enkele filialen van deze warenhuisketen bezocht. Immens, exclusief, goed gesorteerd en behoorlijk aan de prijs. De moeite waard om er eens binnen te lopen, dus. Vandaag vond ze het echter niet passend om door El Corte Inglés te slenteren. Daarvoor was deze date te speciaal.
Ze liepen dezelfde weg terug. Toen ze de boetiek van Jaime Mascaró passeerden, tikte Orlando ineens met zijn rechterhand tegen zijn voorhoofd.
'Stom van me. Was het bijna vergeten.' Zonder enige uitleg wandelde hij de tassen- en schoenenzaak binnen. Dagmar zag hoe hij enkele woorden met de verkoopster wisselde, die vervolgens naar achteren liep. Even later kwam ze terug met een schoenendoos, deed er een tas omheen en bedankte Orlando die haar een aantal biljetten gaf.
'Zo,' sprak hij alsof het de normaalste zaak van de wereld betrof. 'Heb jij tenminste een tastbaar aandenken aan Mallorca.'
Dagmar wilde protesteren, maar kreeg daar geen kans voor. Orlando had snel en speels zijn linkerwijsvinger op haar lippen gelegd.
'En ik vind ze dus wel mooi, oké? Mocht je ze ooit nog eens dragen, denk dan aan mij. Al is het maar voor even.' Hij haalde zijn vinger van haar lippen en drukte er een vluchtige kus op. Hierna sloeg hij kameraadschappelijk zijn arm om haar schouder. De afstand die ze hierna overbrugden, was voor Dagmar te kort om een paar zinnen te bedenken waarin ze hem voor het cadeau wilde bedanken.
'Kijk,' sprak Orlando zichtbaar opgetogen. 'Ik ben vandaag nog lang niet uitgekocht.'

Ze volgde zijn blik die eindigde bij de etalage van een pand aan de overkant. Aan de eigenaar van Intimissimi hoefde niemand de betekenis van pikante lingerie uit te leggen. De winkel lag er vol mee. Dagmar gniffelde beschaamd toen Orlando zijn tong uit zijn mond liet hangen en hardop begon te hijgen.
'Dat soort winkels moest verboden worden.' Van het ene op het andere moment had hij zich een vrome houding aangemeten.
'Mee eens,' speelde Dagmar het spel mee, waarna ze verder liepen. De wandeling naar de auto duurde een kwartier. De bijklussende zwerver had woord gehouden. Orlando's Porsche stond nog op dezelfde plek en glom als vanouds.
'Er is niemand in de buurt van uw auto geweest, meneer,' hengelde hij opzichtig naar een tip.
'Goed gedaan, vriend,' antwoordde Orlando en wierp hem een twee euromunt toe. Onder een stroom van hese bedankjes met een alcoholische ondertoon opende Orlando het portier voor Dagmar, startte de auto en reed weg. Bij de verkeerslichten aangekomen sloeg hij rechtsaf. 'Halfacht, een beetje aan de vroege kant, maar vooruit. Het heeft ook weer zijn voordelen.' In plaats van enige uitleg, concentreerde hij zich op het verkeer. Dagmar vroeg bewust niets. Tot nu toe was deze afspraak ronduit fantastisch. Orlando had ongetwijfeld zijn reden om ineens heel demonstratief te zwijgen.
Tien minuten later zaten ze in restaurant Navarra. Het interieur was eenvoudig, maar straalde door het interieur van donkere hout veel warmte uit. Alle tafeltjes waren bezet.
'Navarra heeft van oudsher een Baskische keuken,' zei Orlando. 'Onder de bevolking staat het bekend als een van de beste restaurants van Mallorca. Normaal gesproken moet je hier reserveren en zit het vanaf een uur of negen stampvol. Dat bedoelde ik daarnet met het voordeel. Rond deze tijd heb je soms kans op een tafeltje.'
Hij maakte een gebaar dat voor een verontschuldiging door kon gaan. 'Bovendien wilde ik niet dat jij tijdens de rit zou nadenken over eten en wijnen die daarbij passen. Ik kan me goed voorstellen dat dit vreemd

overkomt, maar geloof me, straks zul jij precies begrijpen wat ik bedoel.' Dagmar legde beide handen met de palmen naar boven op tafel.
'Verras me. Tot nu toe gaat je dat prima af.'
De ober begroette hen vriendelijk en vroeg iets aan Orlando wat Dagmar niet begreep.
'Wil je vlees of vis?' vertaalde haar tafelgenoot snel.
'Eh... doe maar vlees.'
'Daar zul je geen spijt van krijgen.' Hij keek de ober aan en zei '*Dos chuletas de ternera lechal, por favor.*'
De man knikte en vroeg: '*Con el vino de siempre?*' Toen Orlando bevestigend antwoordde, glimlachte hij mysterieus. Alsof ze een geheim deelden dat hem elke keer als het opdook weer een binnenpretje bezorgde. Met de geschreven bestelling in zijn hand liep de ober naar de keuken.
De daaropvolgende twintig minuten spraken ze aan één stuk door. Orlando vertelde over zijn werk, dat het overgrote deel van zijn tijd opslokte. Hij hield het oppervlakkig en overzichtelijk. Inside-jokes en details liet hij buiten beschouwing. Een prettige bijkomstigheid, aangezien mensen die voor hun werk leefden zich vaak binnen de kortste keren te buiten gingen aan oeverloos geklets over dingen die anderen absoluut niet interesseerden.
Tussen neus en lippen door liet hij zich ontvallen dat er geen vrouw in zijn leven was. De reden hiervoor was simpel: voor een relatie had hij gewoon geen tijd. Eigenlijk was hij getrouwd met zijn werk, dat tevens zijn minnares was. Het viel Dagmar op dat hij er geen zin aan toevoegde in de trant van 'helaas ben ik de ware nog niet tegengekomen'. De standaardopmerking van een versierder, waarmee deze zogenaamd de gevoelige kant van zijn karakter toont.
Zijzelf bracht kort haar werk en relatiebreuk ter sprake. Tevens vertelde ze over haar vriendschap met Marianne die sinds kort weer was opgebloeid. Toen zij midden in het verhaal zat van hun hernieuwde kennismaking in Utrecht, zette de ober het vlees op tafel. Daarna opende hij de wijn, die Orlando vreemd genoeg niet eerst proefde.
'*Buen pro vecho.*'

'*Gracias*,' zeiden Orlando en Dagmar gelijktijdig.
Dagmar proefde een stukje van haar vlees, waarna op haar gezicht een hemelse uitdrukking verscheen. Ze sneed nog een stuk af, kauwde erop en keek Orlando met een doordringende blik aan.
'Het is verrukkelijk.'
Orlando toonde haar een overwinnaarslachje.
'Dit vlees wordt geïmporteerd uit Baskenland. De koe, ik ben de naam van het ras vergeten, krijgt vanaf de geboorte hoofdzakelijk melk. Vandaar het zachte vlees en de fijne smaak.'
Hij nam een slok van zijn wijn en spoorde Dagmar met een subtiele hoofdknik aan om dit eveneens te doen.
'Zalig, past er precies bij,' was haar oprechte mening.
'Faustino V, een supermarktwijn van een paar euro per fles,' antwoordde hij met een stalen gezicht.
'Wát zeg je?!'
Hij kauwde bedachtzaam op zijn vlees en spoelde het met een slok wijn weg.
'Een paar jaar geleden kreeg ik bij vrienden thuis een rode wijn aangeboden. Toen ik stellig vertelde het een opmerkelijke wijn te vinden, schoten zij in de lach en toonden mij de geopende fles. Ze hadden de zogenaamde kenner een goede poets gebakken. Ik speelde het spel mee en lachte beschaamd. In werkelijkheid was ik erg blij, omdat ik een fantastische wijn had ontdekt voor een belachelijk lage prijs.'
Dagmar wees eerst naar de fles om aansluitend met een weids gebaar de entourage aan te duiden.
'Maar...'
Orlando knikte begrijpend.
'Dat was in eerste instantie natuurlijk een onoverkomelijk probleem. Een wijn in die prijsklasse wordt hier natuurlijk nooit ofte nimmer geschonken. Na wat wikken en wegen dacht ik een oplossing te hebben gevonden. Hierbij moet ik direct vermelden dat zowel de eigenaar als de chef-kok van Navarra tot mijn kennissenkring behoort. Zonder dat opstapje was het waarschijnlijk nooit gelukt.'

Hij pakte de fles en draaide deze om. Dagmar keek tegen een wit en naamloos etiket aan.
'Ik liet hen beiden de wijn proeven,' ging Orlando verder. Ook zij waren meteen enthousiast. Sindsdien hebben ze voor mij altijd een paar flessen Faustino V op voorraad. Zoals je ziet, is het originele etiket afgeplakt. Ik beschouw deze godendrank dus als mijn huiswijn.'
Het vlees en de wijn werden gevolgd door koffie. Met een voldaan gevoel verlieten ze tegen negenen het restaurant. Toen ze weer op de boulevard reden, zag Dagmar aan haar linkerzijde hoe de zon langzaam in de Middellandse Zee zakte.
'Prachtig,' zuchtte ze.
Orlando keek recht voor zich uit. Pretkuiltjes in zijn wangen voorspelden dat de avond letterlijk nog jong was. Ze reden op een brede straat die parallel liep met de Paseo Marítimo, oftewel de Passeig Maritim. Na anderhalve kilometer sloeg Orlando rechtsaf en deed dit honderd meter verderop nogmaals. Tien seconden later remde hij af voor een groot, ouderwets gietijzeren hek. Een relikwie van vergane glorie dat in deze moderne omgeving geheel misplaatst leek. Hij stapte uit, haalde een sleutelbos uit zijn jas, koos er eentje uit en opende hiermee het roestige kettingslot. Toen de Porsche weer in beweging kwam, bevonden ze zich direct in een andere wereld. Het kronkelweggetje ging bergopwaarts. Gelukkig was er nog een laatste restje schemering, anders hadden ze in het pikdonker gereden. Straatverlichting ontbrak en de bomen vormden een gesloten haag die elke vorm van licht buitensloot.
'Een aardige oprit, nietwaar?' was Orlando's nuchtere commentaar. Omdat hij het bochtige parcours reed op een manier die verried dat hij de weg kon dromen, hield Dagmar zich groot.
'Jij bent toevallig toch geen seriemoordenaar?' vroeg ze met gespeelde nonchalance. Gezien zijn brede grijns kon Orlando de opmerking wel waarderen.
'Ik moet je teleurstellen,' antwoordde hij. Na drie wijde bochten zette hij zijn auto aan de kant en wees naar rechts. De contouren van hoge

muren en aangrenzende torens waren grijze lijnen tegen een steeds donker wordende achtergrond.

'Kasteel Bellver,' zei Orlando en stapte uit. Hoewel Dagmar het uitstapje met de minuut griezeliger begon te vinden, accepteerde ze zonder enige aarzeling zijn uitgestoken hand. Gezamenlijk beklommen ze een stenen trap die eindigde bij een houten deur die solide oogde. De sleutelbos verscheen weer in Orlando's hand.

'Vertrouw me, je zult dit prachtig vinden.'

Op de smalle trap was het aardedonker. Een omstandigheid die Orlando blijkbaar niet als een handicap beschouwde. Als een luipaard in de jungle vond hij feilloos de weg.

'We bevinden ons nu 112 meter boven zeeniveau,' sprak hij op de neutrale toon van een gids tijdens een rondleiding om twee uur 's middags. 'De bouw van Kasteel Bellver begon in 1300. Het bestaat uit drie vergelijkbare torens en een zeven meter hoge toren die buiten het daadwerkelijke kasteel staat. In eerste instantie gold het kasteel als koninklijke residentie. Later, in de achttiende en begin negentiende eeuw, was het een gevangenis.'

Ondanks de rustgevende toon waarop Orlando sprak, voelde Dagmar een rilling langs haar ruggengraat lopen. Ze probeerde zich te concentreren op een lichtstreepje schuin boven haar dat met elke stap die zij zetten breder werd. Enkele meters voordat ze dit punt bereikten, drong het langzaam tot haar door wat Orlando's bedoeling was. Toen ze de laatste trede achter zich lieten, werd haar vermoeden bewaarheid.

Het uitzicht was onbeschrijfelijk mooi. Doordat miljoenen fonkelende sterren de kantelen beschenen, verspreidden de eeuwenoude stenen een mystieke, goudgele gloed. In de verte glinsterden duizenden lichtjes in de baai van Palma. De stad zelf leek bedekt door een neongewelf waarin het gehele kleurenspectrum was vertegenwoordigd. Toen ze zich langzaam omdraaide zag Dagmar hoe het binnenland van Mallorca werd versierd door ontelbare puntjes die flikkerden als diamanten in een collier van onwezenlijke grootsheid.

'Prachtig,' zuchtte ze.

'Daar ben ik blij om,' antwoordde Orlando met een ingetogenheid die bij het moment paste. 'Dan is mijn missie geslaagd.'
Haar blik kruiste de zijne. Hier, onder deze wonderschone sterrenhemel, was het wachten op de vonk die hun lichamen liet ontbranden. In zijn oogopslag ontbrak echter de passie, zag ze. Hij keek naar haar zonder daarbij haar blik te willen vangen en deze te absorberen.
Ze draaide zich half van hem weg.
'Met het bezoek aan de kathedraal wees jij mij op de architectonische schoonheid van Mallorca die haaks staat op de wanstaltige blokkendooscomplexen waarin de toeristen zitten.'
'Ons bezoekje aan Avinguda Jaume III gold als tegenhanger van die verschrikkelijke souvenirshops waarmee de halve kuststrook is volgebouwd,' vulde Orlando aan.
'Bij Navarra gaf je aan dat er buiten het fastfood en buffetgebeuren ook een andere wereld bestaat. Een wereld waarin je lekker kunt eten en drinken zonder in decadente trekjes te vervallen.'
Orlando legde zijn rechterhand op haar schouder. Vreemd genoeg voelde dit niet aan als een toenaderingspoging. Het was eerder een gebaar van waardering, zoals een leraar maakt tegenover een leerling die zojuist een zinnige opmerking heeft geplaatst.
'Ten slotte wilde ik met dit uitzicht duidelijk maken dat de mensen die Mallorca enkel vanaf het strand bekijken, geen flauw benul hebben van hetgeen ze missen.'
Dagmar deed een stap zijwaarts en bracht haar gezicht vlak bij het zijne. 'De missie is nog niet volbracht,' fluisterde ze in zijn oor. De kus die volgde was lang en teder.

15

Dagmar baande zich voetje voor voetje een weg door het opeengepakte publiek. De gang naar de bar waar Marianne en Sanne met elkaar stonden te praten, was het dieptepunt van haar vakantie. De bezoekers van café Lange Jaap waren zonder uitzondering jaren jonger dan zij was, verspreidden een afstotende zweet- en alcoholwalm en brulden als imbecielen met André Hazes mee. Het lukte sommigen zelfs om boven het origineel uit te komen. Een prestatie, aangezien de volumeknop van de geluidsinstallatie niet verder naar rechts kon.

'Welkom in de hel,' sprak Marianne met een uitgestreken gezicht toen zij eindelijk de bar bereikte. Haar vriendin draaide haar hoofd een kwartslag en zei iets onverstaanbaars tegen de barkeeper die meteen een rode wijn inschonk en het glas op de bar recht voor Dagmar zette.

'Wat een contrast met Koldo, nietwaar?' stelde Sanne vast.

Dagmar keek haar verbaasd aan. Van Koldo had ze nog nooit gehoord. Aan de andere kant was het heel goed mogelijk dat de onafgebroken wal van geluid Sannes woorden had vervormd. Ze nam een slok van haar rode wijn en beval zichzelf om geen zuur gezicht te trekken. Het was bocht.

'Hoe was het bij Koldo?' vroeg Sanne. 'Lekker gegeten?'

Nu was ze er zeker van dat de hostess de naam Koldo expliciet in verband bracht met eten. Het kon bijna niet anders dan dat Koldo een restaurant was, redeneerde ze snel. Waarom Sanne deze link legde bleef voor nu onduidelijk, aangezien een knaap van hooguit twintig zich tussen hen in drong. Hij had een gedrongen postuur, droeg een matje dat tot zijn schouders reikte en om zijn gespierde hals hing een dikke, gouden ketting.

'Hé, Sanne. Mijn vriend vraagt of je wat wilt drinken.' Zijn dialect verklapte dat hij uit het oosten van Nederland kwam. De Achterhoek lag het meest voor de hand.
'Kan hij dat zelf niet vragen?' antwoordde Sanne op neutrale toon.
De bodybuilder in wording schudde ontkennend zijn hoofd.
'Hij is nogal verlegen,' wist hij er met moeite uit te krijgen. Hij sloeg beide ogen neer en zijn hals kleurde rood.
Sanne wisselde een snelle blik met Marianne uit. In de oogopslag van haar vriendin las Dagmar zoiets van 'dat hoort er nu eenmaal bij'. Blijkbaar interpreteerde Sanne de blik op dezelfde wijze. Ze schonk de jongen een vriendelijke glimlach en haalde nonchalant haar schouders op.
'Ach, waarom ook niet? Waar is je vriend?' Hierna volgde ze de Achterhoeker op wiens gezicht opeens een triomfantelijke grijns lag. Hij had het toch maar mooi geflikt, zag Dagmar hem denken. Zijn vakantie kon niet meer stuk. Zelf had ze een tweeledig gevoel over zijn tussenkomst. Ze gunde iedereen zijn lol, maar had toch graag van Sanne willen weten waar ze daarnet precies op doelde. Voorlopig zat dit er echter niet in. Sanne had nog 'Ik zie je straks' geroepen voordat ze door de massa werd opgeslokt. De mogelijkheid om binnen een redelijk tijdsbestek met haar te praten leek hierdoor praktisch tot nul gereduceerd.
'Wat bedoelde ze nou met Koldo?' Het was eruit voordat ze het besefte. Een spontane actie. Iets wat haar de laatste dagen al meerdere malen was overkomen. Het moment dat ze Orlando in de winkelstraat om zijn hals vloog, bijvoorbeeld. In het dagelijkse leven zou zoiets nooit in haar opgekomen zijn. Dan had ze hem bedankt. Waarschijnlijk heel ingetogen. Zat er hier soms iets in de lucht wat spontaniteit bevorderde? Of was het gewoon het vakantiegevoel waardoor ze zo primitief reageerde?
'Neem een ander in de zeik, Dag,' klonk het spottend. 'Het halve eiland weet dat je met Orlando bent wezen eten. Het blijft een groot dorp, hoor.'
'Heb jij aan Sanne verteld dat ik met Orlando uit ben geweest?'
De gezichtsuitdrukking van haar vriendin was veelzeggend.
'Natuurlijk heb ik dat verteld. Aan de hele groep, zelfs. Tenslotte belde

Orlando mij om te vragen waar jij logeerde. Daar is toch niets mis mee? Orlando is de hoofdprijs, hoor! Als hij je mee uitvraagt mag je daar best wel trots op zijn. Ons is het in elk geval nog nooit gelukt.' Aansluitend grinnikte ze op een aanstekelijke manier.

'Trouwens, als ik mijn mond had gehouden waren ze er toch wel achter gekomen. Met zo'n uiterlijk en zo'n sportwagen kun je Orlando moeilijk een onopvallende figuur noemen. Die trekt veel vrouwelijk bekijks, weet je wel.'

Dagmar kon slechts bevestigend knikken. Orlando was onmiskenbaar een kanjer. Dat had ze ook aan Marianne gemeld toen haar vriendin de volgende dag opbelde om te vragen hoe het afspraakje was verlopen. In grote lijnen had ze verteld over de kathedraal, het shoppen, het etentje en hun bezoek aan kasteel Bellver. Marianne had theatrale zwijmelgeluidjes gemaakt toen ze in haar relaas terloops de kus onder een flonkerende sterrenhemel liet passeren.

'Maar wat is Koldo precies?' drong ze aan. Tijdens hun telefoongesprek had ze enkel over 'een gezellig restaurant' gerept. De naam Navarra had ze beslist niet genoemd.

'Koldo is hét restaurant van Mallorca. Ligt aan het begin van de Paseo Marítimo, om exact te zijn op nummer drie. Schitterend uitzicht op de baai van Palma. De eigenaar heet Koldo Royo en is een culinaire grootheid. Het restaurant heeft inmiddels één Michelinster, en staat op de nominatie voor een tweede. Tenminste, dat heb ik gehoord van mensen die er verstand van hebben.'

Marianne gaf haar slechts kort de tijd om deze informatie op te slaan.

'Uit jouw reactie begrijp ik dat jullie niet naar Koldo zijn geweest?'

'Het restaurant heette Navarra.'

'Klinkt goed. Nu weet je tenminste zeker dat hij op een andere wijze indruk op je wilde maken.'

Terwijl de typische Hollandse nuchterheid nog in haar hoofd nagalmde, zag Dagmar in haar rechterooghoek een lichtblauw mantelpakje hun kant opkomen. Marianne toverde op slag een brede glimlach tevoorschijn die beroepsmatig oogde.

'Daar heb je Tineke, samen met Sanne en Ingrid doet zij Palma en Arenal.'

Evenals haar collega's was Tineke rond de twintig. Het mantelpakje kon haar enigszins plompe figuur met moeite camoufleren. Toch was het gitzwarte haar het eerste wat aan Tineke opviel. Ze droeg het in een strak naar achteren gebonden staart en had deze vervolgens met spelden opgebonden waardoor een merkwaardige, opstaande knot ontstond. Als zij het haar los zou gooien, viel het minstens tot op haar rug. En dat was volgens de richtlijnen van haar werkgever verboden, wist Dagmar. Evenals felgekleurde nagellak, piercings en opvallende make-up. Voor een stewardess golden min of meer dezelfde regels.

'Hoi, Dagmar,' riep Tineke vanuit een polonaise. De dj was inmiddels overgeschakeld op René Froger en de Nederlandse enclave vond het prachtig. De voetjes gingen nu massaal van de vloer, terwijl het bier in grote hoeveelheden uit de glazen klotste.

'Jij begint populair te worden, meisje,' sprak Marianne droog.

'Ingrid en Sanne zullen haar ongetwijfeld over jou hebben verteld,' verklaarde een hostess die Dagmar nog nooit eerder had gezien. Omdat Tineke reeds buiten conversatiebereik was, zwaaide ze op goed geluk in de richting van de hossende massa.

'Kom op,' zei Marianne enkele seconden later. 'Ik moet even mijn gezicht bij Marloes en Els laten zien. Die zitten ongetwijfeld bij De Pannenkoek. Ze stak haar hand op naar de barkeeper die routineus teruggroette. Tijdens hun benauwde tocht naar de uitgang die vijf minuten in beslag nam, bleven de lichtblauwe mantelpakjes van Sanne en Tineke verborgen achter de bezwete lichamen.

'Mijn god, hoe hou je dit vol?' kreunde Dagmar toen ze eindelijk buiten stonden.

'Je kunt je beter afvragen hoe die meiden het volhouden,' antwoordde Marianne. 'Ik laat hooguit een uurtje mijn gezicht zien en ben weg. Die meiden halen door tot minimaal vier uur 's nachts. Soms tweemaal in de week.'

Dagmar ging naast haar lopen.

‘Blijven ze de hele nacht in deze kroeg rondhangen?’
‘Bij hoge uitzondering,’ antwoordde Marianne. ‘Als er een optreden is van de een of andere B-artiest, of zo. Wij hebben een deal met vier Nederlandse cafés. Tijdens de kroegentocht bezoeken de verschillende groepen ze in principe allemaal.’
Terwijl ze een clubje lallende Duitse jongelui passeerden, telde Dagmar op haar vingers af.
‘Sanne, Ingrid en Tineke nemen de Nederlandse gasten uit Palma en Arenal onder hun hoede. Dan heb je nog Marloes en Els. Waar zitten die? En nog wat, ik heb Ingrid niet gezien. Heeft die soms haar vrije dag?’
Marianne haalde haar schouders op. ‘Ingrid moet hier ook ergens rondhangen. Waarschijnlijk is ze van de ene naar de andere kroeg aan het pendelen. Ze is op stap met een groepje van twaalf. We zullen haar zo wel tegenkomen.’
Ze liepen langs een steegje waaruit kotsgeluiden klonken. Aansluitend dronkenmansgelach. Marianne keek niet op of om.
‘Marloes is gestationeerd in Santa Ponça, daar zitten ook veel Nederlanders. Bovendien doet zij de hele westelijke kant van het eiland. Dan heb je het over groepjes gasten die verspreid zijn over de westkust. De thuisbasis van Els is Cala d’Or, dat ligt aan de oostkant van het eiland. Evenals Marloes bestrijkt ook zij een behoorlijk gebied. Vandaar dat onze meiden in een betrouwbare auto moeten rijden. Vooral die twee maken behoorlijk wat kilometers.’
De volgende vraag die bij Dagmar opkwam werd afgekapt door een stoot herrie die rechtstreeks uit de zee leek te komen.
‘Niets aan de hand,’ reageerde Marianne direct op haar schrikreactie. ‘Dat is de dj van Ballermann 6, de bekendste strandtent van Mallorca. Elke avond test hij zijn apparatuur en dan vliegen de decibellen je om de oren.’
‘Gaan jullie daar vannacht ook nog langs?’
‘Geen denken aan,’ zei Marianne met een uitgestreken gezicht. ‘Dat is Duits grondgebied.’

Zonder haar tempo te vertragen sloeg ze rechtsaf een smalle steeg in. Het contrast met de brede, verlichte boulevard was extreem.
'Rustig maar,' zei Marianne. 'Ik ben al een miljoen keer door dit steegje heen gegaan. Helemaal safe, en het scheelt ons zeker vijf minuten lopen. We komen zo op een parkeerplaats die weer uitmondt in de straat waaraan De Pannenkoek ligt.'
Nauwelijks een minuut later werden haar woorden bewaarheid. De steeg kwam uit op een parkeerplaats waar een stuk of vijftig auto's stonden. Ze zigzagden langs tientallen portieren. Toen ze de oprit naderden, moest Marianne haar pas inhouden omdat één auto nogal asociaal stond geparkeerd, waardoor ze zich er maar net langs kon wurmen. Waarom Dagmar op dat moment naar rechts keek, zou altijd een vraag blijven. Misschien een speling van het lot. Een feit was dat haar blik precies viel op een auto die achteraan stond. Onzichtbaar voor een achteloze passant. Ze knipperde tweemaal met haar oogleden en wist toen zeker dat het hier een bekende auto betrof.
Marianne wilde doorlopen, maar een ingehouden 'tsss' zorgde ervoor dat ze haar pas inhield. Ze draaide zich een halve slag om en keek verbaasd naar Dagmar die heftig, maar geluidloos in de richting van de gele Renault knikte.
'Wat krijgen we nou?' fluisterde Marianne. Ze liep terug en schudde verbolgen haar hoofd.
'Het moet niet veel gekker worden. Wat een belachelijke plek om de auto te parkeren.'
Ze ging naast Dagmar staan. De onvrede straalde van haar af.
'Ik heb wel duizend keer verteld dat 's avonds de auto's in het zicht moeten staan, dat verkleint de kans op vernieling aanzienlijk. Bij schade staat een wagen zomaar twee dagen in de garage. Kan ik weer vervangend vervoer regelen, verdomme nog aan toe.'
Ze gromde 'even het kenteken checken, dan weet ik wie een uitbrander krijgt.'
Omdat ze het pad voor Marianne blokkeerde, stapte Dagmar automatisch op de gele Renault af. Na vijf stappen hield ze abrupt haar pas in.

Van het ene op het andere moment bonsde haar hart waanzinnige snel en voelde ze hoe haar adem stokte.
Er zat iemand in de auto.
'Wat...'
Ze draaide zich vliegensvlug om en legde haar rechterwijsvinger op haar lippen. Marianne schrok, maar begreep de hint. De rest van haar woorden stierf een vroege dood in haar keel. Ze wurmde zich naast Dagmar en kneep haar oogleden tot spleetjes. Hierna zakte ze door haar knieën. In de ban van het moment kopieerde Dagmar gedachteloos haar beweging.
Ze zaten doodstil tussen twee auto's in en focusten zich op de contouren op de voorbank van de Renault. Omdat de kap was gesloten, hadden ze beperkt zicht op het lichaam van degene die in de auto zat. Na een halve minuut van stokstijf zitten en ingespannen turen, trok Marianne de stoute schoenen aan. Heel voorzichtig schuifelde ze naar de Renault toe. Hoewel de angst stevig in haar lichaam huishield, volgde Dagmar haar.
Drie meter verder ging Marianne weer op haar hurken zitten. Vanaf deze plek hadden ze een beter uitzicht. Doordat hun ogen zich aan de duisternis aanpasten, werd het ineens duidelijk wat zich op de voorbank van de Renault afspeelde.
Om de paar seconden drukte de man zijn schouders enkele centimeters naar achteren, om deze na enkele tellen weer te ontspannen. Alsof hij een elektrische schok kreeg en daar keer op keer van genoot. Op het moment dat zijn bovenlichaam iets naar voren kwam, verscheen heel even het bovenste gedeelte van een hoofd in het blikveld van de twee voyeurs.
'Ingrid,' fluisterde Marianne. 'Jezus, wat een afknapper.'
Dagmar wist niets te zeggen. Ze voelde zich ongemakkelijk, wilde het liefst zo snel mogelijk weg. Dit kon grappig of spannend zijn als je een jaar of zestien was. Een normaal denkende vrouw van 27 voelde zich in zo'n situatie echter bijzonder opgelaten.
Dit scheen ook het geval bij Marianne te zijn. Na haar eerste reactie,

haalde ze nu enigszins laconiek haar schouders op. Langzaam kwam ze overeind en maakte aanstalten om naar de oprit te lopen. Ook Dagmar strekte haar benen. Of het kwam doordat ze haar bovenlijf verplaatste en er hierdoor een andere invalshoek ontstond, een wolkje voor de maan de sterkte van het schijnsel corrigeerde of een vallende ster voor extra belichting zorgde; ze zouden het nooit te weten komen, maar vlak na hun beweging trok een metaalachtige glans vanuit de Renault hun aandacht. Het was een korte flits die echter lang genoeg aanhield om hen als aan de grond genageld te laten staan.

In de daaropvolgende seconden, die wel minuten leken, speelden heel even allerlei scenario's door hun hoofd. Met opengesperde oogleden keken ze naar de plek waar de lugubere glinstering vandaan was gekomen.

Marianne verbrak als eerste de spookachtige betovering. Ze knipperde een paar maal met haar wimpers en draaide zich langzaam om. De blik in haar ogen was nietszeggend. Hierna knikte ze met haar hoofd in de richting van de oprit.

'Kom op,' fluisterde ze. 'Dit is privé en gaat ons dus niets aan.' De toon waarop ze het zei sloot echter het tegenovergestelde niet uit. Dagmar wilde protesteren. Als het metalen schijnsel was wat zij dacht dat het was, moesten ze actie ondernemen. Ze pakte Marianne bij haar schouder. Haar vriendin schudde haar hand direct en nogal onbehouwen van zich af.

'Wegwezen, Dag,' siste ze dwingend. 'Ik heb ook een hekel aan gluurders als ik mijn vriendje pijp.'

Ze wachtte Dagmars reactie niet af. Zo snel als de omstandigheden het toelieten, liep ze van de Renault vandaan. Dagmar haalde diep adem, probeerde de situatie nogmaals in te schatten en nam een beslissing. Dit is Mallorca, sprak ze zichzelf toe. Jij bent hier op vakantie, van de dingen die zich achter gesloten deuren afspelen weet jij helemaal niets af. Hou dat zo. Je hebt al problemen genoeg.

Terwijl ze Marianne volgde, maakte ze zichzelf voortdurend wijs dat ze de juiste beslissing had genomen.

16

Ze stond met haar ticket in haar hand bij de incheckbalie. Haar koffer was inmiddels op de band beland die een gedeelte van het transport naar het vliegtuig verzorgde. Over anderhalf uur moest ze instappen. Tijd zat dus. Haar blik gleed over de aanwezigen in de vertrekhal. Voor zover zij het kon zien, behoorde Marianne daar nog niet toe. Hoewel ze best wat te drinken zou lusten, bleef ze op dezelfde plek staan. Ze hadden bij de incheckbalie afgesproken, hield ze zichzelf voor. Als ze ineens ergens anders heen ging, kon dat tot verwarring leiden. En dat was zo op het einde van haar vakantie wel het laatste wat ze wilde. Daarvoor had Marianne haar een te fijne tijd bezorgd. Een gehaast en chaotisch afscheid had zij niet verdiend.
Ze keek een beetje voor zich uit om de tijd te doden. De herinneringen aan de afgelopen week gecombineerd met het zachte geroezemoes rondom haar, zorgden voor een prettig, ietwat zweverig gevoel. Met open ogen doezelde ze weg. De beelden van die heerlijke dagen kwamen ongevraagd voorbij. Zon, zee, strand. Ze zag zichzelf in een strandstoel zitten en voelde de ontspanning die bij dat moment hoorde. Ineens zat ze naast Ingrid in de knalgele Renault. Ze waren op weg naar hotel Neptunus. Piepjes van een inkomend berichtje. 'Rojo' had er in het scherm van Ingrids mobiele telefoon gestaan. Een Nederlandse gast die Ingrid met een Spaans mobiel nummer belde... Het bleef merkwaardig. Ze onderdrukte een glimlach toen een schunnige gedachte over de man die op de passagiersstoel had gezeten bij haar opkwam. Al met al was dat met een sisser afgelopen. Gelukkig maar, want ze had zich er op die parkeerplaats en later in café De Pannenkoek behoorlijk over opgewonden. Zorgen gemaakt, kwam trouwens dichter in de buurt. Een dik uur

na het incident op de parkeerplaats had Marianne al Dagmars stille, naargeestige theorieën met een brede grijns in rook op laten gaan. Nadat ze elkaar een minuut of tien uit het oog waren verloren, stond Marianne opeens weer naast haar. Met een big smile op haar gezicht vertelde ze zojuist Ingrid te hebben gesproken. Die had de Renault inmiddels verplaatst naar een parkeerplek op de boulevard, vlak onder een lantaarnpaal. Aansluitend gaf Marianne haar een vette knipoog die verdere uitleg overbodig maakte. Wel voegde ze eraan toe: 'Ze is weer aan het feesten met haar gasten.' Extra informatie waarmee ze duidelijk aangaf dat Ingrids verblijf op de donkere parkeerplaats niet meer inhield dan een kort, erotisch intermezzo tijdens diensttijd. Over eventuele repercussies liet ze zich niet uit. Dat was ook niet in de geest van de avond. Het draaide op dit tijdstip voornamelijk om lachen, gieren, brullen en feesten. Exact waar Ingrid nu weer mee bezig was. Eind goed, al goed.

Een haastige man die Dagmar op enkele centimeters passeerde, bracht haar weer terug in het heden. Ze knipperde een paar keer met haar ogen, waardoor de restanten van een heerlijke vakantie van haar netvlies werden geveegd. Haar blik gleed door de vertrekhal. Geen Marianne… geen Orlando.

De dag na hun uitstapje had ze hem gebeld en bedankt voor de geweldige avond. Tevens nodigde ze hem uit voor een etentje. Zonder woorden suggereerde ze dat dit toch wel het minste was wat zij terug kon doen. De waarheid was echter dat zij Orlando wilde zien. Hem horen praten, naar hem kijken, als verliefde tieners hand in hand over het strand lopen. Een versmeltende kus met op de achtergrond het geluid van de kabbelende branding als bonus. Genieten van een moment dat nooit meer terug zou komen. Als zij eenmaal in het vliegtuig naar Nederland zat, was de vakantie namelijk in alle opzichten over. Daarom had ze Orlando graag nog eenmaal willen ontmoeten. Het zou hoogstwaarschijnlijk de laatste maal zijn. Vakantieliefdes waren leuk voor scholieren. Op haar leeftijd lag dat anders.

Er kwam echter geen vervolg op hun eerste uitstapje. Met een stem waar de teleurstelling van afdroop, meldde Orlando dat hij de komende dagen tot over zijn oren in het werk zat. Elke avond had hij afspraken met klanten van het Bureau voor Toerisme. Wel zou hij alles op alles zetten om haar op het vliegveld te zien. Met gespeeld enthousiasme gaf ze haar vertrektijd door. Toen ze daarna de verbinding verbrak, schoot er een pijnscheut door haar maag. Orlando Pons had blijkbaar behoorlijk indruk op haar gemaakt, redeneerde zij nadat de teleurstelling een beetje was weggeëbd. Heel veel, zelfs.

'Lekker aan het wegdromen, meisje? Hoe heet hij? Pablo, Ramon of Javier?' De cynische ondertoon van Marianne haalde haar direct uit het dromenland waar ze in korte tijd voor de tweede maal in was beland.

'Isabella, nou goed?'

'Ah, naast het verslinden van mannen is ons voormalige muurbloempje eveneens een expert in het maken van bijdehante opmerkingen,' antwoordde Marianne meteen. 'Ben je ook al aan mijn stoelpoten aan het zagen? Lekker op Mallorca werken tussen de knappe kerels. Moet ik binnenkort uit gaan kijken naar een ander baantje?'

Een brede grijns verscheen op haar gezicht. Hierna maakte ze een weids gebaar en omarmde Dagmar stevig.

'Jeetje, Dag. Waarom blijf je niet nog een weekje?' Dagmar schudde ontkennend haar hoofd.

'Ik weet het. Stomme opmerking.'

Dagmar voelde hoe een brok in haar keel opzwol. Ze moest ineens tegen haar tranen vechten. Ditmaal waren het geen waterlanders van verdriet, maar van dankbaarheid. Marianne had haar bij de hand genomen toen het echt nodig was. Haar doortastendheid was ervoor verantwoordelijk dat zij fris naar Nederland terugkeerde. De korte vakantie had als doping gewerkt.

'Bedankt,' fluisterde ze in het oor van haar beste vriendin. 'Bedankt voor alles. Zonder jou had ik het niet gered.'

Ze hielden elkaar zeker een minuut stevig vast. Toen Marianne haar ten slotte losliet, zag ze een traan in de rechterooghoek van haar vriendin.

'Het is andersom, Dag. Door jou heb ik het verschil tussen goed en fout weer ingezien. Ik moet jou bedanken.'

Voordat Dagmar de kans kreeg om over deze woorden na te denken, maakte Marianne een wegwerpgebaar. Haar serieuze houding maakte weer plaats voor een air waarin speelsheid en zorgeloosheid zo'n prominente rol vervulden.

'Moet je mij nou horen bazelen. Ik lijk wel een alcoholist met het IQ van Bonnie St. Claire.' Ze wierp een snelle blik op haar horloge en keek Dagmar verontschuldigend aan.

'Sorry, meid. Ik moet ervandoor. Het is een gekkenhuis op de zaak.'

Ze omarmden elkaar nogmaals. Toen Marianne naar de uitgang liep, zwaaide Dagmar en articuleerde sterk het woord 'bedankt'.

Het daaropvolgende kwartier bleef ze op dezelfde plek staan. Als er een clubje passagiers zich in haar omgeving ophield, deed ze een stapje zijwaarts om maar niet uit het eventuele zicht te verdwijnen van een man die op het laatste moment de aankomsthal kwam binnenstormen.

Het was vergeefse moeite.

Orlando Pons kwam niet opdagen.

17

'Goedemorgen, mevrouw Vredeling,' sprak Joop Timmer met zijn zware basstem. 'Neemt u plaats.'

Dagmar zei ook 'Goedemorgen' en ging recht tegenover de privédetective zitten.

'Hebt u een fijne vakantie gehad? Beetje bijgekomen van alle strubbelingen?'

Terwijl Dagmar bevestigend knikte, zei ze: 'Zou u mij Dagmar willen noemen, meneer Timmer? Daarbij voel ik me toch meer op mijn gemak.'

Timmer liet zijn hoofd een paar centimeter naar links zakken. Alsof hij diep nadacht over het zojuist gedane verzoek.

'Geen probleem, Dagmar.' Hierna liet hij enkele seconden een stilte vallen.

'Dan kun jij mij met Joop aanspreken.' Zijn rechterhand maakte een stopteken. 'Als jij je daar prettig bij voelt, natuurlijk.'

Ze knikte.

'Het is prettig om te horen dat de vakantie prettig is verlopen... eh... Dagmar. Min of meer sluit mijn rapportage naadloos aan bij die stemming. Je kunt namelijk stellen dat we het vooraf beoogde resultaat hebben bereikt.'

Heel even leek zijn stoïcijnse gezichtsuitdrukking een grijns te verbergen. Dagmar weet het aan gezichtsbedrog, waarmee meteen duidelijk werd dat Joop Timmer zich in praktisch elke situatie een ondoorgrondelijke houding kon aanmeten. Elke plooi in zijn gezicht had hij onder controle.

'Deze dossiers zijn aangeleverd door de mensen die het overgrote

gedeelte van het veldwerk hebben verricht.' Met zijn kolossale linkerhand hield hij een aantal mappen omhoog.
'Hiervan krijg jij straks een uittreksel mee naar huis. We hebben bewust voor deze werkwijze gekozen, aangezien wij onze klanten niet met details willen vermoeien. Mocht je toch de uitgebreide versie willen inkijken, dan kan dat, Dagmar. Technisch gezien bij jij er namelijk mede-eigenaar van.'
Omdat het haar niet duidelijk was of dit laatste een poging tot een grapje was, keek ze hem zo neutraal mogelijk aan.
'Het lijkt me voor nu beter om ons te beperken tot de kernpunten.' Zijn wenkbrauwen rezen.
Dagmar ging ervan uit dat hij met deze handelwijze om een verkapte vorm van bevestiging vroeg, dus maakte ze met een kort handgebaar duidelijk dat ze een en al oor was.
'De insteek van deze zaak was en is om jou vrij te pleiten van de geuite beschuldigingen,' begon Timmer. 'Dit is een belangrijk gegeven, Dagmar. Wij zijn bezig om jouw onschuld te bewijzen, niet om een aanklacht bij een andere partij neer te leggen. Hou deze stelling altijd goed in je achterhoofd, zodat er na afloop van deze zaak nooit misverstanden tussen ons kunnen ontstaan.'
Hoewel ze geen flauw idee had welke richting Timmer met deze zienswijze op wilde, hield ze haar mond. Als het haar aan het einde van dit onderhoud nog niet duidelijk was, kon ze het altijd ter sprake brengen. Nu leek het haar wel zo verstandig om eerst zijn mondelinge rapport af te wachten.
'Directeur Personeelszaken Herman Aalberts leek mij een interessante ingang. Uit jouw verhaal kwam duidelijk naar voren dat deze man het goed met jou voorhad. Mijn eerste indruk bevestigde dit.'
Hij opende een dossiermap en keek haar aan.
'Koffie?' Een doodnormale vraag die haar op dit specifieke moment verraste. Ze zat ingespannen en vol verwachting te luisteren. Iets triviaals als koffie was ongeveer het laatste wat door haar hoofd speelde. Voor Timmer lag dit natuurlijk anders, realiseerde ze zich. Hij was gewoon met zaak nummer zoveel bezig. *Just another day at the office.*

'Nee, bedankt.'
'Iets anders. Water of fris?'
'Nee, ik heb geen dorst.'
'Oké.' Zijn linkerwijsvinger drukte op de intercom.
'Mieke, mag ik eenmaal koffie, alsjeblieft?'
Een korte bevestiging volgde direct. Vanwege de slechte geluidskwaliteit klonk het als een snauw.
'Aan het leggen van contacten is altijd een risico verbonden. Helemaal als je afgaat op de informatie van iemand anders. Dit is niet persoonlijk bedoeld, Dagmar. Maar uit jouw verhaal bleek dat jij bent bedonderd door mensen in wie jij de afgelopen jaren het volste vertrouwen had. In het slechtste geval kon Herman Aalberts ook een wolf in schaapskleren zijn.'
Dagmar kon enkel knikken. Timmer had volkomen gelijk. Dat Aalberts sympathiek op haar overkwam was geen enkele garantie voor loyaliteit van zijn kant. Het kon zelfs dat hij bewust het spelletje meespeelde en achter haar rug om de directie negatief adviseerde over haar functioneren. Het mocht vergezocht lijken; uitsluiten kon je het nooit. Dat lesje had ze uit het verleden wel geleerd.
'Ik kan je met een gerust hart vertellen dat Aalberts inderdaad aan jouw kant staat. Toen ik hem benaderde, stond hij direct open voor een gesprek. Tevens liet hij toen al weten ervan overtuigd te zijn dat iemand jou een smerige streek wilde leveren. Een betere binnenkomer kon ik me niet wensen.'
Zijn assistente kwam zonder te kloppen binnen, zette het kopje koffie op zijn bureau en vertrok weer. Efficiency in alle geledingen op de werkvloer staat hier blijkbaar hoog in het vaandel, dacht Dagmar. Mieke was een handvol seconden in de kamer van haar baas geweest.
'Tijdens het begin van onze afspraak maakte hij duidelijk dat deze onverkwikkelijke zaak hem diep had geraakt. Hij zag het als een persoonlijk drama. Omdat hij zichzelf graag als een sociaal mens iedere morgen op een normale manier in de spiegel wil kunnen aankijken, verleende hij al zijn medewerking. Zolang het binnen de regels en fatsoensnormen bleef, zou hij mijn vragen beantwoorden. Dat was wederom

een opsteker, aangezien ik slechts twee vragen had. Of liever gezegd: eentje die uit twee delen bestond.'

Aansluitend hield hij twee formulieren omhoog.

'Dit zijn de klachten die tegen jou zijn ingediend. Waar het mij om ging waren natuurlijk de namen van de klagers.'

Ofschoon ze haast niet kon wachten om een blik op de namen te werpen, brandde er een vraag op haar lippen. 'Ik vind het fantastisch dat Herman Aalberts heeft meegewerkt, laat daar geen misverstand over bestaan. Maar jij had het daarnet over het overschrijden van regels en fatsoensnormen. Als ik ervan uitga dat Aalberts jou die formulieren heeft toegespeeld, kan hij dan niet in de problemen komen? Ik bedoel, die formulieren zijn eigendom van het bedrijf...'

Voor de eerste maal tijdens hun gesprek verscheen er een glimlach rond Timmers mondhoeken.

'Terwijl jouw baan zwaar op de tocht staat, begin je over de eventuele consequenties die Herman Aalberts kan verwachten...' Zijn blik boorde zich in haar ogen.

'Wakker worden, Dagmar. Dit is een grote, boze wereld.' Hierna schudde hij traag zijn hoofd. De beweging van een veteraan die zich ondanks al zijn ervaring toch had laten verrassen.

'Weet je,' sprak hij ineens op een toon die tegen fluisteren aanzat, 'schrap dat laatste maar. Blijf in godsnaam jezelf. Mensen met zulke karaktereigenschappen moet je tegenwoordig met een lampje zoeken.'

Dagmar voelde zich wat ongemakkelijk onder het compliment. Om zijn blik te ontwijken, richtte ze de hare op de formulieren die nu onder zijn imposante linkerhand lagen.

'Om mijn verzoek in te willigen moest Aalberts eerst een tweestrijd met zichzelf leveren. Formeel gezien was het uitgesloten om mij kopieën van het klachtenformulier te bezorgen. Mocht het daarentegen tot een rechtszaak komen, iets waar ik op zinspeelde, dan zouden de namen voor alle belanghebbenden toegankelijk worden. Na wat wikken en wegen besloot Aalberts mij de kopieën toe te spelen. Materiaal waarmee ik tot de bron kon doordringen.'

In plaats van de documenten te overhandigen, graaide Timmer met zijn rechterhand in het dossier en haalde er een aantal vellen papier uit. Deze legde hij recht voor zichzelf neer, waardoor het voor Dagmar onmogelijk werd om mee te lezen.
'Op de daadwerkelijke resultaten die de medewerking van Aalberts opleverde, kom ik straks terug. Eerst wil ik de breedte in, zodat jij een beeld krijgt van de wijze waarop wij dit onderzoek hebben aangepakt.'
Het bedeesde 'Prima', was bij lange na geen afspiegeling van haar ware gevoelens. Hoe Joop Timmer precies zijn werk deed vond ze weinig interessant. Ze wilde resultaten zien! Het kostte moeite om haar opstandigheid te bedaren.
'Jouw collega's Iris van der Heide en Johan Tervoort vormden voor ons eveneens een aanknopingspunt. Tenslotte was jij ervan overtuigd dat het briefje met daarop het telefoonnummer van hen afkomstig was.'
Dagmar knikte bevestigend. Commentaar liet ze achterwege. Elke seconde oponthoud was er nu eentje te veel.
'Mijn medewerkers hebben afzonderlijk met zowel Van der Heide als Tervoort een indringend gesprek gehad. In beide gevallen werd al snel duidelijk dat de twee slechts een klein rolletje in het grote geheel hebben gespeeld. De ene is zogezegd voor het karretje gespannen en de ander moest zijn mond dichthouden.'
Timmer trommelde kort met de vingers van zijn linkerhand op het bureau. 'Na enig aandringen van mijn medewerkers waren zij bereid om het een en ander op papier te zetten en dit te ondertekenen. Ik kan je verzekeren dat deze verklaringen belastend zijn voor Ruben de la Porte.'
'Goed zo,' flapte Dagmar eruit.
'Volgens mijn medewerkers hebben mevrouw Van der Heide en meneer Tervoort oprecht spijt van hun handelwijze. Hoewel dit technisch gezien losstaat van deze zaak, hebben zij uitdrukkelijk aan mijn medewerkers gevraagd om dit aan jou te melden. Wat jij daar verder mee doet, is logischerwijze geheel aan jou.'
Hij stopte de papieren weer terug en mompelde: 'Ik schat zo in dat jij binnenkort wel een belletje van die twee kunt verwachten.'

Om het vanuit Dagmars oogpunt nog ingewikkelder te maken, haalde hij drie nieuwe vellen papier uit het dossier.
'Nadat ik de namen van de klagers had losgekregen, begonnen mijn medewerkers aan een antecedentenonderzoek. Binnen twee dagen hadden we de connecties te pakken. De...'
Uit Dagmars handtas klonk de elektronische intro van 'Satisfaction' van de Rolling Stones. Een stewardess schakelde haar telefoontje pas uit als ze aan boord van een vliegtuig stapte. Daarom onderbraken de scherpe tonen nu Joop Timmers basstem.
'Sorry,' zei ze en graaide naar het mobieltje. Toen het in haar hand lag, zag ze op het beeldscherm een lang nummer dat begon met 0034. Het daaropvolgende cijfer 6 gaf aan dat iemand haar met een Spaanse mobiele telefoon belde. Ze drukte op het groene telefoonsymbooltje en nam zichzelf voor om het gesprek snel af te ronden. Hoewel het niet haar nummer was dat op de display verscheen, moest het Marianne zijn. Die belde natuurlijk om eens lekker bij te kletsen, dacht ze. Gisteren had ze nog geprobeerd om haar vriendin op Mallorca te bereiken. Blijkbaar had ze het toen te druk gehad, want haar nummer lag constant buiten bereik.
'Met Dagmar.'
Ze hoorde geruis en een vreemd geluid dat ze niet thuis kon brengen. Het meeste leek het op een ingehouden snik.
'Hallo, met Dagmar.'
Er klonk nu een zware ademhaling in haar oor. En het vreemde geluid van daarnet was inderdaad een snik die nogmaals werd ingehouden.
'Dagmar?'
De vrouwenstem riep geen associaties op. Vanwege het Spaanse nummer begon ze razendsnel te elimineren. Marianne was het niet en Ingrids stem klonk ook anders.
'Sanne?' gokte ze. De bevestiging liet drie lange tellen op zich wachten.
'Ja... ik...'
Ze hoorde hoe Sanne snoof. De natuurlijke reactie van iemand die langdurig heeft gehuild of daar nog steeds mee bezig is.

'Het is helemaal mis, Dagmar. Gisteren is…' De uithaal bezorgde Dagmar een koude rilling.
'Wat is er aan de hand, Sanne?!'
Het ritme van de ruis klonk ineens onheilspellend.
'Marianne… Marianne is gisteravond vermoord.'
Dagmar kreeg het gevoel alsof iemand keihard in haar maag had geschopt. Gelijktijdig werd haar keel door onzichtbare handen dichtgeknepen. Ze hapte naar lucht.
'Sanne… Sanne, zeg me dat dit een grap is. Het maakt niet uit dat ik me kapot schrik, maar zeg alsjeblieft dat het niet waar is.'
Ze hoorde Sanne ademen en hevig slikken. Het geluid van ruis op de lijn irriteerde haar opeens mateloos. De stem van een indringer die gespeend was van elke emotie.
'Ze is gisteravond in het appartement van Ingrid neergestoken.' Met een serie korte ademhalingen onderbrak ze zichzelf.
'Ingrid ligt op de intensive care.'
Dagmar sloot haar ogen en vocht tegen de tranen. Vol ontzetting legde ze haar linkerhand op haar voorhoofd.
'Wat is er in godsnaam gebeurd, Sanne?!'
'Ik… ik weet het niet. Niemand schijnt het te weten.'
Dagmar beet op haar lip om het niet uit te schreeuwen. Al haar realiteitszin werd naar de achtergrond verdrongen. Het idee dat ze ieder woord uit Sanne moest trekken nam bezit van haar. Het liefst wilde ze door de telefoon kruipen om de informatie desnoods uit Sanne te slaan.
'Sanne?'
De irritante ruis hield de lijn bezet.
'Sanne?!'
Het leek alsof de stem van de reisleidster uit het niets opdoemde.
'Jullie waren goede vriendinnen. Daarom bel ik…'
Het repeterende geluid van een verbroken verbinding klonk onverzoenlijk hard. Sanne had van het ene op het andere moment opgehangen.
'Sanne?' probeerde ze tegen beter weten in. Toen drong het tot haar

door dat ze tegen het Grote Niets sprak. Ze strekte haar arm en stopte de mobiele telefoon terug in haar tas. Hierbij viel het haar op dat ze de beweging in slow motion maakte. Ze schudde met haar hoofd en knipperde enkele malen met haar oogleden om het rare, lichte gevoel kwijt te raken dat in haar lichaam was geslopen. In plaats van helder te kijken, zag ze enkel contouren die beurtelings in- en uitzoomden. Tussen die vreemde beelden door zag ze ineens een schim. In tegenstelling tot de andere objecten in haar blikveld, bewoog deze vage gedaante wél snel. Op het moment dat ze definitief onderuitzakte, grepen twee sterke armen haar vast.

Joop Timmer was net op tijd om haar op te vangen.

18

Dagmar parkeerde haar auto achter een blauwe Opel. Dat haar rechterwiel minstens een meter van de stoep stond, was haar om het even. Het huis van haar ouders bevond zich twee straten verderop. Dit was slechts een tijdelijke plek waar ze in alle rust de zaken op een rijtje wilde zetten. Voor zover dat mogelijk was. Sommige dingen lieten zich namelijk niet rangschikken.

Ze draaide het contactsleuteltje naar links. Aansluitend drukte haar rechterwijsvinger op een tiptoets waarna de achtergrondmuziek stopte. In de plotselinge stilte kon ze zichzelf horen denken. Ze wilde zich nu diep concentreren. Als ze de auto eenmaal parkeerde in de straat waar haar ouders woonden, was er geen weg meer terug. Dan moest haar verhaal kloppen met haar houding. Hiaten in haar optreden zouden haar vader en moeder er feilloos uitfilteren; daar waren ze ouders voor.

Ze sloot haar ogen en lette vooral op haar ademhaling. Rustig, niet te snel, beval ze zichzelf. Als je ademhaling normaal is, ben je al een eind op weg. Naast de oogopslag is de ademhaling een reflectie van je ware gevoelens. Hou dit steeds in je achterhoofd!

Het gejaagde gevoel dat sinds het telefoontje van Sanne door haar lichaam raasde, begon langzaam aan snelheid af te nemen. Door de rustige omgeving en haar gedwongen ontspanning, kreeg kalmte de kans om de scherpe kantjes van haar zenuwen af te vlakken. Ze ademde rustig door haar neus in en liet de lucht traag uit haar mond ontsnappen.

Na het telefoontje van Sanne was ze anderhalve minuut van de wereld geweest, vertelde Joop Timmer haar. De oorzaak hiervan was een combinatie van plotselinge opwinding en sluimerende stress, vervolgde hij op rustige toon. Aansluitend liet hij weten dat deze diagnose werd gesteld door een ex-politieman met enkel een EHBO-diploma op zak. Wellicht was het een goed idee om even langs haar huisarts te gaan. Secretaresse Mieke was inmiddels ook in zijn kamer en gaf haar water te drinken. Na enkele slokken loste het waas voor haar ogen helemaal op en voelde ze zich een stuk beter.

Toen ze Joop Timmer meldde weer helemaal de oude te zijn, glimlachte hij meewarig en stelde vragen die betrekking hadden op haar gesprek met Sanne. Een paar minuten later wist de privédetective blijkbaar genoeg, aangezien hij haar vroeg om in de wachtruimte plaats te nemen. In tegenstelling tot haar eerdere bewering was ze nog duizelig. Niet zozeer lichamelijk, maar meer geestelijk. Omdat de vreselijke consequenties van het telefoongesprek elke seconde dieper tot haar doordrongen, werd het licht in haar hoofd zonder dat ze hierbij het gevoel kreeg weer flauw te vallen. Het was een intens proces dat zich uitsluitend in haar geest voltrok.

Terwijl ze wanhopig probeerde antwoorden te bedenken op de talloze vragen, ging een kwartier later de deur van Timmers kantoor open en vroeg hij haar om weer binnen te komen. Nadat zij tegenover hem plaatsnam, beantwoordde zijn koele 'Het spijt me, Dagmar,' haar allerbelangrijkste vraag. Marianne was dood.

Terwijl ze tegen haar tranen vocht, vertelde Timmer dat er de avond ervoor inderdaad een steekpartij op Mallorca had plaatsgevonden waarbij een dode en een zwaargewonde waren te betreuren. Het ging om twee vrouwen wier identiteit inmiddels bij de politie bekend was. Marianne ten Broeke en Ingrid Wagenaar. Die laatste lag in het ziekenhuis op de intensive care. Haar toestand was kritiek, aangezien er vitale organen waren beschadigd.

Hoe Timmer zo snel aan deze informatie was gekomen, kon ze vrij gemakkelijk raden. De oud-politieman had logischerwijze een agenda vol contacten. Daaronder vielen ongetwijfeld ex-collega's die lijntjes naar Europol hadden. Wellicht bij de Spaanse politie; er werd tegenwoordig op internationaal niveau veelvuldig samengewerkt. Een tele-

foontje, e-mail of fax waarin om bevestiging van een misdrijf werd gevraagd, was dan in een handomdraai gedaan.
Ze opende haar ogen. Het was stil op straat. Een moeder achter een kinderwagen, een loslopende hond die aan een boom snuffelde. In de verte klonk de sirene van een ambulance. Of was het een politiewagen? Ze kon die twee geluiden moeilijk van elkaar onderscheiden. Een bejaard echtpaar liep hand in hand op het trottoir. Langzaam maar zeker kwamen zij haar kant op. Samen oud worden, dacht ze. Zo mooi. Waar kan ik tekenen? Hierna schudde ze ontkennend haar hoofd. Samen oud worden deed je met z'n tweetjes. In haar geval stond dat gelijk aan een kansloze missie...
Joop Timmer had haar geen adviezen gegeven. Nu ze er in alle rust over nadacht, was dat toch wel opmerkelijk. Hij had direct gehandeld, de waarheid in een kwartier tijd achterhaald en haar deze onomwonden verteld. Het daaropvolgende halfuur had zij gesproken over haar relatie met Marianne en vervulde Timmer de rol van luisterend oor. In het sporadische geval dat hij iets vroeg, ging het steevast over haar vriendschap met Marianne. Hij ondernam geen poging om haar verdriet vanwege Mariannes dood af te zwakken, gaf geen adviezen over wat ze moest gaan doen en liet de zaak onbesproken waarvoor zij in eerste instantie naar zijn kantoor was gekomen. Wel drukte hij haar bij hun afscheid een grote enveloppe in haar handen. 'Dit is de samenvatting van het onderzoek. Ik begrijp dat jouw hoofd er nu niet naar staat om het te lezen. Toch moet je voor vrijdag de inhoud kennen.'
Bijna twee uur later hoorde ze in gedachten zijn basstem nogmaals deze zinnen brommen. Toen ze naar de deur van zijn kantoor wilde lopen, wees hij op hun afspraak. Vrijdagmorgen om negen uur zouden ze samen naar Schiphol rijden. Tijdens de rit was er nog voldoende tijd om eventuele ontwikkelingen door te nemen.
Niet de woorden zelf, maar de wijze waarop hij deze uitspraak maakte veel indruk. De boodschap was duidelijk: wat je de komende vier dagen doet is niet mijn zaak. Zorg dat je hier vrijdagmorgen om negen uur bent. Sterkte.

Ze bedankte Mieke voor de goede zorgen en stapte in haar auto. Nu stond ze bewust achter de beslissing die ze impulsief genomen had. Ondanks de tijdsdruk, de stress en haar toestand die op z'n best als krakkemikkig omschreven kon worden, ging ze naar Mallorca. En wel zo spoedig mogelijk. Met een verbeten trek op haar gezicht reed ze richting het centrum van Utrecht.

'Oké, Dagmar,' fluisterde ze. 'Dit is de situatie.'

Ze legde haar rechterhand op haar handtas die op de passagiersstoel lag.

'Je hebt een open ticket voor Mallorca gekocht. Morgenochtend om halfelf vertrek je. De terugreis bepaal je zelf. Als er een vrije stoel is, kun je mee. Dat je naar Mallorca vliegt is zeker. Dit móét je doen. Voor Marianne, voor jezelf. De grote vraag is echter: hoe ga je het aan pa en ma vertellen? Of liever gezegd: wat ga je voor smoes bedenken waardoor je ouders er niet achter komen?'

De waarheid vertellen was geen optie. Ze moest een excuus bedenken, wat een beter klinkend eufemisme voor een keiharde leugen was. Een onplezierig vooruitzicht, want ze had een bloedhekel aan bewust liegen. Toch moest ze zich eroverheen zetten. Als ze de waarheid zou vertellen, was het leed niet te overzien.

Ondanks haar leeftijd van 27 jaar, kon ze zich goed voorstellen dat haar ouders een bepaald veto uit zouden spreken: tot hier en niet verder. Tenslotte bleef zij wel hun dochter en woonde ze op dit moment in hun huis. Nee, open kaart spelen was onmogelijk. Daarvoor zat ze er te diep in. Haar dreigende ontslag zouden haar ouders hoogstwaarschijnlijk niet zo zwaar opnemen. Over haar plotselinge vertrek naar Mallorca dachten ze ongetwijfeld anders. Ze zouden nooit toestaan dat hun dochter onder deze omstandigheden af zou reizen. Om dit te verhinderen gingen ze ver, wist ze. Desnoods trapten ze een scène op Schiphol, of lieten ze haar paspoort 'verdwijnen'. Haar ouders waren fantastische mensen, maar als ze eenmaal iets in hun hoofd hadden…

Nadat ze bij het reisbureau had geboekt, was het wikken en wegen over de meest waarheidsgetrouwe leugen begonnen. Boven aan haar lijstje stond de onverwachte vlucht naar New York. Tokio mocht ook, de totale tijd die je bij deze bestemmingen van huis was scheelde onderling weinig. Drie, heel soms vier dagen.

Een directe collega was ineens ziek geworden. Direct na terugkeer uit Mallorca had zij zichzelf op de reservelijst laten plaatsen; mochten er zich calamiteiten voordoen dan was zij oproepbaar, omdat zij het laatste gedeelte van haar vakantie in Nederland doorbracht maakte het haar niet uit om in te vallen, blabla.

Ja, zo ging ze het doen. Op het moment dat ze haar auto parkeerde in de straat waar haar ouders woonden, moest ze zichzelf een masker aanmeten dat haar ware gevoel bedekte. Hopelijk zouden haar ouders na verloop van tijd begrip kunnen opbrengen voor haar handelwijze.

Ze wierp een blik op haar handtas waarin de enveloppe zat. Dubbelgevouwen, vanavond zou ze proberen de samenvatting te lezen. Hierna keek ze in de achteruitkijkspiegel. Haar gezichtsuitdrukking kon ermee door. De zorgvuldig aangebrachte make-up had de huilsporen uitgewist. Ze startte de motor, reed de straat van haar ouderlijk huis in en parkeerde achter een bestelbus.

Met een air dat het midden hield tussen zelfbewustheid en nonchalance, stapte Dagmar uit. Ze sloeg het portier dicht en drukte op de automatische vergrendeling die aan haar sleutelbos hing.

'Dagmar.'

Na twee stappen bleef ze als versteend staan. Miljoenen speldenprikken staken haar gelijktijdig. Een band om haar bovenlichaam werd aangetrokken en perste gelijkmatig de lucht uit haar longen. De stem had op haar geest een eenzijdig effect; een scala aan nare herinneringen kwam bovendrijven. Ze draaide zich om en keek recht in het gezicht van Ruben de la Porte.

'Lekker op stap geweest?' In zijn woorden klonk geen spoortje van humor door. Hij mat zich een uitdagende pose aan door zijn armen over elkaar te leggen en zijn gewicht voor het overgrote deel op één been te laten rusten. Rond zijn mondhoeken speelde een cynisch lachje.

'Ik zie niet in wat jou dat aangaat,' antwoordde Dagmar opvallend

kalm. Ze was over de eerste schrik heen en voelde enkel minachting voor haar ex-vriend. Van ontzag of angst was geen sprake.
'Als jij die tripjes gebruikt om mensen tegen mij in het harnas te jagen gaat het me wel degelijk aan, trut.' De vileine grijns was een verlengstuk van zijn woorden.
Dagmar was geenszins onder de indruk van zijn zogenaamde stoere taalgebruik. Haar vrouwelijke intuïtie deed alarmbellen rinkelen. Ze maakte zichzelf attent op de contradictie in Rubens houding. De man tegenover haar was niet half de man die hij kortgeleden was geweest. De blik in zijn ogen, zijn gezichtsuitdrukking, zijn manier van praten... Het was geforceerd. Hij kwam op haar over als een roofdier zonder klauwen en tanden. Een voormalige jager die tijdens de jacht keihard tegen een onbuigzaam obstakel was geknald.
'Ik heb niemand tegen jou in het harnas gejaagd, eikel,' antwoordde ze op rustige toon. 'Jij hebt mij op alle mogelijke manieren zwart proberen te maken. Zo erg zelfs dat ik bijna ben ontslagen. En dan wil ik het niet eens hebben over de afgang die je mij in De Derde Oktober hebt bezorgd. God, wat zul je samen met je vriendjes gelachen hebben, nietwaar?'
Ze voelde hoe haar woede een uitlaatklep zocht. Al haar opgekropte kwaadheid moest nu worden geventileerd. En de man die voor haar stond was hiervoor het ideale doelwit. Ze prikte venijnig met de nagel van haar wijsvinger in zijn borst.
'Maar het beschimpte en belachelijk gemaakte vrouwtje vecht plotseling terug. Daar had jij niet op gerekend, hè? Het arrogante klootzakje in je dacht mij nog een trap na te kunnen geven en er gewoon mee weg te komen. Nou, laat ik je dit vertellen: de rollen zijn nu omgedraaid. Er is er maar eentje die op de blaren moet zitten, en dat ben jij.'
Ze keek hem uitdagend aan. Wat ze min of meer vermoedde, volgde nadat hij een zucht slaakte.
'Luister nou even, Dagmar. We kunnen dit toch ook op een andere manier oplossen? Ik bedoel... dat gedoe met die privédetectives die overal aan het spitten gaan. Dat schiet allemaal niet op, joh. Laten we

nou gewoon vrede sluiten en het verleden begraven. Jij gaat jouw weg, en ik de mijne.'
De verzoenende glimlach die hij toonde, was voor Dagmar een regelrechte belediging van haar intelligentie.
'Als ik het goed begrijp wil jij er nu zand over gooien? Ieder voor zich met een schone lei beginnen, zeg maar?'
Hij knikte gretig. Te gretig. Om hem enkele seconden in de waan van zijn aanstaande overwinning te laten, suggereerde Dagmar dat ze serieus over zijn voorstel nadacht. Toen hij zichtbaar ongeduldig zijn gewicht van het rechter- naar het linkerbeen verplaatste, schudde zij ontkennend haar hoofd.
'Geen denken aan. Met jouw misselijkmakende acties heb jij mij aan alle kanten beschadigd. Zo erg zelfs, dat ik gedwongen was me te verdedigen. En dat is precies waarmee ik doorga. De vuiligheid die nu naar boven komt is het gevolg van jouw daden, denk daar maar eens goed over na. Het enige waar jij nu nog op mag hopen, is clementie van mijn kant.' Ze keek hem minachtend aan. 'Ik denk dat "medelijden" een beter woord is. Jij bent geen schim meer van de man op wie ik ooit verliefd was.' Ze haalde nonchalant haar schouders op. 'Misschien is dat wel je redding. Die man bleek namelijk een grote schoft te zijn.' Hierna draaide ze zich abrupt om en liep weg.
'Dagmar, luister. Kom op, wees eens redelijk. Dagmar… alsjeblieft.'
Ze onderdrukte een glimlach en negeerde zijn woorden.

19

Ze zijn erin getrapt. Of is dit ten opzichte van je ouders een oneerbiedige woordkeus? Moet je zeggen: je hebt ze om de tuin geleid? Klinkt 'een leugentje om bestwil' soms correcter? Polijst je daar de ruwe plekken mee? En wat maakt het in wezen uit? Het gaat uiteindelijk om de verpakking waarin de leugen wordt gepresenteerd. Het kwaad is dan al geschied.

Waar lig jij je eigenlijk druk om te maken? Je hebt je ouders een verhaaltje opgedist zodat je morgenochtend naar Mallorca kunt. Goh, wat erg. Stout meisje. Als dit jouw grootste probleem zou zijn, zou het leven er stukken eenvoudiger uitzien, nietwaar?

Waarom speelt deze onzin eigenlijk door je hoofd?

Dit zou zomaar de verwerkingsfase kunnen zijn. Je ligt hier op bed in de kamer waar je als klein meisje met poppen speelde. Je huiswerk maakte. Over je eerste kus zwijmelde. Frans Groothuis. Hij was stoer en twaalf. Een jaar ouder dan jij. Lange Frans, noemden de jongens en meiden hem. Nederlandse rappers bestonden toen nog niet.

Kun je het aan om de onderwerpen aan te snijden waar je echt over wilt nadenken?

Het zou geen gek begin zijn om de feiten op te sommen. Hou het kaal; het verfraaien, of beter gezegd 'verminken' door middel van details kan alsnog. Later, als je wat rustiger bent. Je je beter voelt. Minder schuldig, wellicht. Zet de feiten eens op een rij. Wie weet staan er minder barricades op de weg dan jij nu vermoedt. Vreest, is waarheidsgetrouwer, maar dat maakt verder niets uit. Angst is tenslotte een slechte raadgever.

De afgelopen weken heb jij klap op klap te verwerken gekregen. Als een

aangeslagen bokser ging je door het leven. Tussen de tikken door werd je opgelapt. Klaargestoomd om weer een rondje te vechten. De klap die jij vandaag hebt geïncasseerd was veruit de pijnlijkste. Recht op je gezicht, waardoor je letterlijk onderuitging. Maar neergaan is nog niet gelijk aan knock-out. Hou je daaraan vast. Jij bent nog niet verslagen. Steeds heb jij teruggevochten en dat ga je nu dus weer doen.
Geef jezelf een injectie met positieve energie, hoe moeilijk dat ook is. Laat het negatieve sluimeren en het positieve op de voorgrond treden. Duw het verdriet om Marianne en Ingrid naar de achtergrond. Jij hebt de beslissing genomen om morgen naar Mallorca te vliegen. Voor zover mogelijk kun je daar pas actie ondernemen. Eerder is zinloos en bovenal pijnlijk.
Analyseer eerst de huidige situatie eens. Focus op de resultaten die Joop Timmer heeft geboekt en het belachelijke optreden van Ruben, dat duidelijk een reactie was op het onderzoek. Hij doet het bijna in z'n broek van angst. Ruben de la Porte, de man die zichzelf zo geweldig vindt, staat met zijn rug tegen de muur. Als je er goed over nadenkt, is hij op zijn knieën naar je toe gekomen. Bedelend en smekend of jij hem verder wilde ontzien. Nu heb jíj een geweldige klap uitgedeeld. Door de verschrikkelijke gebeurtenis op Mallorca is jouw eigen gevecht tegen onrecht naar de achtergrond verschoven. Zowel verstandelijk als gevoelsmatig. Dat is logisch, menselijk. Het zou niet best zijn wanneer jij je nu lag te verheugen op de confrontatie met de directie. Te verkneukelen over de rehabilitatie die eraan zit te komen.
Toch moet je proberen zaken in hun proporties te blijven zien, hoe geschokt je op dit moment ook bent. De aanslag op Marianne en Ingrid is vreselijk, maar het leven gaat door. Je bent impulsief en realistisch tegelijkertijd en daarom heb je besloten morgen af te reizen. Tot die tijd kun je blijven piekeren, of een poging wagen tot iets constructiefs. Doe dat laatste. Lees de synopsis die Joop Timmer je heeft meegegeven. Misschien pik je er wat van op. Alles is beter dan hier wezenloos te liggen en na te denken over zaken die je toch niet meer terug kunt draaien.
Lees die samenvatting.

20

Dit was het meest risicovolle gedeelte, wist ze. Van de ingang tot de openbare toiletten was het een slordige honderd meter. Een afstand waarin je werkelijk iedereen tegen kon komen. Helemaal als dit gedeelte van het gebouw jarenlang een onderdeel van je werk was geweest. 'Is' corrigeerde ze zichzelf in gedachten. De directie zou haar niet ontslaan, daarvoor waren haar papieren te goed. De avond ervoor had ze de samenvatting van Joop Timmer doorgelezen. Je zou er bijna vrolijk van worden...

Ze dwong zichzelf om op een normale manier te lopen; niet te langzaam en zeker niet te snel. Ze bleef recht voor zich uitkijken. De meeste baliemedewerkers in de vertrekhal kende ze van gezicht. Op dit moment kwam het haar goed uit dat het daarbij bleef. In het verleden had ze hier sporadisch met grondpersoneel staan kletsen. Nu zat ze niet te wachten op meer dan een afwezig knikje.

Om zo geloofwaardig mogelijk over te komen, was ze in haar werkkleding van huis vertrokken. Het meest gebruikelijke, al gebeurde het ook dat ze zich op haar werk omkleedde. Dat was afhankelijk van haar humeur; fris en monter op weg, of het werk tot de allerlaatste seconde uitstellen.

De eerste vijftig meter was ze zonder kleerscheuren doorgekomen. Veruit de meerderheid van de aanwezigen bestond uit passagiers. In haar ooghoeken had ze twee piloten van een concurrerende vliegtuigmaatschappij gezien. Ook het kwartet stewardessen dat haar tegemoetkwam werkte voor een andere baas. Zonder oponthoud bereikte ze de openbare toiletten.

Het was belachelijk om zich hier om te kleden. Toch had zij er bewust voor gekozen. De aversie die ze tegen toiletten van benzinestations kende, kwam dicht in de buurt van een fobie. Ze moest er niet aan denken om zich daar om te kleden.

Eenmaal in het toilethokje zette ze haar koffer strak tegen de wand. Hierna trok ze snel haar mantelpakje uit en haalde een stapeltje kleren uit haar tas. De hele operatie nam minder dan een minuut in beslag. Toen ze doortrok, waarmee ze zich een absurd soort van alibi verschafte, ging haar mobiele telefoon.

'Ja?'

'Hallo, Dagmar. Met Iris van der Heide.'

Ondanks de eerdere toespeling van Joop Timmer dat zij een belletje van haar collega kon verwachten, ervoer ze dit telefoontje als volkomen onverwacht. Enigszins beduusd herhaalde ze zichzelf.

'Ja?'

'Ik kan een heel jankverhaal ophangen, Dagmar, maar daar zit jij denk ik niet op te wachten.' Ze hoorde Iris diep ademhalen. Door de telefoon kon ze voelen hoe gespannen haar collega was.

'Ik heb een grote fout gemaakt. Toen Ruben mij om dat papiertje vroeg waarop jouw nummer stond, heb ik hem dat gegeven. Stom, maar een verliefde vrouw doet nu eenmaal stomme dingen.'

De te verwachten steek in haar maag bleef uit. Een bewijs dat ze niets meer voor Ruben voelde. Hooguit walging. Haar verstand behoedde haar voor de neiging om het gesprek direct af te breken. Nu ze Iris toch aan de lijn had, kon ze wellicht wat extra informatie bij elkaar sprokkelen.

'Hoe lang ben je al verliefd op hem?'

'Nou, die verliefdheid is inmiddels wel bekoeld, kan ik je verzekeren,' antwoordde Iris meteen. 'Ik kan nu zijn bloed wel drinken. Helemaal na wat hij mij heeft geflikt.'

'Wat bedoel je?'

'Heel simpel. Ik wist van jullie relatie en kon daarmee leven. Eens kwam mijn tijd toch wel, dacht ik toen. Simpele trut die ik was. Toen het tussen jullie uitging zag ik mijn kans schoon. Hij vertelde mij dat jij constant vreemdging en dat ik de ware voor hem was. Daarom gaf ik dat papiertje. Wat hij ermee ging doen wist ik niet, dat interesseerde me ook weinig. Jij kreeg je trekken thuis en hij was nu van mij. Dat was op dat moment de hoofdzaak.'

Dagmar balde haar linkerhand tot een vuist. Ze zag zichzelf nog zitten op de terugweg van Stockholm naar Schiphol. Iris was toen een luisterend oor voor haar geweest. Een vriendin. Allemaal schijn. Smerig loeder. Vuil kreng.

'Waarom bel jij mij eigenlijk? Je hebt nu toch wat je wilde?' Als haar staccato manier van spreken woede en teleurstelling verraadde, dan vond ze het prima. Iris van der Heide kon wat haar betrof in de stront zakken.

'Een paar dagen na ons gesprek kwam ik erachter dat hij me belazerde. Nota bene met een vriendin van me!'

Dagmar dacht: lekkere vriendin, maar hield haar mond.

'We kregen slaande ruzie en daarna heb ik die hufter nooit meer gezien. Langzamerhand groeide bij mij het besef dat ik ten opzichte van jou enorm in de fout ben gegaan. Vandaar dat ik opbel om mijn excuses te maken.'

De stilte die Dagmar liet vallen liet aan duidelijkheid niets te wensen over.

'Ik begrijp het,' zei Iris een aantal pijnlijke seconden later. 'Waarschijnlijk zou ik in jouw geval precies zo hebben gereageerd. Anyway, Johan staat naast me en wil jou ook wat zeggen.'

Dagmar hoorde wat gerommel op de lijn, waarna een harde kuch klonk. Johan schraapte zijn keel.

'Dagmar, ik... ik... Na een vlucht stond Ruben mij op te wachten. Hij zei dat ik dat papiertje met jouw telefoonnummer erop nooit had gezien. Als ik mijn mond open zou doen, dan had ik pas echt een probleem. Zijn vrienden konden foto's zo manipuleren dat het net leek alsof ik met jonge jongens in bed lag. En die foto's zou hij naar de directie sturen en...'

'Het is goed, Johan,' kapte Dagmar af. Ondanks zijn laffe gedrag had ze medelijden met de purser. Hoe Ruben hem had behandeld ging alle perken te buiten.

'Het spijt me zo, Dagmar,' huilde Johan nu. 'Ik was doodsbang dat ik mijn baan kwijt zou raken. Tegenover jou...'

'Ik vergeef je,' antwoordde ze kortaf en verbrak het gesprek. Toen ze de toiletruimte verliet, stak ze een denkbeeldige middelvinger op naar Ruben en Iris.

21

Sanne zag er slecht uit. De donkere wallen leken een verlengstuk van haar trieste oogopslag. In plaats van de glans te accentueren, legden de zonnestralen meedogenloos de doffe laag vast die rond haar kastanjebruine lokken hing. Bij de begroeting was het volume van haar stem gereduceerd tot een schor geluid dat met veel pijn en moeite uit haar keel kwam. Tijdens de dagen dat ze de vrolijke reisleidster niet had gezien, was Sanne de Jong minstens vijf jaar ouder geworden.

'Gaat het een beetje?' vroeg Dagmar op bezorgde toon. Ze was geschrokken van Sannes uiterlijk waar de vermoeidheid van afstraalde en wilde haar niet direct met gerichte vragen bombarderen.

'Niet echt,' antwoordde Sanne. 'Na eergisteren heb ik geen minuut meer geslapen.' Ze schudde een paar maal vertwijfeld haar hoofd. Een gebaar dat bij haar desolate uitstraling paste.

'Ik tril de godganse dag en heb het idee dat ik elk moment over moet geven.' Ze sloeg een hand voor haar ogen en liet deze langzaam naar beneden glijden. Aansluitend masseerden haar vingers haar nek. Ze deed dit op een nogal ruige wijze; alsof er plooien gladgestreken dienden te worden.

'Het allergrootste probleem is het werk. We moeten gewoon doorgaan. En dat met een onderbezetting. Het komt er dus op neer dat ik extra uren draai en aardig sta te doen tegen klanten terwijl ik steeds op het punt sta om in janken uit te barsten.'

Dagmar pakte haar hand en kneep er zachtjes in. Het eerste geruststellende gebaartje dat in haar gedachten opkwam. Of het zinvol was deed er weinig toe. Ze moest iets doen.

'Jezus, Dagmar. Dat beeld... dat beeld van Marianne en Ingrid.' Ze

vocht tegen haar tranen. 'Dat laat me niet los. Zelfs als ik even mijn ogen sluit staat het op mijn netvlies. Hun houding… het bloed… overal bloed… zo veel.'
Dagmar knikte. Ze had medelijden met Sanne en begreep hoe zwaar zij het nu had. Al was dit natuurlijk lastig voor te stellen als je het niet zelf had meegemaakt. Gelukkig maar, ging het door haar heen. Thuiskomen en twee vriendinnen aantreffen die baden in het bloed. Een koude rilling racete over haar ruggengraat.
'Dus jij was de eerste die hen zo aantrof?'
Sanne bewoog haar hoofd langzaam op en neer. Het had er alle schijn van dat zij het vreselijke moment opnieuw beleefde.
'Ik had een late transfer. Gasten naar het vliegveld brengen en anderhalf uur daarna een nieuwe groep oppikken. Die vlucht had vertraging, waardoor ik pas om halftwee 's morgens thuiskwam.'
'En Tineke?' vroeg Dagmar. De drie meiden die in de hoofdstad Palma de Mallorca waren gestationeerd, woonden in hetzelfde flatgebouw in aangrenzende appartementen met een verbindingsdeur, wist ze van Marianne die als hoofd reisleiding in een ander, groter appartement woonde.
'Die had een georganiseerde kroegentocht. Zij kwam pas heel laat thuis. Vijf uur 's morgens, of zo.'
Ze streek met haar rechterhand een weerbarstige lok uit haar gezicht. Dagmar zag dat haar hand trilde.
'Toen jij ze vond, heb je meteen het alarmnummer gebeld?'
'Meteen, de ambulance was er binnen vijf minuten. De politie een paar minuten later.'
Ze nam een slokje van het mineraalwater dat voor haar op het tafeltje stond. Dagmar liet haar blik over het terras glijden en bemerkte dat niemand een langdurige blik op hen wierp. Op Mallorca was een huilende reisleidster blijkbaar geen bezienswaardigheid.
'Ik neem aan dat jij lang met de politie hebt gesproken.'
Sanne schudde ontkennend haar hoofd.
'Hooguit tien minuten. Wat moest ik ze in godsnaam vertellen? Ik han-

delde die nacht gewoon uit routine. Degene die binnenkomt checkt altijd het appartement van de ander. Dat is een onderlinge afspraak die hier al jarenlang geldt. Je wenst elkaar goedenacht en kijkt vluchtig of er niet is ingebroken. Een kwestie van een paar seconden.'

'Maar wat als iemand een vriendje mee naar huis heeft genomen?'

Onder andere omstandigheden zou het trekje van Sannes mondhoek voor een voorzichtige glimlach kunnen doorgaan.

'Daarvoor hebben we een code, een magneet met daarop de afbeelding van Cupido. Als die op de slaapkamerdeur is geplakt, ga je stilletjes terug naar je eigen appartement.'

Dagmar wist haar neutrale gezichtsuitdrukking te behouden. Ze nam een slokje van haar water en keek in gedachten naar de talloze plezierjachten die in de haven van Palma de Mallorca lagen.

'Weet je, Dagmar. Ik vind het tof dat je bent gekomen. Ik bedoel, je had net zo goed thuis kunnen blijven, want je kunt hier helemaal niets meer doen.'

Ze stak direct haar linkerhand op.

'Begrijp me alsjeblieft niet verkeerd. Het is geweldig dat je er bent. Het is fijn om even uit te kunnen huilen.'

Dagmar knikte. 'Graag gedaan.' Hierna dronk ze haar glas leeg.

'Zullen we nu bij Ingrid gaan kijken?'

22

De knalgele lak van Sannes Renault was handig. Vanwege de opvallende kleur hoefde ze zich niet al te zeer op de auto te concentreren die ze nu moest volgen. Zelfs als de onderlinge afstand honderd meter bedroeg, viel de felle kleur op tussen de andere weggebruikers.

Het korte gesprek met Sanne had haar aan het denken gezet. Het meest lastige van de huidige situatie was dat ze niet precies wist waar te beginnen. Doordat ze zoveel vragen op zichzelf afvuurde, werd het in haar brein met de minuut chaotischer.

'Probeer eerst eens de chronologische volgorde,' sprak ze zichzelf toe. Opeens moest ze op de rem trappen omdat een jongen op een brommer het nodig vond om vlak voor haar bumper van richting te veranderen. Blijkbaar was zij de enige die zich over deze actie opwond, aangezien vanuit haar directe omgeving de loeiende protestgeluiden uitbleven. Zich aanpassend aan de verkeerssituatie trok zij snel op en passeerde een langzaam rijdende vrachtwagen.

'Sanne komt thuis en vindt Marianne en Ingrid. Ze belt direct het alarmnummer, waarna eerst een ambulance en daarna de politie zich meldt. Marianne en Ingrid worden afgevoerd, Sanne legt een verklaring af tegenover een politieagent. Tot zover is het overzichtelijk.'

Terwijl ze langzaam op de gele Renault inliep, beet ze zachtjes op haar onderlip. Een gewoonte die ze had als ze diep nadacht.

'Hier begint het wat onduidelijker te worden. Sanne is een collega én degene die de twee vindt. Het onderhoud met de politie duurt daarentegen maar even. Tenminste, die indruk kreeg ik. Sanne heeft niets te vertellen, waarop de politiemensen haar laten vertrekken en nog een goedenacht toewensen.'

In gedachten stak ze een vermanende vinger op.
'Oké, ik chargeer. Toch wekt het wel een beetje die indruk, nietwaar? De versie van Sanne, bedoel ik.'
Tussen haar gehuurde Fiat Panda en de Renault bevonden zich nog maar twee auto's. Dagmar minderde snelheid. De raderen in haar hoofd draaiden juist op volle toeren. Ze probeerde met voor- en tegenargumenten duidelijkheid voor zichzelf te scheppen over de situatie.
'Natuurlijk weet Sanne niet wie het heeft, of hebben gedaan. Maar helemaal niets te melden? Kom nou toch! Zij heeft toch ook die magere vent op dat feestje naar Ingrid zien kijken? Daar word je verre van vrolijk van. Die vent had echt de kop van een moordenaar. En dan die rare berichtjes op de mobiel van Ingrid. Of was dit het mobieltje van Sanne? Omdat zij plotseling ziek was geworden had Ingrid toch haar dienst overgenomen?'
Hoewel haar woorden logisch, zelfs overtuigend klonken, protesteerde haar geest hevig. Er moest meer aan de hand zijn! Ze schrok hier zelf van. De beweging die ze daardoor met haar armen maakte, leverde haar een claxonconcert van drie automobilisten op.
'Stomme muts,' siste ze. 'Hou je kop erbij, straks lig jij zo nog in het ziekenhuis!'
'Dus jij denkt in enkele minuten conclusies te kunnen trekken?' verweet ze zichzelf. 'Er klopt iets niet? Is er een heleboel mis? Zo, jij durft!' Ze begon zichzelf nog meer verwijten te maken.
'Tijdens het misdrijf lag jij vijftienhonderd kilometer verderop in bed, wijsneus.' Naast verwijt klonk er nu ook spot in haar eigen stem door. 'Terwijl de politie sporenonderzoek deed, draaide jij je nog eens lekker om.'
Dagmar zuchtte. Hier viel weinig tegen in te brengen, moest ze tot haar ongenoegen erkennen.
'Jij trekt je conclusies op basis van een eng mannetje en een paar smsberichtjes. Dat is overtuigend bewijsmateriaal, Dagmar! Aan eventuele andere getuigen, politierapporten, en wat er nog meer bij zo'n zaak komt kijken ga jij volledig voorbij. Klasse! En dat voor een vrouw die

bij de eerste de beste tegenslag een privédetective inschakelt... Zou het wellicht verstandiger zijn als jij stopt met die wilde theorieën en gewoon gaat doen waarvoor je hier in de eerste plaats bent gekomen? Dit is een reis die jij hebt gemaakt uit respect voor Marianne en Ingrid. Gedraag je verdomme dan ook zo en ram die waanideeën uit je hoofd!' Meteen voelde ze ook frustratie.

'Dit is niet eerlijk! Dat staat volledig los van elkaar. Doordat mijn leven langzaam maar zeker ineenstortte, had ik geen overzicht meer. Deze zaak kan ik enigszins objectief bekijken, van een afstand, zeg maar.'

Haar commentaar op zichzelf had veel weg van een scheldkanonnade. Door de emotie was in haar laatste antwoord weinig logica te ontdekken. Tijdens de gehele verdere rit naar het ziekenhuis hield ze haar kaken stijf op elkaar.

'Blijf jij hier maar even wachten,' zei Sanne. Ze liep naar een balie waaraan een verpleegster zat. Terwijl Sanne een kort gesprek met de vrouw voerde, keek Dagmar om zich heen. Tot haar opluchting behoorde de irritante, interne discussie tot het verleden. Op het moment dat ze op de parkeerplaats van het ziekenhuis arriveerden, nam de woordenstorm in haar hoofd af tot een licht briesje waaruit soms een opmerking of zin dwarrelde.

Het ziekenhuis voldeed aan alle clichés; eindeloze gangen, witte muren, beige tegels en dat typische ontsmettingsluchtje dat nog uren na een bezoek in je neus bleef hangen. Mallorca, Berlijn of Almere; wat ziekenhuizen betrof maakte het weinig verschil.

'Kom,' zei Sanne en ging haar voor. 'We mogen naar haar gaan kijken.'

Terwijl ze haar vriendin volgde, voelde Dagmar de spanning vanuit haar maag opstijgen. Ze slikte enkele malen om het ongemakkelijke gevoel te onderdrukken.

Aan het einde van de gang bevond zich een raam van vijf meter lang en anderhalve meter breed. Het liep van heuphoogte tot aan het plafond. In de kamer waarop ze nu zicht hadden, stonden drie bedden. Twee ervan waren bezet. Ondanks het verband om haar hoofd en de dunne slangen die op vier verschillende plekken uit haar lichaam staken, herkende ze Ingrid meteen.

'O, mijn god,' fluisterde ze.

'De kans dat ze het haalt is klein,' zei Sanne afwezig. Haar blik was strak op de slapende Ingrid gericht. 'Ik was erbij toen de arts het aan de ouders van Ingrid vertelde.'

Dagmar zag dat Sanne het moeilijk had. Voorzichtig legde ze een arm om haar schouder. Sanne snikte.

'Die arme mensen zijn er helemaal kapot van. Nadat ze het bericht over Ingrid hadden gekregen, zijn ze 's morgens direct op het vliegtuig gestapt. De hele dag staan ze hier voor het raam te huilen.'

Omdat een verklaring voor hun afwezigheid uitbleef, ging Dagmar ervan uit dat ze even een stukje waren lopen om wat frisse lucht in te ademen.

'Is er nog familie van Marianne aangekomen?'

Sanne schudde van nee.

'Haar vader is vorig jaar overleden en haar moeder is slecht ter been. Morgen komt haar broer over om de formaliteiten te regelen. Vrijdag wordt ze in Nederland begraven.'

Dagmar sloot haar ogen en dacht: o, nee. Niet op vrijdag. Niet op de dag dat ik voor de directie moet verschijnen. Ze slikte een vloek in en trok Sanne dichter naar zich toe.

'Wat een ellende,' zuchtte ze. De daaropvolgende minuten keken ze in stilte toe hoe Ingrid voor haar leven vocht. Hoop en onmacht wisselden elkaar af in hun gedachten.

Sanne doorbrak de stilte. 'Laten we maar gaan.' Dagmar kon alleen maar knikken. Door de emotie leek er een mengsel van zand en prikkeldraad in haar keel te zitten.

'Als ik hier sta voel ik me zo machteloos,' fluisterde Sanne tegen het glas. Hierna draaide ze haar hoofd een kwartslag, waardoor hun blikken elkaar heel even kruisten. Een momentopname met verstrekkende gevolgen. In die luttele seconden zag Dagmar de weerspiegeling van een emotie die niet in dit plaatje thuishoorde. Naast verdriet en onmacht was er evenveel angst in de oogopslag van Sanne de Jong. Ze was doodsbang.

23

Orlando Pons parkeerde zijn auto op de oprit van hotel Mirador. Hij stapte uit, liep naar Dagmar toe die in de lobby op hem stond te wachten en drukte vluchtig twee kussen op haar wangen. Toen ze samen naar zijn Porsche wandelden, versnelde hij net voldoende om haar voor te zijn. Galant opende hij het portier.

'Doe ik hier goed aan, Orlando?' Deze vraag spookte sinds gistermiddag door haar hoofd. Na het ziekenhuisbezoek spookte het voortdurend in haar bovenkamer. Was er nog veel meer aan de hand, of nam haar fantasie voortdurend een loopje met haar? Gisteravond had ze de knoop doorgehakt en Orlando gebeld. Best wel een stap, aangezien ze zich had voorgenomen om geen contact met hem op te nemen. Hun date was perfect, maar daar bleef het bij. Zijn gedrag na hun afspraakje zei wat dat betrof genoeg. Toch had ze hem gebeld. Hij was namelijk haar enige optie.

'Natuurlijk doe je hier goed aan,' antwoordde hij gedecideerd. 'Dit is een drama waarbij de politie alle hulp kan gebruiken. Vertel inspecteur Rodriquez alsjeblieft alles wat je weet of denkt.'

Dagmar knikte bedachtzaam. De stap om in een ander land bij de politie aan te kloppen was voor haar geen eenvoudige. Ze had een vertekend beeld van Zuid-Europese wetsdienaren. In films waren dat meestal ongeschoren, corrupte ambtenaren die in hun zweterige kantoortje met begerige ogen naar vrouwen keken. Een belachelijke voorstelling van zaken die haar door cineasten van B-films werd voorgespiegeld, wist ze. Maar toch... dat stigma hadden ze toch gekregen. Voornamelijk door sterk aan Orlando te denken had ze haar schroom en afkeer overwonnen.

‘Zijn er al aanwijzingen?’
Orlando haalde nonchalant zijn schouders op.
‘Geen flauw idee. Dat ik Julio Rodriquez al sinds mijn jeugd ken wil nog niet zeggen dat hij me informeert over zijn werk. Trouwens, het is al maanden geleden dat we elkaar hebben gesproken.’
Hij gaf gas om een auto in te halen die plotseling vaart minderde. Het was onmiskenbaar een huurauto, aangezien de passagier verwoede pogingen deed om wijs te worden uit een opengeslagen landkaart.
‘Toen ik hem gisteren naar aanleiding van jouw telefoontje belde, hebben we kort wat herinneringen opgehaald. Tien minuten, of zo. Dat was echt leuk. Op dat soort momenten wordt ineens duidelijk hoeveel sociale offers het werk van je vraagt.’
Hij grijnsde breed.
‘Die melancholieke aanval duurde maar even, hoor. Daarna ben ik gewoon weer gaan werken.’
Vanuit zijn ooghoek zag hij dat Dagmar het zelfs niet op kon brengen om een beetje te glimlachen. Zonder zijn blik van de weg te halen, legde hij zijn rechterhand op haar arm en kneep er zachtjes in.
‘Ik denk te weten hoe jij je voelt, Dagmar. Daarom kan ik begrijpen dat het huilen jou nader staat dan het lachen. Dat is de reden dat ik zogenaamd luchtig doe, alsof het allemaal langs me heen gaat.’
Heel even draaide hij zijn hoofd naar rechts en keek haar rechtstreeks aan.
‘Dat is dus niet zo. Wat er met Marianne en Ingrid is gebeurd valt onder het hoofdstuk drama. Dat de wereld gewoon doordraait is daarentegen een vaststaand feit, hoewel jij daar nu waarschijnlijk heel anders over denkt. Logisch, want jij bent hier nauw bij betrokken.’
Hij richtte zijn blik weer op de weg en kneep nogmaals teder in haar arm.
‘Door me een beetje als een idioot te gedragen, hoop ik wat van jouw spanningen weg te nemen. Als ik het voor elkaar krijg om je vandaag te laten glimlachen, al is het maar even, dan is mijn missie geslaagd.’
Dagmar keek hem aan en zag dat hij elk woord ervan meende. Een

prettige tinteling trok vanuit haar onderbuik omhoog. Haar ademhaling haperde wat. Ze draaide haar hoofd naar rechts. Weg van zijn prachtige profiel en zijn gespierde lichaam als van een halfgod. In gedachten sloot ze haar oren voor zijn zwoele stem die associaties opriep met beelden die nu niet passend waren.

Ze dwong zichzelf regelmatig te blijven ademen. Ondertussen bekeek ze de langstrekkende omgeving met een oog voor detail. Palmbomen, miljonairsvilla's, huurauto's, zwerfvuil... Toen ze haar emoties weer onder controle had, draaide ze haar hoofd naar links en glimlachte dunnetjes.

'Dank je wel, Orlando. Ik waardeer het enorm dat je me probeert op te beuren.'

24

'Goedemiddag, juffrouw Vredeling,' zei Julio Rodriquez. Hij glimlachte beleefd.

'Neemt u plaats, alstublieft.'

Terwijl ze hem een hand gaf, slaakte Dagmar in gedachten een zucht van opluchting. Tijdens deze eerste kennismaking voldeed Julio Rodriquez in geen enkel opzicht aan het beeld dat zij van een Spaanse rechercheur had. Hij was rond de dertig, keurig geschoren en had kort haar. De vooraf zo gevreesde snor ontbrak. Onder een zwarte colbert droeg hij een wit overhemd. In plaats van de louche ambtenaar, kon hij eerder doorgaan voor een vriendelijke achterneef. Het grappig klinkende 'señorita Bredelien' sprak eveneens in zijn voordeel.

Ook Orlando schudde hem de hand en ging tegenover het bureau van zijn oude vriend zitten. Rodriquez kwam meteen ter zake. In het Engels, wat de conversatie stukken vereenvoudigde.

'Allereerst wil ik u condoleren met het verlies van uw vriendin. Een tragedie die u ongetwijfeld diep heeft getroffen. Van Orlando hoorde ik over uw relatie met het slachtoffer en de vrouw die in het ziekenhuis ligt.'

Dagmar knikte. 'Dank u wel. Wij waren inderdaad vriendinnen.'

'Orlando vertelde mij eveneens dat u informatie hebt waar wij wellicht iets mee kunnen.'

Ze schudde licht met haar hoofd. Het was duidelijk dat ze aarzelde. Hier, in dit keurige kantoor, trok ze ineens haar ideeën en constateringen in twijfel. Waarom dit het geval was, kon ze voor zichzelf niet zo snel onder woorden brengen. Ben ik geïmponeerd door Rodriquez en de entourage, ging het door haar heen, of ben ik bang dat mijn ideeën direct worden tegengesproken waardoor ik min of meer voor schut sta? De Nederlandse amateurspeurder die de Spaanse profs even komt vertellen dat ze het een en ander over het hoofd hebben gezien.

'Ik, eh... Hebt u eigenlijk al iemand gearresteerd?'

Mocht Rodriquez zich over de directheid van deze vraag verbazen, dan wist hij dit knap te verbergen. Met een neutrale gezichtsuitdrukking gaf hij antwoord.

'Het is niet gebruikelijk dat wij mededelingen doen over lopende onderzoeken. In dit geval denk ik echter dat een uitzondering op z'n plaats is.'

Hij wisselde een indringende blik met Orlando uit. Wat Rodriquez hiermee bedoelde was haar niet duidelijk. Als ze moest gokken, zou ze kiezen voor: jij geeft me iets, ik doe wat terug.

'Op dit moment zitten we op een dood spoor. Geen ooggetuigen en de genomen vingerafdrukken behoren uitsluitend toe aan de bewoonster van het appartement en haar collega's die dagelijks over de vloer kwamen. Over het gevonden DNA-materiaal kan ik nog niets concreets zeggen. De eerste resultaten zijn in elk geval weinig hoopgevend. Het bloed is van beide slachtoffers. Andere analyses zoals van losse haartjes en een aangetroffen stukje kauwgom volgen nog.'

Hij hief beide handen. Een eerlijke handeling van een man die zijn kaarten op tafel had gelegd en absoluut niet theatraal over wilde komen. Toen ze haar mond opende om over haar bevindingen te vertellen, voelde ze hoe Orlando's linkerhand heel even haar rechterbovenarm streelde. Een intiem gebaar waarmee hij haar duidelijk maakte achter haar te staan. Tenminste, zo kwam het op haar over. In elk geval was het een goede stimulans om zonder terughoudendheid haar verhaal op tafel te leggen.

'Op een feestje in een hotel in Palma de Mallorca heb ik gezien hoe Ingrid en Marianne een woordenwisseling hadden met een man. Dat ging er niet bepaald vriendelijk aan toe. Omdat wij er redelijk ver vandaan stonden, kon ik niet horen wat er precies werd gezegd.'

'Wij?' vroeg Rodriquez.

'Ik stond daar samen met Sanne de Jong. Een collega van Ingrid en

Marianne. Zij is overigens degene die hen vond en het alarmnummer belde.'
Rodriquez maakte een aantekening op het kladblok dat naast hem lag.
'Ik wil niemand beschuldigen...'
'U beschuldigt niemand. Vertel me alstublieft wat u hebt gezien en wat uw gevoelens hierbij waren.'
Hij keek haar strak aan, maar niet provocerend. Met zijn lichaamstaal maakte Julio Rodriquez duidelijk dat hij bijzonder geïnteresseerd was in haar verhaal.
'Die man was zo'n engerd. Echt, de rillingen liepen over mijn lichaam toen hij vlak langs me liep.'
'Kunt u hem beschrijven?'
Ze sloot haar ogen om de details op te diepen. Het bestand waarin deze herinneringen waren opgeslagen liet zich moeiteloos openen. Alsof ze weer terug was op die bewuste avond, zag Dagmar de man naast Marianne staan.
'Klein van stuk, broodmager, zwart, achterovergekamd haar, een valse glimlach en een oogopslag die dwars door je heen gaat. Hij droeg een witte broek en een zwarte blouse met daarop gele palmbomen.'
Terwijl hij wat gegevens noteerde, bromde Rodriquez: 'Heel goed.' Daarna keek hij haar weer aan. 'Weet u hoe deze man heet?'
Dagmar schudde van nee. 'Volgens Marianne was het een hotelmanager die het niet eens was met iets wat Ingrid had gedaan. Daar ging ze verder niet op door. Ze maakte zich er met een grapje van af. De volgende morgen zou hij huilend aan de lijn hangen om zijn excuus aan te bieden, of zoiets.'
Ze hief een hand op om duidelijk te maken dat het belangrijkste nog moest komen.
'Voordat die engerd wegliep, maakte hij een gebaar tegen Ingrid. Hij hield zijn vinger vlak voor haar gezicht. Hieruit sprak zo veel dreiging dat ik er gewoon bang van werd. Dat was echt niet normaal meer.'
Rodriquez knikte traag. 'Heel interessant.'
Gedurende het gesprek was het Dagmar duidelijk geworden dat Rodri-

quez haar zeer serieus nam. De twijfels om te vertellen wat ze wist, of dacht te weten, waren hierdoor verdwenen. Ze schakelde meteen over naar het volgende dat haar dwars zat.

'Als ik te snel van onderwerp verander moet u het zeggen, maar er is nog iets wat ik kwijt wil.'

'Ga uw gang. Wat mij betreft is alle informatie welkom.'

In plaats van direct van wal te steken, liet ze een korte stilte vallen. Toen de aanraking waarop ze had gehoopt uitbleef, schraapte ze haar keel.

'Ingrid heeft mij een middag meegenomen. Een route langs de hotels en appartementen waar ze vragen van gasten beantwoordde en klachten opnam.'

Een flashback van een lachende Ingrid zorgde voor een korte hapering. Het contrast met het laatste beeld dat ze van Ingrid had deed haar even naar adem happen. Omdat niemand haar aanspoorde om verder te gaan, nam ze de tijd om het naargeestige plaatje van haar netvlies te laten vervagen.

'Tussen deze bezoekjes door kreeg Ingrid een berichtje op haar mobiele telefoon. Ze las het, keerde de auto en liep een appartement binnen dat niet op de route van die dag stond. Na een paar minuten kwam ze weer terug en vertelde dat een gast om een Nederlandse tandarts had gevraagd. Daarna vervolgden we de oorspronkelijke route.'

Ze kon zich goed voorstellen dat zowel Rodriquez als Orlando niet reageerde. Het venijn van dit verhaal zat namelijk in de staart.

'Nadat we een hotel hadden bezocht, kreeg Ingrid weer een berichtje. Alsof er niets belangrijkers op de wereld was, sloeg ze een zijstraat in en reed naar een appartementenblok dat geen onderdeel uitmaakte van de complexen die we nog moesten bezoeken. Ze stapte uit, ging naar binnen en was hooguit vijf minuten later terug.'

'Weer een gast die een Nederlandse tandarts wilde?' vroeg Rodriquez zonder een spoortje van ironie in zijn stem.

'Dat weet ik niet. Ze zei er verder niets over. Op dat moment was ik ook te verbaasd om het ter sprake te brengen.'

Rodriquez fronste zijn wenkbrauwen.

'Sorry als ik wat naïef overkom, maar wat was er dan zo speciaal aan haar bliksembezoekjes?'
'De afzender of afzenders van die berichtjes,' antwoordde Dagmar beslist. 'Toen zij voor de tweede maal een appartementencomplex binnenging, heb ik haar telefoon gepakt en het laatste nummer opgezocht. Dit bleek een Spaans mobiel nummer te zijn. Ik kan me niet voorstellen dat een Nederlandse toerist met zo'n ding op zak loopt.'
Rodriquez schudde bedenkelijk zijn hoofd. 'Er gebeuren wel vreemdere dingen.' Hierna maakte hij wat aantekeningen. 'Maar het is inderdaad opmerkelijk.' Zijn blik bleef op het kladblok gericht.
'Kunt u zich dat nummer nog herinneren? Heeft u het wellicht ergens genoteerd?'
In Dagmars stem ging de ontkenning gepaard met spijt.
'Nee, ik voelde me al zo schuldig vanwege dat gesnuffel in haar telefoon.' Hier en nu kon ze zich wel voor haar kop slaan dat ze het nummer nergens had opgeschreven. De beruchte spijt achteraf, dacht ze.
'Begrijpelijk,' zei inspecteur Julio Rodriquez. 'Op zo'n ogenblik spelen er andere dingen door je hoofd. Ik kan me goed voorstellen dat je dan niet aan het noteren van een telefoonnummer denkt.'
'Precies,' beaamde Orlando. 'Het laatste wat er bij mij in die situatie was opgekomen.'
Dagmar waardeerde de steunbetuigingen. Het schuldgevoel van een gemiste kans knaagde nu iets minder aan haar gemoed.
'Wilt u verder nog iets kwijt?' vroeg Rodriquez toen zij geen aanstalten maakte om een hoofdstuk aan dit verhaal toe te voegen.
Opeens was er weer die aarzeling. Ze stond op het punt om te vertellen over datgene wat zich op de parkeerplaats had afgespeeld. De korte vertwijfeling was echter lang genoeg om dat gedeelte van die bewuste avond als een versnelde film af te laten spelen. Ineens volgde een spervuur aan vragen. Wat heb je precies gezien? bleek de meest steekhoudende. Wat had zij daadwerkelijk gezien en wat viel onder speculatie? Omdat zij het antwoord hierop schuldig moest blijven, besloot ze haar bevindingen van die avond voor zich te houden. Hiermee sloot ze meteen de moge-

lijkheid uit dat een verhaal over een reisleidster die in haar auto letterlijk lippendienst verleende haar eerdere verklaringen ondermijnde.

'Dit was het,' zei Dagmar. 'Al wil ik wel benadrukken dat ik lang heb geaarzeld om het aan de politie te vertellen. Het is nu niet bepaald overtuigend bewijs, hè? Ik bedoel... die enge vent en de berichtjes. Als die afschuwelijke steekpartij er niet was geweest, had je er toch om gelachen? Niet eens bij stilgestaan?'

Rodriquez stond op en gaf haar een hand.

'Als er een misdrijf is gepleegd, ga je bepaalde dingen vanuit een andere context bekijken, juffrouw Vredeling. Het is goed mogelijk dat uw informatie ons op het goede spoor zet. Het kan ook zijn dat het tot niets leidt. Wij gaan er in elk geval mee aan de slag. Hartelijk dank voor uw tijd en moeite.'

Hij schudde Orlando eveneens de hand en ging hen voor. Bij de uitgang van het politiebureau stak hij zijn hand op en verdween in een van de gangen.

'Dat viel uiteindelijk mee, toch?' zei Orlando toen ze naar zijn auto liepen.

'Ik vond het best wel spannend,' antwoordde Dagmar en stapte in. 'Gelukkig was het een sympathieke man.'

Orlando startte de motor en reed weg.

'Ik neem aan dat er een last van je schouders is gevallen?'

Ze knikte kort. 'Ik moest dit doen. Of het wat oplevert is een tweede.' Ze zuchtte diep. 'Jezus, moet je mij eens horen. Alsof ik het over een investering heb.'

Orlando legde zijn rechterhand op haar dij en maakte een sussend geluid.

'Doe eens rustig, Dagmar. Maak jezelf nou geen verwijten, oké? Jij hebt gedaan wat je moest doen en daarmee is het klaar. Laten we hopen dat Julio iets aan jouw informatie heeft.'

Aan het einde van de brede Paseo Marítimo sloeg Orlando rechtsaf. Vijftig meter verder stuurde hij de Porsche een zijstraat in en parkeerde de auto voor een restaurant.

'Tijd voor een lunch,' zei hij met een jongensachtige grijns. 'Van al dat denkwerk krijg je honger.'
Dagmar stapte uit en maskeerde haar verbazing met een voorzichtige glimlach. Ze was ervan uitgegaan dat hij haar rechtstreeks bij hotel Mirador af zou zetten. Tenslotte waren ze al anderhalf uur onderweg, een flink tijdsbestek voor een drukbezet man als Orlando.
'Casa Alberto is een typische tapasbar,' zei Orlando toen ze het etablissement betraden. 'Laat je niet door het interieur afschrikken. Het eten is voortreffelijk.'
Ze namen plaats aan een afgeleefde houten tafel waarop twee kitscherige placemats lagen. De vorige gast had een klein gedeelte van zijn lunch erop achtergelaten. Dagmar moest zich inhouden om geen vies gezicht te trekken.
'Komt goed,' bromde Orlando geruststellend. Met een ontstemde blik keek hij naar zijn mobiele telefoon.
'Ik heb ongeveer een miljoen oproepen gemist. Geef me een paar minuten om de belangrijkste te beantwoorden.' Hij opende de menukaart voor haar en liep weg.
'Zoek jij maar wat lekkers uit,' hoorde Dagmar hem nog mompelen.

25

Orlando had geen woord te veel gezegd. De tapas waren een traktatie. Champignons in hete olijfolie, gefrituurde sardines, gegrilde garnalen en gerookte ham. Ze kon zich niet herinneren ooit zulke lekkere ham te hebben geproefd. Eigenaar annex kok Alberto sneed de plakken met een speciaal mes zó van het dijbeen dat in de keuken aan een touw bungelde.
'Lekker gegeten?' vroeg Orlando en voegde daaraan toe: 'ondanks de primitieve tafelkleedjes en bedenkelijke hygiëne?'
Dagmar sloeg een hand voor haar mond om het niet uit te proesten.
'Toen de serveerster haar vaatdoek over de placemats haalde, dacht ik dat het niet gekker meer kon.'
'Maar jij had buiten Alberto gerekend die ons vroeg om in de keuken naar het snijden van de ham te komen kijken,' vulde Orlando aan.
'Waarna hij en passant een varkenskop tevoorschijn toverde en bijpassende geluidjes produceerde,' grinnikte Dagmar.
Na het aansluitende geknor waarmee Orlando de restauranthouder imiteerde, kon ze haar lachen niet meer inhouden.
'Missie geslaagd,' zei Orlando droog. Hij keek haar aan met een zelfvoldane oogopslag waarin een schalkse ondertoon lag.
'Maar nog niet ten einde, hoop ik.' Het was eruit voordat ze er erg in had. De opgekropte spontaniteit had ineens een uitweg gevonden. Haar woorden als een verlengstuk van haar gedachten gebruikt. Van het ene op het andere moment werd de opgeworpen barrière van gepaste terughoudendheid geslecht. Vergeet niet waarvoor jij hier bent, hield Dagmar zichzelf voor. Dit is geen snoepreisje, weet je wel?
'Ik heb nog een leuk ritje op het programma staan. Wel eens van Andratx gehoord?'

'Dat is toch een dorpje verderop?' reageerde ze ingetogen.
'Een schilderachtig stadje,' verbeterde Orlando haar speels. 'Hier vind je het oude Mallorca terug. Het hoogste gebouw is een leerlooierij die uit twee verdiepingen bestaat. Het enige toerisme dat je in Andratx vindt zijn langslopende mensen en stapvoets rijdende huurauto's.'
Hij grijnsde om zijn eigen grapje.
'In de heuvels rond Andratx staan behoorlijk wat miljonairsstulpjes. Let vooral goed op als we van het stadje zelf naar de haven rijden. Een gewild plekje waar menig filmster, sportheld of bankier een luxueus buitenverblijf heeft.'
Toen ze de afslag naar Andratx namen, zag Dagmar hoe Orlando in zijn achteruitkijkspiegel keek. In plaats van een vluchtige blik, concentreerde hij zich enkele seconden op datgene wat er zich achter hen afspeelde.
'Is er soms iets?'
Hij keek weer recht voor zich uit en antwoordde ontkennend: 'Niets aan de hand.'
De Porsche-motor liet een ingehouden gegrom horen toen Orlando afremde en terugschakelde. Met vijftig kilometer per uur reden ze het stadje binnen. Dagmar genoot van de oude winkelpanden. Dat er voornamelijk ondernemers met 'oude ambachten' in zaten, was zowel opvallend als aangenaam. Naast de bakkerij bevond zich de slager die weer een groenteman als buurman kende. In geen velden of wegen was een grote supermarkt te bekennen.
'Wat heerlijk knus,' mompelde Dagmar. Niet Orlando, maar de Porsche gaf antwoord. Ze hoorde opeens de motor toeren maken en haar rug werd tegen de stoel aan gedrukt. De pittoreske winkeltjes vervaagden tot een lang, bakstenen lint. In een schrikreactie pakte ze met haar rechterhand de portierhendel vast. Twee hartslagen later bleek dit een zinloze actie, aangezien Orlando met aanzienlijke snelheid een bocht naar links nam waardoor ze met haar schouder tegen het portier werd aangedrukt.
'Wat doe je nou?!'
'Ik denk dat we gevolgd worden.' De kalmte waarmee hij sprak kwam

op Dagmar indrukwekkend over. Zelf had ze namelijk het gevoel dat elk haartje op haar lichaam recht overeind stond en haar hart in haar keel bonsde.

'Witte BMW, zat op de snelweg al achter ons.'

Hij schakelde over naar de derde versnelling. Het oorverdovende geluid om haar heen deed Dagmar denken aan het gegier van een vliegtuigmotor. Ze draaide haar hoofd opzij.

'Niet omkijken!'

De waarschuwing gold niet zozeer als een verbod om een blik op hun achtervolger te werpen, maar werd gegeven met het oog op de aankomende verkeerssituatie: ze naderden een zebrapad waarop twee kinderen liepen. Orlando trapte stevig op de rem. Doordat de snelheid drastisch afnam, sneed de veiligheidsgordel in haar borsten. Tijd om hierover een opmerking te maken of 'Au!' te roepen werd haar niet gegeven. De Porsche trok supersnel op waardoor haar bovenlichaam weer naar achteren werd gedrukt.

'Eens kijken wat die pooierbak van je kan, ventje,' siste Orlando venijnig tussen zijn tanden. Dat de stadskern van Andratx een gepasseerd station was lag aan deze opmerking ten grondslag. Recht voor hen bevond zich een geasfalteerde B-weg. Op wat tegenliggers in de verte na, waren de rijbanen verlaten.

Orlando schakelde over naar de vierde versnelling. Ondanks de grote snelheid lag de sportwagen als een blok op de weg. Een gegeven dat Dagmar volledig ontging. Als versteend keek ze met opengesperde ogen naar de weg voor haar. Van de omgeving kreeg ze niets mee.

'Klote,' gromde Orlando toen er een vrachtwagen voor hen opdoemde. Ze reden inmiddels ruim tweehonderd kilometer per uur, zodat het silhouet uit de verte in *no time* een serieus obstakel werd. Zonder gas te verminderen stuurde Orlando de Porsche op de linkerbaan. Met deze snelheid zou de gehele inhaalmanoeuvre een paar tellen duren.

Het werden de langste seconden van Dagmars leven. Ze zag hoe de tegenligger recht op hen afkwam. Een botsing leek onvermijdelijk. Ze sloot haar ogen, deed een schietgebedje en wachtte op de allesvermorzelende klap. In plaats van de impact van een dodelijke crash voelde zij hoe de auto bruusk naar rechts afweek. Omdat de nachtmerrie uitbleef, opende ze langzaam haar ogen. Ze waren de vrachtwagen gepasseerd. Het meest onwaarschijnlijke scenario had zich voltrokken. Ze leefden nog...

'Ongelofelijk,' hoorde ze Orlando mompelen. Hij keek voor de zoveelste maal in zijn achteruitkijkspiegel. 'Die klootzak kan me aardig bijhouden.'

Aangezien ze de haven van Andratx met rasse schreden naderden, nam hij gas terug. Voor Dagmar een ideaal moment om te kijken wie hen volgde. Ze draaide haar bovenlichaam om en zag de witte BMW. De wagen reed ongeveer dertig meter achter hen. De geblindeerde voorruit verhinderde dat ze een blik op de bestuurder kon werpen.

'In de haven raak ik hem niet kwijt.' Hij zei het op een peinzende toon waaruit bleek dat hij de situatie in alle rust overdacht. Dagmar vond dit ongelofelijk. In haar brein was er namelijk sprake van het tegenovergestelde. Met tientallen vragen in haar hoofd zat ze tegen de paniekgrens aan. Waarom werden ze gevolgd? Wie ging er schuil achter die sinistere ramen? Hoe ging dit verder? Zou men geweld gebruiken? Had dit met Marianne en Ingrid te maken? Waarom...

'In het dashboardkastje liggen een kladblokje en een pen,' verbrak Orlando haar panische overpeinzingen.

'Het kan geen kwaad om zijn kenteken te noteren.'

Het duurde even voordat het tot Dagmar doordrong wat hij bedoelde. Daarna opende zij het kastje en haalde de pen en het kladblok eruit. Toen ze zich omdraaide, minderde de Porsche vaart. Terwijl zij het kentekennummer noteerde, zag ze vanuit haar ooghoeken de eerste kenmerken van de bewoonde wereld. Huis, verkeersbord, symmetrische rijen palmbomen, trottoirband.

'Heb je het genoteerd?'

'Ja.'

Ze draaide zich weer om. Gevoelsmatig reden ze nu stapvoets door de hoofdstraat van de haven. Dagmar zag dat Orlando beurtelings in zijn achteruitkijkspiegel en naar de nabije omgeving keek. Wat er op de weg gebeurde leek hem nauwelijks te interesseren.

'Dat zocht ik,' sprak hij een halve minuut later. 'Perfect.'

Dagmar begreep voor de verandering meteen wat hij bedoelde. Op de kade had men een parkeerplaats gecreëerd. Betaald parkeren met een heuse slagboom. Het was er druk. Een betere omgeving konden ze zich nu niet wensen.

Hij draaide de Porsche de inrit op en keek gelijktijdig in zijn achteruitkijkspiegel. Er verscheen een glimlach rond zijn mondhoeken.

'Dat durft hij dus niet aan.'

Dagmar draaide haar hoofd direct een kwartslag en zag hoe de BMW rustig verder reed om ten slotte uit het zicht te verdwijnen. Orlando stopte ruim voor de slagboom en trok een ticket uit het kastje. Toen de slagboom omhoogging, keek hij Dagmar verwonderd aan. Ze hield haar linkerhand dwingend omhoog. Tussen haar vingers hield ze het kladblok geklemd.

'Bel Rodriquez,' sprak ze op een toon die geen enkele tegenspraak duldde.

26

De wesp cirkelde rond haar hoofd. Het insect produceerde irritant hoge geluidjes die dwars door haar dromen heen sneden. Omdat ze het beestje niet boos wilde maken, liet ze haar handen langs haar lichaam hangen. Daarna liep ze langzaam achteruit. Toen dit niet het gewenste resultaat opleverde, deed ze enkele stappen opzij. Ook dit had geen effect; het doordringende gezoem bleef maar aanhouden.

Dagmar opende haar ogen. Het duurde drie volle seconden voordat ze zich realiseerde dat er geen wesp rond haar hoofd vloog. Het was de ringtoon van haar mobiele telefoon die voor de herrie in de kamer zorgde. Haar hand ging naar het nachtkastje waarop de herrieschopper lag.

'Ja?' zei ze op slaperige toon.

'Met Orlando. Er is vannacht iets belangrijks voorgevallen. Zorg dat je over tien minuten voor de hotelingang staat.'

Ze drukte op het lichtknopje boven haar bed, knipperde met haar ogen en zei: 'Wat... wat bedoel je precies?'

'Over tien minuten pik ik je op,' antwoordde Orlando kortaf. Een ingesprektoon volgde.

Dagmar ging rechtop in bed zitten. Ze keek met een verbouwereerde blik naar de mobiele telefoon die nog steeds in haar rechterhand lag. Haar blik dwaalde af naar de reiswekker op het nachtkastje. De digitale wijzers meldden dat het 04.10 was. Tien minuten over vier in de morgen, dacht ze. Wat moet er in 's hemelsnaam zijn gebeurd als Orlando mij op zo'n tijdstip opbelt met de mededeling dat hij me over tien minuten oppikt?!

Voordat allerlei vragen opkwamen, haalde ze diep adem. 'Niet doen, Dagmar,' fluisterde ze. 'Dat is onnodig tijdverlies. Jij kent Orlando goed genoeg om te weten dat er op dit moment iets aan de hand is. Ga je snel aankleden en maak jezelf daarna in recordtempo enigszins toonbaar.'

Ze deed precies wat ze zichzelf had opgedragen. Twaalf minuten na het telefoontje stapte ze naar buiten. Orlando wachtte haar achter het stuur van zijn Porsche op. De motor draaide. Toen hij haar zag boog hij zijn bovenlijf naar rechts en opende met een duw van binnenuit de passagiersdeur. Precies op het moment dat zij de deur weer sloot gaf hij gas. De sportwagen spoot weg.

'Wat is er aan de hand?' wilde Dagmar als eerste weten.

'Foute boel,' antwoordde Orlando. De norse intonatie in zijn stem verried dat hij er verder weinig over kwijt wilde. Een manier van doen die nieuw voor Dagmar was. Het brandde daarom ook op haar lippen om hier een opmerking over te maken. Voordat zij nog een vraag wilde stellen, draaide ze haar hoofd naar links. Wat ze zag beviel haar niet. Orlando keek strak voor zich uit. De blik in zijn ogen was die van een man die zojuist een zorgwekkend bericht had ontvangen en daar diep over nadacht. Ze realiseerde zich dat het zinloos was om verder te vragen.

Negen minuten later reden ze op de boulevard van Palma de Mallorca. Het gebral en gefeest van groepjes jongeren stonden in schril contrast met de beklemmende sfeer die in de Porsche hing.

'Julio Rodriquez belde me een halfuur geleden,' zei Orlando. Dat gebeurde zo onverwacht dat Dagmar er een beetje van schrok. Ze had zich min of meer al verzoend met een autorit waarin ze vooral zouden zwijgen.

'Sorry dat ik zo bot doe,' ging hij verder. Dagmar zag dat de harde lijnen in zijn gezicht zich ontspanden. 'Het is gewoon beter dat Julio jou vertelt wat er is gebeurd. Als ik nu wat zeg, kan dat straks alleen maar voor verwarring zorgen.'

Met de vingertoppen van zijn rechterhand raakte hij heel even haar linkerbovenarm aan. Een geruststellend gebaar, waarmee hij echter het beoogde effect niet bereikte. Doordat hij de indruk wekte haar op iets vreselijks voor te bereiden, nam het malen in Dagmars hoofd almaar toe.

Julio Rodriquez stond hen bij de ingang van het politiebureau op te wachten. Onder zijn arm droeg hij een dunne map. Hij knikte kort en vroeg hun om hem te volgen. Twee minuten later zaten ze in een kale ruimte die oogde als een achterafkantoortje; een ruimte waar rechercheurs in alle rust hun verdachten murw konden maken. Rodriquez nam plaats achter een gammele tafel en maakte met een knik duidelijk dat zij tegenover hem moesten gaan zitten. Hij legde de map op tafel, recht in het midden. Hierna keek hij Dagmar doordringend aan. Van zijn vriendelijke uitstraling was weinig meer over. Ondanks haar droge keel lukte het Dagmar om te slikken. Jij zit diep in de problemen, dame, meldde haar intuïtie op een onevenredig harde toon.

'Formeel gezien ga ik buiten mijn boekje,' begon Rodriquez. 'Aan de andere kant; wij blijven mensen, en uw betrokkenheid bij deze zaak is groot. Tevens hebt u vanaf het begin meegewerkt aan het onderzoek. Ik heb daarom besloten om u direct op de hoogte te brengen van datgene wat er vannacht is gebeurd.'

In de verte fluisterde een stemmetje dat dit geruststellende woorden waren. Toch overheerste de paniek. Ze ademde veel te snel en had moeite om haar houding van een jonge, sterke vrouw te handhaven. Het liefst wilde ze ergens in een hoekje wegkruipen totdat het onweer was overgedreven.

'Rustig maar, Dagmar,' zei Orlando. Hij legde teder zijn arm over haar schouder en kneep zachtjes met de vingers van zijn rechterhand in haar bovenarm. Ditmaal werkte het wel. Het voelde vertrouwd aan. Hij was er voor haar. Een rots in de branding die zich door geen enkele orkaan liet afschrikken. Haar angst ebde weg. De lichte zucht die volgde, was de voorganger van een regelmatige ademhaling.

'Het kenteken dat Orlando mij vanmiddag, ik bedoel gistermiddag, doorgaf, staat op naam van Emilio Lopez-Garcia, een 32-jarige receptionist van hotel Oasis. Aangezien dit heerschap zich ziek had gemeld en door de dienstdoende rechercheurs ook op zijn huisadres niet werd aangetroffen, besloot ik het na mijn dienst nogmaals te proberen.'

Hij hief beide handen. Een gebaar dat het midden hield tussen een verontschuldiging en overmacht.

'Technisch gezien had ik met een partner naar het huis van Lopez-Garcia moeten gaan. Dit soort klussen is veiliger als je met een back-up werkt. Maar ja, het was twee uur 's nachts en het is ook inherent aan politiewerk om soms impulsief te handelen. Vaak behaal je op zo'n manier onverwachte resultaten.'

Dagmar knikte. Ze voelde zich een stuk rustiger. Ook werd het haar langzamerhand duidelijk dat er hoogstwaarschijnlijk geen directe connectie tussen haar persoon en het verhaal van Rodriquez was. Op dat tijdstip lag ze namelijk te slapen. Als je het dus simpel bekeek, deed hij verslag en was zij uitgenodigd om te luisteren.

'Lopez-Garcia was thuis. Onder invloed van genotsmiddelen. Drank of drugs, dat zal de autopsie uit moeten wijzen. In elk geval was hij verre van nuchter en bijzonder agressief. Nadat hij de deur opende, trok hij meteen een mes. Ik kon zijn aanval pareren en zag kans mijn dienstpistool te trekken. Hij trok zich niets aan van mijn waarschuwing en viel wederom aan. Hierna schoot ik hem volgens de regels in zijn bovenbeen. Blijkbaar voelde hij niets, want hij kwam wederom met getrokken mes op mij af. Toen kon ik niets anders doen dan hem neerschieten. Op weg naar het ziekenhuis is hij in de ambulance overleden.'

Dagmar twijfelde hoe ze moest reageren. Er was iemand doodgeschoten. Een man die hen gistermiddag had achtervolgd. Niet echt een reden om te sterven. Ze keek Rodriquez aan en hoopte dat de onzekerheid niet met dikke letters op haar gezicht stond geschreven.

'Na een schietincident volgt de standaardprocedure,' ging de rechercheur verder. 'De dienstdoende ambtenaar levert zijn wapen in en krijgt bureaudienst. Interne Zaken, dit is de politie binnen de politie, neemt de leiding voor dit specifieke geval over. Tot aan het moment dat zij met een rapport komen, mag de ambtenaar, ik dus, zich op geen enkele wijze met het onderzoek bemoeien en krijgt geen inzage meer in dossiers die met het slachtoffer te maken hebben. Deze maatregelen zijn genomen om tot een zo objectief mogelijk eindrapport te komen.'

Hij opende de map, haalde er een foto uit en legde die recht voor Dagmar neer.

'Deze foto is drie jaar geleden van Lopez-Garcia genomen nadat hij was opgepakt voor rijden onder invloed van alcohol. Hebt u deze man eerder gezien?'

Dagmar keek in de wrede ogen die haar vanaf het papier aanstaarden. Onmiddellijk was er de herkenning. Ze verstrakte en sloeg een hand voor haar mond.

'Mijn god,' mompelde ze. 'Dat is de man die op het feestje dat dreigende gebaar naar Ingrid maakte!'

27

Het uitzicht was fenomenaal. Aan de linkerkant kropen in de verte de eerste zonnestralen over kabbelende golfjes. In de rechterhoek van hun blikveld trok de nacht zich langzamerhand terug, waardoor er een schemerig beeld ontstond dat zomaar deel uit kon maken van de set van een sprookjesfilm.

'Ik hoop dat er ooit een moment komt waarop jij je Mallorca op deze manier herinnert, Dagmar. Stilte, balans en schoonheid. De kant van het eiland die ik prefereer.'

Ze knikte afwezig.

'Dat hoop ik ook, al kan ik het me nu nog niet voorstellen.'

'Dat begrijp ik.'

Ze gleed met haar linkerhand over de rots waarop ze zaten. De ruwe ribbels sneden in haar vingertoppen. Het deed geen pijn, het prikkelde eerder. Een natuurlijke tegenhanger van de deken van lethargie die om haar heen hing.

'Denk jij dat die Emilio Lopez-Garcia het heeft gedaan?' Ze wist dat Orlando slechts een vermoeden uit kon spreken, maar stelde deze vraag toch. Ze wilde zijn mening horen. Bevestiging of ontkenning. Het liefst het eerste. Haar eigen ratio was gewoonweg een zooitje: personen en zaken vormden een kluwen die ze niet kon ontwarren.

'Veel wijst erop dat hij de dader is,' antwoordde Orlando. 'En een relatie met Ingrid had.' De loomheid waarmee hij antwoordde suggereerde dat hij diep over de zaak nadacht.

'Zou het om een crime passionnel gaan?' reageerde ze ongelovig. 'Ingrid met die engerd... Ik kan het me gewoon niet voorstellen, weet je?'

Orlando zuchtte diep.
'Er gebeuren zo veel dingen die wij ons niet voor kunnen stellen. Kijk eens in een winkelstraat om je heen. Hoeveel stelletjes lopen daar waarvan je denkt: hoe kunnen die in godsnaam een paartje vormen? Wij gaan dan af op ons eigen beoordelingsvermogen omdat we denken dat dit het enige juiste is. In werkelijkheid schatten wij het meestal verkeerd in. Bijna niets is wat het lijkt. De knappe jonge vrouw kan een doodongelukkige bijstandsmoeder zijn die zichzelf prostitueert om een extra inkomen voor haar dochtertje te genereren. De lelijke, oude, onverzorgde man die in zichzelf loopt te mompelen heeft zijn hele leven van zijn pas overleden vrouw gehouden en takelt met de dag meer af. Het zijn voorbeelden die me zomaar te binnen schieten. Wie weet of Ingrid niet verliefd was op die Lopez-Garcia? Ik in elk geval niet, en de eerste verklaring die Julio ons gaf klinkt mij behoorlijk geloofwaardig in de oren.'
Dagmar wiegde licht met haar bovenlichaam heen en weer. Ze overdacht Orlando's reactie en kon geen gaten in zijn redenatie vinden.
'Lopez-Garcia is bij Ingrid thuis. Ze krijgen een ruzie die enorm uit de hand loopt. Marianne komt op de herrie af en valt midden in een passionele twist. Natuurlijk neemt ze het voor haar vriendin op, waarna Ingrids vriendje volledig doorslaat. Hij trekt een mes en steekt hen beiden neer.'
Nadat ze deze laatste zin had uitgesproken, trok er een rilling over haar ruggengraat. Orlando sloeg meteen een arm om haar heen en fluisterde haar geruststellend toe.
'Rustig maar. Het is over, Dagmar. Ze hebben de dader te pakken.'
Hij gebruikte de vingers van zijn rechterhand om zijn betoog te ondersteunen.
'Ten eerste is daar het mes. Marianne en Ingrid zijn neergestoken. Toen Julio Rodriquez bij Lopez-Garcia aanklopte en zich identificeerde, stak deze meteen op hem in. Een vreemde reactie als je niets te verbergen hebt, nietwaar? Onderzoek zal uitwijzen of het om hetzelfde mes gaat. Wel is zeker dat die Lopez-Garcia een messentrekker was.'
Hij stak een tweede vinger omhoog.

'We weten zeker dat Ingrid en Lopez-Garcia elkaar kenden. Jij hebt ze zelf op dat feestje zien bekvechten. Er was dus een connectie. Het lijkt er een van verliefden.'

Een derde vinger volgde.

'Dan het onfrisse verhaal over wat er zich op de parkeerplaats afspeelde en dat jij niet tegen Julio Rodriquez durfde te vertellen.' Direct maakte hij een begripvol gebaar met zijn rechterhand. 'Iets wat ik overigens heel goed kan begrijpen. Het lijkt me voor een vrouw uitermate onplezierig om zo'n verhaal aan een wildvreemde vent te vertellen, ook als het hier een politieman betreft. Gelukkig had je tegenover mij minder gêne. En daar bedoel ik 'gelukkig' in hoofdletters mee, want dit verhaal versterkt enkel het vermoeden dat Ingrid en Lopez-Garcia een relatie hadden. Ik kan me namelijk niet voorstellen dat zij daar met iemand anders in de auto zat.'

Terwijl ze naar hem luisterde groeide langzamerhand het besef dat het erop leek dat de zaak was opgelost. Alles klopte. Haar gevoel zei haar iets anders, maar daar kon ze niet op afgaan. Soms had intuïtie een mindere dag. Zoals vandaag.

De tegenstribbelende stemmetjes in haar hoofd waren niet sterk genoeg om haar twijfel de overhand te laten nemen. Het was duidelijk. Ingrid en Marianne waren vermoord door een psychopaat die op zijn beurt het loodje had gelegd. Hoewel ze een tegenstander was van eigen rechter spelen, kon ze prima leven met het lot van Emilio Lopez-Garcia. In sommige gevallen was 'oog om oog, tand om tand' zo slecht nog niet.

'Ik denk dat je gelijk hebt,' fluisterde ze. 'Vanaf nu moet ik het een plaatsje gaan geven.'

Orlando drukte haar dichter tegen zich aan en bracht zijn lippen vlak bij haar oor.

'Ga morgen naar huis en begin met het verwerkingsproces. Overhaast het niet, neem de tijd om verdrietig te zijn. Ook rouwen is een onderdeel van het leven. Als je eenmaal de kracht hebt gevonden om het een plekje te geven, leef dan je leven met volle teugen. Haal alles eruit wat erin zit, want onze tijd is beperkt. Het is een cliché, maar zo waar.'

Zo zaten ze nog anderhalf uur naast elkaar en zagen hoe de dag aanbrak. De zee kleurde van zwart naar grijs om ten slotte in staalblauw te veranderen. De lucht trakteerde hen op een mozaïek van kleurstellingen, en vogels namen tijdens de dageraad het gezang van de krekels over.

Al die tijd absorbeerden ze in stilte de schoonheid van de natuur. De overdadige pracht van het fysieke bewijs dat er altijd een morgen was, stemde hen zowel eerbiedig, gelukkig als nederig. Voor even werden hun problemen teruggebracht tot hun ware proporties.

Toen ze opstonden en hand in hand naar de Porsche wandelden, voelde Dagmar hoe Orlando haar zachtjes kneep. Een gebaar waaruit meer sprak dan woorden ooit duidelijk zouden kunnen maken. De band die er al tussen hen had bestaan, was de afgelopen dagen gegroeid. Een flirt was uitgelopen in een vriendschap die op haar beurt weer werd verankerd in solide grond.

Ze waren geen minnaars en zouden dat ook nooit worden. Een futiliteit, aangezien hun relatie door wederzijds respect werd gekenmerkt. Seks was een oppervlakkig instrument dat in hun ensemble enkel valse noten zou opleveren.

Orlando startte de motor en reed weg. Hij hield het toerental bewust laag, waardoor de motor ingehouden gromde. Een rustgevend geluid dat bij hun stemming paste.

Ik heb een vriendin verloren en er een vriend voor teruggekregen, dacht Dagmar. Geen eerlijke ruil, maar wel eentje waar ik verder mee kan. En dat is niet oneerbiedig naar jou toe bedoeld, Marianne. Het gaat hier over het verwerkingsproces. Hij heeft mij een enorme impuls gegeven bij het tot stand komen daarvan. Orlando is een vriend die er op het juiste moment was en in de toekomst weer zal zijn. Precies zoals jij dat voor mij was.

Ze sloot haar ogen en dacht sterk aan haar vriendin. Jij zult in mijn herinneringen voortleven, Marianne. Dat beloof ik je. Ik probeer nu mijn leven weer op te pakken, zonder daarbij ons boek definitief te sluiten. Rust zacht, je was een fantastische vriendin.

28

Het kantoor van bedrijfsjurist Gerben Siebeling verschilde in alle opzichten met het onderkomen van directeur Personeelszaken Herman Aalberts. De inrichting was modern, strak en uitermate schoon; alsof de interieurverzorgster een handvol seconden geleden het kantoor had verlaten. Aan elk van de vier muren hing een surrealistisch schilderij ter decoratie.
'Ten eerste wil ik u deze verklaring overhandigen.' Omdat de ruimte zo kaal ingericht was, had de basstem van Joop Timmer vrij spel.
'Hierin verklaart een zekere Diederik van Overschie dat hij een klacht wegens seksuele toespelingen tegen Dagmar Vredeling heeft ingediend. Verderop in de tekst worden zijn beweegredenen helder. Het had echter niets te maken met de verzonnen seksuele toespelingen van de kant van mijn cliënt. Wel met een uit de hand gelopen drankgelag van oude studiegenoten. Op die avond is Van Overschie namelijk door X overgehaald om Dagmar Vredeling zwart te maken. In het kort komt het erop neer dat Van Overschie het als een vriendendienst aan X beschouwde. Persoon X had hem wijsgemaakt dat juffrouw Vredeling hem de meest vreselijke streken had geleverd en nu met gelijke munt terugbetaald diende te worden. Onder invloed van alcohol stemde Van Overschie toe. Daar kreeg hij later spijt van. Gezichtsverlies tegenover zijn vriend en de sociale consequenties die daaruit voort konden vloeien, liet hij echter zwaarder wegen. Persoon X vond een geschikte, korte vlucht voor hem waarop mejuffrouw Vredeling werkzaam was als stewardess. De rest kent u.'
Terwijl Timmer sprak, las drs. Gerben Siebeling de door Diederik van Overschie ondertekende verklaring die Dagmar geheel vrijpleitte. Toen hij was uitgelezen keek hij Timmer vragend aan.

'Persoon X?'
Timmer vertrok geen spier.
'De insteek van dit gesprek is het bewijzen van Dagmar Vredelings onschuld. Hierbij draait het voor ons dus om een ontlastende, in plaats van een belastende verklaring. De naam van persoon X is overigens wel bij ons bekend.'
Siebeling knikte. Dagmar dacht in zijn ogen een ondeugende schittering van een binnenpretje te zien. Aangezien Siebeling een meer dan serieuze uitstraling etaleerde, hield ze het op een lichtstraal die weerkaatste in het glas van zijn moderne brilmontuur.
Ze richtte haar blik op een schilderij dat achter Siebeling aan de muur hing. Het was een doek waarop gele en rode lijnen overheersten. Omdat zij weinig met moderne kunst had, sprak het haar niet aan. Ze zag willekeurig neergekladderde lijnen op een vierkant doek, een uitleg die nooit kon stroken met de aspiraties van de kunstenaar.
Denk aan je gezichtsexpressie, beval ze zichzelf. De uitdrukking moet neutraal zijn. Het midden tussen zelfverzekerd en onzeker, zoals Joop Timmer zo mooi schetste. Niet lachen, nu! Hij meende het bloedserieus. Blijf jezelf. Niet hooghartig, maar zeker niet onderdanig. Vind de goede mix. Lastig als er geen spiegel in de buurt is...
Uit haar rechterooghoek zag ze hoe Joop Timmer drie vellen uit een map haalde. Rechts van hem keek Herman Aalberts vol interesse toe. Tot nu toe voltrok zich tot in detail het scenario dat Timmer haar in de auto op weg naar Schiphol had geschetst. Alle poppetjes zaten op de juiste plaats en deden precies wat de detective had voorspeld. Dit gold eveneens voor zijn eigen performance.
Na een korte begroeting was ze bij Timmer in de auto gestapt. Hij had gevraagd of haar trip naar Mallorca nog wat had opgeleverd. In korte zinnen vertelde ze hem dat de waarschijnlijke moordenaar van Marianne was neergeschoten. Timmer had enkele malen geknikt en was van het ene op het andere moment overgegaan tot de orde van de dag. Mocht iemand anders zo gereageerd hebben, dan had ze dit wellicht als bot ervaren. Bij Joop Timmer lag het anders. Bij hem kwam het over als

een bepaalde manier van efficiency die zijn beroep nu eenmaal met zich meebracht.
Een monoloog volgde. Hierin meldde hij haar dat het in de komende confrontatie met de jurist van haar bedrijf voornamelijk om haar uitstraling ging. De juiste houding bij het verhaal dat hijzelf ging vertellen. Over de feiten hoefde ze zich niet druk meer te maken. Ze hadden sluitend bewijsmateriaal. Het zou niet tot een zaak komen, wist Timmer zeker. Daarvoor waren hun troefkaarten te sterk. De ontlastende documenten die hij op tafel ging leggen, zouden haar volledig vrijpleiten. Sterker nog, het kon zelfs zo zijn dat zíj in de toekomst de winnende partij was.
Op haar vraag wat haar uitstraling zou kunnen toevoegen, was hij stellig. Zij had hem het vertrouwen gegeven en, gezien de verkregen informatie, niet ten onrechte. Bij dit soort confrontaties was het gebruikelijk dat de partijen zich lieten vertegenwoordigen door advocaten of juristen. In dit geval was hij degene die als woordvoerder voor haar optrad. Een logische keuze, aangezien hij alles van deze zaak afwist en op vragen adequaat kon reageren. Verder was het essentieel om zo weinig mogelijk fouten te maken. Wie tijdens dit soort confrontaties de minste missers produceerde, werd na afloop tot winnaar uitgeroepen. Het was belangrijk dat als er een fout werd gemaakt, hij degene zou zijn die daarvoor verantwoordelijk was.
Hoewel ze niet helemaal begreep wat hij met deze aanpak wilde bereiken, stemde ze toe. Tenslotte had hij haar nog niet eerder teleurgesteld. Ze moest hem gewoon vertrouwen. Bovendien was er gewoon geen andere keus. Hierna gaf Timmer haar tips en beloofde om na afloop openheid van zaken te geven. Als zij zijn advies opvolgde, zou hij op de terugreis al haar vragen beantwoorden. Zonder enige terughoudendheid, voegde hij eraan toe.
'Inhoudelijk liggen deze drie verklaringen gecompliceerder,' bromde Timmer terwijl hij de papieren aan Siebeling overhandigde.
'Dit heeft met het achterliggende traject te maken, waardoor deze mensen tot hun frauduleuze handelingen zijn gekomen. In twee van de drie

gevallen kan ik zelfs enig begrip voor hun acties tonen. Dit zeg ik als mens, niet als woordvoerder van Dagmar Vredeling. Vanuit die positie kan ik enkel minachting voor hun daden opbrengen.'

Siebeling begon te lezen, Aalberts bleef geïnteresseerd toekijken, Dagmar hield haar neutrale gezichtsuitdrukking vast en Timmer ging verder met zijn verhaal.

'Persoon X had een seksuele relatie met stewardess Iris van der Heide. Van haar vernam hij dat er een uitwisseling van telefoonnummers met mijn cliënt had plaatsgevonden. Hij reageerde razendsnel door een zekere Robert Dolstra voor zijn karretje te spannen. Samen met deze Dolstra had persoon X in het verleden enkele dubieuze zaakjes afgehandeld. Dolstra was dus chantabel en ging al snel akkoord. Een soortgelijk kunstje als met Diederik van Overschie volgde. De overige twee spelers, Van der Heide en Johan Tervoort, een purser die in mijn optiek eerder slachtoffer dan dader is, werd de duimschroeven aangedraaid. Voor X een peulenschilletje, het betrof hier namelijk een vrouw die verliefd op hem was en een zachtaardige purser die hij met een paar loze bedreigingen van angst liet beven.'

Siebeling las de verklaringen door en knikte begrijpend. Hierna stond hij op en schudde Joop Timmer de hand. 'Bedankt voor uw uiterst professionele bijdrage in deze onprettige affaire.'

Timmer knikte beleefd.

'Het genoegen was geheel aan mijn kant.'

Siebeling wendde zich nu tot Dagmar die eveneens was opgestaan.

'Het heeft er alle schijn van dat u het slachtoffer bent van een geestesziek persoon, juffrouw Vredeling. Ik hoop dat u er begrip voor kunt opbrengen dat wij hebben gehandeld op basis van feiten die ons destijds ter beschikking stonden. Ik ga deze verklaringen nog eens goed bekijken. Mocht er sprake zijn van onrechtmatig handelen van onze kant, dan ben ik de eerste die u namens het bedrijf excuses aanbiedt.'

Dagmar glimlachte vriendelijk en zei: 'Ik ben niet uit op excuses, meneer Siebeling. Ik sta hier om mijn recht te halen.' Deze zinnen met dramatische onderlaag waren in de auto door Timmer gesouffleerd.

Herman Aalberts stapte naar voren. Hij schudde eerst Timmer en daarna Dagmar de hand.
'Wil jij me overmorgen bellen, Dagmar? Dan weet ik vast meer.'
Dagmar schudde van nee.
'Ik neem eerst een paar dagen vakantie. Deze zaak heeft me nogal aangegrepen. Ik wil nu proberen om eindelijk rust in mijn hoofd te vinden.'
Aalberts maakte een meegaand gebaar met beide handen.
'Natuurlijk, geen enkel probleem. Neem maar een weekje vrij en bel me als je beter in je vel zit, oké?'
Dagmar knikte bevestigend en glimlachte flauwtjes. Het duizelde haar na al deze nieuwe indrukken.

29

Ze liepen zwijgend naar de auto. Dit was eveneens een onderdeel van de eerder gemaakte afspraken. Joop opende het portier van de middenklasser voor Dagmar. Met stevige passen liep hij om de auto heen, stapte in en reed weg.

'Voordat jij met een reeks vragen komt, wil ik eerst zelf iets zeggen,' bromde hij. Het viel Dagmar meteen op dat zijn stem minder knorrig klonk. Bij iemand anders zou ze vermoeden dat er sprake van opluchting was. Een emotionele uiting die echter niet bij Joop Timmer paste. Daarvoor was hij op dat vlak veel te afstandelijk. Joop is alleen opgelucht als hij 's morgens van het toilet af komt, grapte ze in stilte.

'Ik kan me goed voorstellen dat jij twijfels had over mijn verzoek met betrekking tot jouw houding tijdens het gesprek. Dit was onderdeel van de te voeren tactiek, Dagmar. En geloof me, ik had een donders goede reden om het op deze manier aan te pakken. Twee zelfs, als je het strikt bekijkt.'

Hij draaide zijn hoofd en keek haar heel even aan. Ditmaal correspondeerde zijn oogopslag met zijn uiterlijk. Het was de blik van een lobbes.

'Je bent enorm bij deze zaak betrokken. Logisch, in een kort tijdsbestek stortte jouw hele wereld in. Vanuit mijn optiek school hierin ook het grootste gevaar. Je dreigde niet enkel je werk kwijt te raken, maar je sociale contacten vielen ook weg. Binnen een paar weken stond je bij wijze van spreken alleen op de wereld.'

Vanwege de opzichtig geplaatste flitspalen, checkte hij kort zijn snelheidsmeter.

'Daar kwam die afschuwelijke ervaring op Mallorca bij. Alsof het nog niet genoeg was, werd jouw vriendin vermoord. Hoeveel tegenslagen kan een mens verwerken, was een vraag die constant door mijn hoofd speelde. Het juiste antwoord was lastig te vinden. Ik twijfelde namelijk behoorlijk. Aan de ene kant leek het er sterk op dat jij je hoofd koel wist te houden. Natuurlijk kende jij ook je dipjes, maar dat is normaal. Ik kreeg zelfs het idee dat jij langzamerhand groeide, je steeds meer oprichtte, vocht voor wat je waard was. Aan de andere kant: niets is meer onvoorspelbaar dan een mens. In mijn tijd bij de politie heb ik daarvan talloze voorbeelden voorbij zien komen. In het zwartste scenario zou jij tijdens het gesprek helemaal uit je dak gaan. Bij een opmerking die verkeerd valt, bijvoorbeeld. Voor iemand als jij die zoveel heeft moeten slikken, breekt er onvermijdelijk een moment aan dat je alles eruit gooit. Je gal spuwt tot de laatste druppel uit je lichaam is verdwenen. Ik wilde verhinderen dat zo'n actie tijdens het gesprek plaats zou vinden. Er kan nog een lange carrière voor jou bij dit bedrijf in het verschiet liggen. Daarom leek het mij uiteindelijk het verstandigst om het minste risico te lopen door jou een passieve rol te laten spelen. Ik hoop dat jij nu begrip voor die keuze op kunt brengen. Ik heb je nooit als een kind, of een dom blondje, monddood willen maken.'

Dagmar knikte. Met deze uitleg kon ze goed leven.

'Al met al was het een gesprek van niets, toch? Ik kreeg zelfs het vermoeden dat het een soort van doorgestoken kaart was. Dat jullie er onderling allang uit waren.'

Timmer schudde traag met zijn hoofd. Een gebaar dat Dagmar geen duidelijkheid verschafte.

'Ja en nee. Dit ligt redelijk gecompliceerd. Het is namelijk niet zo dat er sprake was van een één-tweetje tussen Herman Aalberts en mijzelf.'

Hij bewoog zijn imposante hoofd nu stellig heen en weer. Dagmar ging ervan uit dat hij hiermee onbewust zijn woorden meer kracht bij wilde zetten.

'Herman Aalberts is een van de meest consciëntieuze mensen die ik ooit heb ontmoet. Ik ken de beste man sinds kort, maar durf deze uitspraak best op mijn conto te nemen. Een fijn mens, echt. Daar moet ik direct aan toevoegen dat het ook een buitengewoon intelligente kerel is. Dat hij een beetje soft overkomt, heeft volgens mij grotendeels met zijn imago te maken. Ik ben ervan overtuigd dat hij, indien echt noodzakelijk, een keiharde beslissing kan nemen. Een oordeel dat overigens gebaseerd is op eerlijkheid, want dat is precies hetgeen waar hij voor staat. Daarom koos hij ook vanaf het begin jouw kant. Hij voelde, en later werd dit met bewijs ondersteund, dat jou onrecht werd aangedaan.'

Omdat een auto op de linkerweghelft niet snel genoeg passeerde, liet Timmer zijn gas los. Toen de wagen eindelijk langs hen heen ging, stuurde hij naar links en passeerde de vrachtwagen die voor hen reed.

'Vanaf de eerste minuut van onze kennismaking heb ik prima contact met Aalberts gehad. Nadat hij mij de namen van de klagers toespeelde, bleef ik hem op de hoogte houden van onze vorderingen. Hiermee sneed het mes aan twee kanten; ik positioneerde jou in een steeds beter daglicht, terwijl Aalberts naar zijn werkgever toe afwegingen kon maken. Omdat hij over voorkennis beschikte, was vandaag alleen Siebeling tijdens het gesprek aanwezig. Natuurlijk had Aalberts vooraf overleg met zijn directie gehad. Aangezien het vanuit hun oogpunt een verloren zaak was, werd er besloten dat naast de directeur Personeelszaken de aanwezigheid van een bedrijfsjurist voldeed. Niemand van de directie had trek om deze afgang in levenden lijve te beleven.'

Dagmar fronste haar wenkbrauwen.

'Een afgang?'

'Absoluut,' reageerde Timmer voor zijn doen behoorlijk fel.

'Deze mensen zien dat anders, Dagmar. Zij kijken slechts naar de kale feiten en die vertellen hun dat hun bedrijf een stewardess op non-actief heeft gezet. Vanwege de ernst van de beschuldigingen is het daaropvolgende traject ontslagaanvraag. De door ons ingebrachte stukken pleiten jou echter vrij. In tegenstelling tot Aalberts, die het hart op de juiste plaats heeft, denken zij in termen als gezichtsverlies. Zij hebben de procedure opgestart en dienen deze nu weer terug te draaien. Dit is de essentie. De inhoudelijke feiten komen pas op de tweede, zo niet de derde plaats.'

'Ik neem aan dat Aalberts vooraf ook overleg met Siebeling heeft gehad.' Het was eerder een vaststelling dan een vraag. Timmer knikte.

'Dat lijkt me wel, ja.'
'Hoe kan het dan dat hij niet wist wie persoon X was?'
Het daaropvolgende gegniffel suggereerde dat de vraag minder slim was dan zij van tevoren had ingeschat.
'Dat deed hij opzettelijk. De zogenaamde integriteit van een jurist die tegenover jou duidelijk wilde maken niet over bepaalde voorkennis te beschikken.'
'Dus hij wist dat het om Ruben ging?!'
'Ja, natuurlijk. Dat heeft Aalberts hem ergens onderweg heus wel ingefluisterd. En mocht dat niet het geval zijn, dan wist hij het zeker na eergisteren. Toen heeft Ruben de la Porte namelijk zijn ontslag ingediend en is met de noorderzon vertrokken. Zelfs voor een jurist is één plus één nog steeds twee, Dagmar.'
Hij grijnsde gemeen om zijn eigen grapje, waarmee duidelijk werd dat Joop Timmer van juristen bepaald geen hoge pet ophad.
'Wat vreemd om dat juist nu te doen,' meende Dagmar. 'Ik bedoel, je neemt meteen de benen, of je blijft tot het laatste moment. Of zie ik dat fout?'
'Inderdaad, maar dat komt omdat je vanuit jezelf denkt.'
Een vervolgreactie bleef uit. Timmer keek in zijn spiegels en haalde wederom een vrachtwagen in. Toen ze weer op de rechterrijstrook reden, trommelde hij een paar maal met de vingers van zijn rechterhand op het stuur.
'Ik denk dat het nu tijd wordt voor een analyse van dat ex-vriendje van je. De angel is eruit: de klachten tegen jou worden ongegrond verklaard en meneertje De la Porte vertrekt met de staart tussen zijn benen. Eind goed, al goed.'
Hij wierp haar een snelle, vragende blik toe.
'Eerlijk zeggen, kun jij er al afstandelijk over praten? En dan doel ik voornamelijk op datgene wat er op Mallorca is voorgevallen. Dat draag je altijd met je mee. Het komt er nu op neer of jij het los kunt koppelen. Lukt het je om emotieloos over deze zaak te praten terwijl het drama Mallorca nog in je hoofd nasmeult?'

Hij maakte met zijn linkerhand een kort wegwerpgebaar.
'Sorry dat ik het zo warrig formuleer, Dagmar. Ik leef namelijk best wel met je mee, al straal ik dat niet echt uit. Ik vind je een hele moedige en sterke vrouw. Kijk naar vandaag: er blijft je helemaal niets bespaard. Precies op de dag dat jouw vriendin wordt begraven moet jij in het beklaagdenbankje plaatsnemen. Het is verdorie toch...'
Ik heb het verkeerd verstaan, was het eerste wat Dagmar dacht. De blik die Timmer haar toezond bewees echter het tegenovergestelde. Dit aparte moment duurde een fractie van een seconde, waarna de voormalige politieman zich hervond.
'Goed,' klonk het nog wat aarzelend. 'Eh... die Ruben, dus. Eens kijken wat ik over dat zelfingenomen etterbakje kan vertellen wat je nog niet weet.'
'Misschien ook niet wil weten?!' antwoordde Dagmar spontaan. Ze was blij dat Timmer hersteld leek van zijn emotionele reactie van daarnet. Hoewel zijn medeleven sterk in zijn voordeel sprak, was het overduidelijk dat hij zich er niet echt prettig onder voelde dit onder woorden te brengen. Ruwe bolster, blanke pit, ging het door Dagmar heen.
'Tegenwoordig noemt zo'n beetje iedereen zich manager,' begon Timmer. 'De functie van Ruben de la Porte was wat dat betreft een grensgeval. Officieel stond hij op de loonlijst als hoofd Inkoop non-food bij de afdeling Catering. Omdat hij uit hoofde van zijn werk met veel verschillende afdelingen te maken kreeg, werd hij na verloop van tijd manager genoemd. Wat hem overigens prima uitkwam. Tijdens de zakelijke contacten klonk "manager" nu eenmaal beter dan "hoofd Inkoop".' Dagmar bleef gedurende de inleiding voor zich uitkijken. Van schokkende informatie was nog geen sprake.
'Een hoofd Inkoop verdient bij jullie bedrijf een kleine vijftigduizend euro bruto per jaar. De la Porte had al snel door dat hij dit bedrag door middel van uitgekiend netwerken minstens kon verdubbelen. Zwart, zoals je wel begrijpt. Het was een kwestie van korte lijnen. De juiste personen die onder de toonbank een bedrag wilden betalen om hun producten in de vliegtuigen te krijgen.'

Dagmar stak haar linkerwijsvinger op.
'Dat begrijp ik dus niet. Ruben zat bij de non-foodafdeling. Dat sluit de maaltijden dus uit. Blijft er...'
Met een snel handgebaar sneed Timmer haar zin af.
'Enig idee hoeveel vliegtuigmaaltijden jouw bedrijf per dag bereidt, Dagmar?'
Ze haalde haar schouders op.
'Weet ik veel, een stuk of...'
'Rond de veertigduizend.'
'Zoveel?!'
'Het was juist Rubens mazzel dat hij bij de non-foodafdeling zat,' ging Timmer verder. 'Het voedsel wordt voor negentig procent door één bedrijf aangeleverd. Dit bedrijf uit Lelystad brengt dagelijks vrachtwagens vol met etenswaren naar de keukens van jouw bedrijf op Schiphol. Daar worden door de koks de menu's samengesteld en in porties verdeeld. Essentieel onderdeel van deze maaltijden...'
'Is het bestek, de servetten, et cetera,' vulde Dagmar aan.
'En dat kocht Ruben dus bij verschillende firma's in. Bij degene die onder de toonbank het hoogste bedrag wilde schuiven. Daar kwam het in de praktijk wel zo'n beetje op neer. Om geen argwaan te wekken, schafte hij tussendoor ook spullen aan bij bedrijven die volgens de regels werkten.'
Dagmar knikte. 'Tot zover is het duidelijk. Waar de hetze tegen mij vandaan kwam is mij echter een raadsel. Oké, ik heb die enveloppe gezien, maar om dan zo ver te gaan om mij zwart te maken. De risico's die dat met zich meebrengt... Nee, dat gaat me toch echt te ver. Daar moet meer achter zitten.'
Timmer schudde van nee.
'Wederom bekijk jij het vanuit je eigen perspectief, Dagmar. Probeer in de huid van Ruben te kruipen, hoe moeilijk dat ook is. We hebben het hier over een persoon die naast zijn zakelijke en sociale leven zijn eigen wereld creëerde. Een schijnwereld die meer en meer een substituut werd voor de werkelijke. In deze cocon was plaats voor de niet-alle-

daagse dingen. Hier kon hij het zwarte geld laten rollen, beleefde hij menig seksueel avontuurtje en behandelden bepaalde firma's hem met alle egards. Hij was een soort van halfgod op een door hemzelf geschapen podium.'

Ondanks de uitleg die haar waarheidsgetrouw overkwam, had Dagmar haar vraagtekens.

'Maar dan nog. Als hij zich gedeisd had gehouden, was er niets aan de hand geweest. Ik had het op een bepaald moment afgesloten en was met mijn eigen leven verdergegaan. Zonder enig probleem had hij zijn leventje voort kunnen zetten. Zijn idiote acties druisen tegen elke logica in.'

Timmer tikte met de vingers van zijn rechterhand een paar maal op het dashboard. Alsof hij haar opmerking aan wilde stippen en voor het komende moment extra aandacht vroeg.

'Jouw logica, Dagmar,' zei hij op besliste toon. 'Ruben de la Porte mocht dan voor de buitenwereld een uiterst slimme en intelligente jongen lijken, in werkelijkheid was het een domoor die na verloop van tijd aan een vorm van grootheidswaanzin ging lijden. Ieder normaal denkend mens laat zich niet met dit soort praktijken in. Voor de echt slimme jongens zijn deze bedragen peanuts. Hoewel De la Porte zichzelf helemaal geweldig vond, was hij nauwelijks meer dan een kruidenier met een winkeltje in een achterafstraatje. Ik weet waar ik over praat, Dagmar. Inmiddels heeft mijn bedrijf al tientallen soortgelijke zaken behandeld. Om nog maar te zwijgen over de gevallen die ik in mijn tijd bij de politie onder ogen heb gehad.'

Zijn gezichtsuitdrukking veranderde. Het verleden kreeg even stevig grip op hem. Hij keek als een man die alles al tweemaal had beleefd en sterk twijfelde over een derde tour.

'De zelfverzekerdheid van de frauderende persoon is in praktisch alle gevallen een kwestie van schone schijn. Onder dat masker zit een gespannen individu dat feitelijk met de dag leeft. Hoewel hij zichzelf wijsmaakt iedereen te slim af te zijn, weet hij diep vanbinnen dat het ineens afgelopen kan zijn. Voor Ruben kwam dat moment akelig dichtbij toen jij over de enveloppe begon. Het zwarte geld maakte hem het centrum van zijn eigen universum. Hij kon het risico niet nemen dat jij zou gaan praten.'

'Maar dat was ik helemaal niet van plan!'

'Nogmaals, dat risico wilde hij niet nemen. Omdat jij inmiddels was geïntegreerd in zijn sociale leven en jullie voor hetzelfde bedrijf werkten, zag hij maar één uitweg: jij moest sociaal en maatschappelijk van zijn wereldkaart verdwijnen. Hij begon direct met zijn laster en liep middels Iris van der Heide tegen een buitenkansje aan.'

Hij klakte met zijn tong.

'En als jij niet zo adequaat had gereageerd, was hij er wellicht nog mee weggekomen ook.'

Dagmar nam haar tijd om zijn verklaring te laten bezinken. Door Rubens belachelijke gedrag zat zij hier tenslotte met een privédetective in de auto op de A2. Na wekenlang door een hel te zijn gegaan. Hoewel er op Timmers werkwijze en analyses tot nu toe niets viel aan te merken, wilde zij deze gevolgtrekkingen niet zonder slag of stoot aannemen. Terwijl Timmer onverstoorbaar de auto bestuurde, liet ze de gebeurtenissen de revue passeren. Hier overheen legde ze in gedachten een vloeiblad waarop Timmers verklaring stond. Toen in de verte de afslag Breukelen opdook, was ze eruit.

'Het is voor mij moeilijk te begrijpen hoe iemand dit soort vreselijke dingen kan doen,' verbrak ze de stilte. 'Daarom leg ik me erbij neer dat jouw verklaring over het hoe en waarom de juiste is.'

Timmer knikte, maar zei niets. Zijn ervaring leerde hem dat Dagmar er, ondanks deze woorden, nog niet helemaal met zichzelf uit was. Logischerwijs was het moeilijk voor haar te accepteren dat de afgelopen periode min of meer verloren tijd was geweest. Onbewust zocht ze nog ergens naar een lichtpuntje dat de stukgelopen relatie minder dramatisch maakte. Ze zou dat stukje houvast vinden, wist hij. Evenals er een tijd aan zou breken waarin ze een streep onder dit roerige gedeelte van haar leven ging zetten.

'Wat nu, Joop. Ik bedoel, hoe loopt het af? Gaan ze mensen ontslaan?

Wordt de politie erbij gehaald?'
Timmer deed iets waaraan hij zich slechts bij hoge uitzondering schuldig maakte: hij glimlachte.
'De meest interessante en tevens moeilijkste vraag, aangezien het over de toekomst gaat.' De glimlach was alweer opgeborgen onder zijn stoïcijnse gezichtsuitdrukking.
'Als ik Ruben was, dan zat ik nu in het buitenland. Goed beschouwd, is dit eigenlijk zijn enige kans. Hij kan enkel hopen op jouw clementie en een zakelijke opstelling van het bedrijf. Streep je alle voors en tegens weg, dan denk ik dat er een reële mogelijkheid bestaat dat hij er zonder justitiële kleerscheuren van afkomt.'
'Wat bedoel je met clementie?'
'Jij kunt een aanklacht tegen hem indienen. Keuzes genoeg, lijkt me. Dat is zijn grootste vrees. Hij realiseert zich donders goed dat jij de spil bent waar alles om draait. Laat jij het hierbij, dan wordt de kans beduidend groter dat jouw werkgever het dood laat bloeden. Zet jij echter door...'
'Dan volgen zij met een aanklacht wegens fraude,' mompelde Dagmar.
'Klopt, als het op het scherpst van de snede gaat, kunnen ze daar niet meer omheen.'
Dagmar kneep haar oogleden samen en keek hem met een schuine blik aan.
'Maar als ik verder geen actie onderneem...'
'Wordt het koffiedik kijken.'
Terwijl hij zijn antwoord toelichtte, bleven zijn ogen de medeweggebruikers in de gaten houden.
'Mocht jij het hierbij laten – dat is jouw beslissing, daar adviseer ik je verder niet in – kan het zomaar gebeuren dat jouw werkgever de hele zaak onder het tapijt veegt. Ze willen geen heibel in de tent. Foute aandacht, dat kan van media tot justitie, is per definitie slecht voor een bedrijf.
Aangezien ik in mijn korte betoog op jouw verzoek de rol van met name Johan en in mindere mate Iris afzwakte, zal het wat hen betreft bij

een waarschuwing blijven. Rubens drinkvriendje Diederik van Overschie zal hun ook een worst wezen. Dit ligt in het geval van Robert Dolstra iets anders, omdat hij een van de mannetjes was die Ruben geld toeschoven om opdrachten binnen te halen. Waarschijnlijk zal een stroman van de directie contact met Dolstra's werkgevers opnemen, waarna men hem op de een of andere wijze zal lozen. Omdat ze ditmaal goed beslagen ten ijs willen komen, is het niet onmogelijk dat bijvoorbeeld Herman Aalberts namens de directie contact met mijn bedrijf opneemt. De informatie die wij inmiddels hebben vergaard is natuurlijk interessant voor hen. Met behulp van mijn medewerkers schrijf ik enkele lijvige rapporten en dien een vette rekening in.'

Hij draaide zijn hoofd naar rechts en keek haar indringend aan.

'En daar doelde ik dus op tijdens ons tweede gesprek. Jij hebt ons ingehuurd om jouw onschuld te bewijzen. Dat is gelukt. Een aanklacht tegen derden heeft nooit deel uitgemaakt van onze overeenkomst. Daarom mag er geen misverstand over bestaan wanneer jouw werkgever mij wil inhuren. Dat staat geheel los van jouw zaak. We gebruiken enkel de expertise die we hebben opgedaan, zonder daarbij iets te noemen wat jouw belangen kan schaden. Ethisch gezien kunnen we dat natuurlijk niet maken.'

Dagmar had zo haar twijfels over Timmers interpretatie van het woord 'ethiek'. Ondanks zijn achtergrond was hij nu wel degelijk een man die een eigen bedrijf leidde. En daar moest brood op de plank komen. Ze was er daarentegen wel van overtuigd dat hij haar nooit een streek zou leveren. Zonder vertrouwen werd je trouwens een slaaf van je eigen wantrouwen. Dan maar een keertje extra op je bek gaan…

'Maar wat doe je als Ruben zich meldt? Neem je die ook als cliënt?'

Timmer trok een bedenkelijk gezicht.

'Waar zie jij mij eigenlijk voor aan?' vroeg hij op verongelijkte toon. 'Voor een maffiamaatje, soms?'

Deze droge opmerking bezorgde Dagmar de slappe lach tot aan de afslag Lage Weide.

30

Dagmar liep naar de overkant van de straat om een beter overzicht te krijgen. Ook vanaf dit punt bleef het huis een degelijke uitstraling behouden. Een onderkomen waar zij zich over een tijdje misschien wel thuis zou kunnen voelen. Amstelveen, twee onder één kap, rustige buurt. Het kon slechter.

De tip kwam van een kennis van haar ouders. Deze weduwnaar kende weer een weduwe die met de dag meer twijfels kreeg over haar woonsituatie. Het ging hier om een welgestelde vrouw van begin zestig die na de dood van haar man, drie jaar geleden, letterlijk alleen in het leven stond. Ze had geen kinderen en, op een paar verre neven na, geen familie. Ondanks haar kranige pogingen om haar eigen leven te leiden, werd het huis meer en meer een probleem. Althans, de afmetingen ervan. Ze bewoonde slechts een klein gedeelte van het huis, waardoor er in de ruimtes waar zij zich vrijwel nooit bevond achterstallig onderhoud op de loer lag. Tevens kwam de eenzaamheid steeds nadrukkelijker om de hoek kijken.

Ze had zo haar twijfels gehad over deze tip. Hoe comfortabel het ook was: je woonde toch in het huis van een ander. Voeg daarbij de levensomstandigheden van met name de eigenaresse en het werd al stukken onaantrekkelijker. Toch besloot ze om kennis te gaan maken. Een kijkje nemen kon tenslotte nooit kwaad, nietwaar?

Uiteindelijk was het haar meegevallen. Hilde van Rijn leek zo op het eerste gezicht een vriendelijke vrouw. Kwieker dan de kennis van haar ouders hen voorspiegelde. Ze gaf wel meteen toe dat ze soms het idee kreeg weg te kwijnen, maar meldde direct dat het haar niet om een veredelde verzorgster te doen was. Die kon ze namelijk bij bosjes inhuren.

Nee, ze wilde niet de hele dag iemand om haar heen. Het ging haar voornamelijk om het idee dat ze af en toe geluiden in het huis hoorde. Ze wilde dat een aantal kamers werd bewoond voordat de tand des tijds vat op het interieur kreeg. Degene die hier in huis kwam kon rekenen op een zelfstandig leven, meldde zij gedecideerd.

Het is echt een goede optie, wist Dagmar. In gedachte zette ze de voordelen op een rijtje. Amstelveen lag vlak bij Schiphol. Zowel met de trein als met de auto was het hooguit een kwartiertje. Hilde had haar twee kamers en een eigen toiletruimte met ligbad aangeboden. Ook niet gek. Tel daarbij op dat ze slechts driehonderd euro huur vroeg en een groot gedeelte van de winter in haar appartement in Marbella verbleef, en de deal werd steeds aantrekkelijker.

Terwijl ze het hele plaatje nog eens overdacht, knikte ze nadrukkelijk. Ja, het klonk heel aanlokkelijk. Het werd de hoogste tijd om de deur van het ouderlijk huis achter zich dicht te slaan. Pa en ma waren schatten die een eigen leven verdienden. Zolang als zij thuis woonde kwam het daar niet van. Trouwens, als het haar niet beviel kon ze…

Het geluid van haar mobiele telefoon onderbrak haar gedachtegang. Ze opende haar handtas en keek naar het nummer dat in de display verscheen. De schrikreactie die volgde mocht niet tekenend voor haar geestestoestand zijn, hield ze zichzelf direct voor. Zij was een sterke vrouw die in een kort tijdsbestek meer had doorgemaakt dan menig mens in zijn hele leven mee zou maken. Voor een simpel telefoongesprek liep zij niet weg. Ook niet als het een gesprek met Ruben betrof.

Ze drukte de knop met het groene telefoonsymbooltje in en zei zo nonchalant mogelijk: 'Ja?'

'Hallo Dagmar. Ik ben het.'

Ze liet bewust geen stilte vallen. Met een snelle reactie gaf ze aan sterk in haar schoenen te staan.

'Zeg het eens.'

Ze voelde de twijfel aan de andere kant van de lijn. In stilte telde ze de seconden tot zijn antwoord. Het werden er vier.

'Dagmar luister eens. Ik… Jezus… dit is echt moeilijk. Ik wil je nog-

maals duidelijk maken dat ik spijt heb. Ik heb stomme dingen gedaan, zaken die niet meer terug zijn te draaien. Geloof me, als dat kon dan deed ik het meteen. Ik heb oprecht spijt, Dag.'
'Noem me nooit meer zo,' beet ze hem toe. Hij was de laatste man op aarde die haar koosnaam mocht gebruiken. Alleen al bij het idee werd ze misselijk. Ze sloot even haar ogen en verdreef het resoluut uit haar gedachten.
'Volgens mij val jij in herhaling,' sprak ze cynisch. Hierna liet ze expres een stilte vallen. Op dit moment beviel de uitdagende rol haar prima.
'Sorry, sorry, sorry, maar ik wil gewoon alles op alles zetten om jou van mijn spijt te overtuigen.'
Zijn gedienstige intonatie in combinatie met het nederige woordgebruik zorgde dat zij op haar hoede was. Ruben belde niet om spijt te betuigen, wist ze zeker. Dat lag niet in zijn aard. Ze sloot haar ogen en draaide in een paar seconden de film af van Timmers analyse over Ruben. Daarop stond zowel het antwoord als de oplossing.
'Dagmar?'
'Wil je zo vriendelijk zijn om me niet meer te bellen?' vroeg ze op een zoet toontje dat in contrast was met haar bitterheid.
'Wacht even. Hang alsjeblieft niet op!'
Bingo, dacht ze. Hij hapt. God, wat laat die zak zich kennen. Ze zoog haar longen vol voor een offensief dat hem hopelijk compleet zou overdonderen.
'Ik wil dat jij nu heel goed naar mij luistert, Ruben.'
Op wat licht geruis na, hoorde ze niets. Prima. Vanwege de spanning hield hij dus zijn adem in.
'Ik weet wat jij mij hebt geflikt en hoe je het hebt uitgevoerd. Elke handeling van jouw kant is bewust gedaan met de intentie om mij te beschadigen. Kom dus niet aan met huilverhalen over spijt. Dit is trouwens een verkeerd woord. Jij moet je diep en diep schamen, maar dit terzijde.'
Ze gaf hem geen kans om te reageren.

'Jij zit klem, Ruben. Jij bent een doodsbang muisje dat in een hoekje is gekropen. Boven jouw hoofd cirkelt een grote roofvogel die zich elk moment naar beneden kan storten. Op het lichaam van die hongerige rover staat een naam: justitie. En dat is dus de reden waarom jij mij belt, klein mannetje. Op de dag dat ik besluit om naar de rechter te stappen is het voor jou over. Niet zozeer mijn aanklacht, maar die van mijn werkgever gaat je nekken. Mocht ik daarentegen besluiten om daarvan af te zien, dan bestaat er een kans dat het bedrijf hetzelfde doet. In dat geval ontspring je waarschijnlijk de dans.'
Het bleef stil aan de andere kant van de lijn. Haar uitval was als een bom ingeslagen. Wacht maar, ging het door haar heen. De grote klap moet nog vallen.
'Ik ga je één kans geven, Ruben. Realiseer je dat jij nu op een uiterst dun koord balanceert. Als jij een antwoord geeft waarover ik twijfel, is het afgelopen. Dan verbreek ik de verbinding en neem direct contact op met mijn raadslieden die op hun beurt een aanklacht tegen jou gaan voorbereiden. Of meerdere, het juridische gedeelte laat ik liever aan anderen over.'
Ze haalde diep adem, waardoor Ruben de kans kreeg om snel te reageren.
'Ik zal eerlijk tegen je zijn.' In zijn stem klonk een mengeling van zowel angst als hoop.
'Dat lijkt me heel verstandig,' antwoordde Dagmar. 'Dan heb je kans dat je er zonder al te veel kleerscheuren van afkomt.'
'Zeg het maar. Ik zal op al jouw vragen antwoorden.'
Zijn reactie werkte als doping. In gedachten zag ze hem door een verlaten straat lopen. Zijn handen trilden. Hij was eenzaam. Zijn wereld was ineengestort. Déjà vu, maar dan anders.
'Waar ben je nu?'
'In Engeland. Een dorpje onder de rook van Birmingham. Ik logeer bij een oud maatje van me.'
'Je bent dus gevlucht. Strookt helemaal met je karakter. Altijd de weg van de minste weerstand kiezen.'

De stoot onder de gordel kwam hard aan. Zijn luidruchtige ademhaling was daarvan het beste bewijs.

'Zo zou je het kunnen uitleggen,' klonk het nogal timide. 'Nadat ik mijn ontslag had genomen raakte ik in paniek. Zo snel mogelijk uit Nederland vertrekken leek mij toen de enige mogelijkheid. Nu weet ik beter. Het was een stomme actie die voortkwam uit angst. Als ze me echt willen grijpen, dan pakken ze me net zo makkelijk hier in Engeland op. De Europese Unie heeft dus ook z'n nadelen.' Een kort, schamper lachje volgde.

'Met hoeveel vrouwen heb jij tijdens onze relatie geslapen?'

Het bleef stil. De blokkade van gêne en verbijstering was bijna voelbaar.

'Dagmar... alsjeblieft...'

'Dat vroeg ik niet.'

'Eh... ik denk acht. Nee... negen.'

'Vuile schoft.'

'Maar dat was niet tijdens het begin van onze relatie.' In zijn haast om dit te melden, struikelde Ruben over zijn woorden.

'Wanneer is het begonnen?'

'Toen we ongeveer een halfjaar bij elkaar waren. Het ging hand in hand met dat andere...'

De golf van misselijkheid bestond uit twee lagen. Bovenop dreef de walging, terwijl in de onderste stroming jaloezie resideerde. Ze slikte om van het bizarre gevoel af te komen. Hou je hoofd koel, beval ze zichzelf. Schakel je gevoelens zo veel mogelijk uit. Zorg dat je nu te weten komt wat er echt toe doet. Daarna is er een zee van tijd om je emoties in te laten zwemmen.

'Wanneer ben je met die chantagepraktijken begonnen?'

Er klonk een protesterend geluid.

'Ik heb nog nooit iemand gechanteerd. Het waren zakelijke overeenkomsten waar beide partijen beter van werden.'

Dagmar lachte gemelijk.

'Dus jij hebt nog nooit iemand gechanteerd, Ruben? Goh, ik denk dat Johan Tervoort of Robert Dolstra jouw mening niet deelt. Wat even-

eens voor kroegtijger Diederik van Overschie geldt.'
Weer was daar die zware ademhaling. Ruben stond hoorbaar onder druk en kreeg het met de minuut zwaarder. Het telefoongesprek waarin hij lastige plooien glad had willen strijken, was uitgemond in een ware nachtmerrie.
'Dat stond los van het zakelijke,' sprak hij zonder een greintje overtuiging in zijn stem.
'Dat zal wel,' antwoordde Dagmar. Van het ene op het andere moment was ze het zat. Ineens zag ze het doelloze van deze conversatie in. Ruben had haar met slechts één doel voor ogen gebeld: zorg dat ze je niet aanklaagt. Om dit te bereiken zou hij alles uit de kast halen. Liegen, smeken, huilen; het maakte niet uit. Het doel heiligde tenslotte alle middelen. Daarom was het verstandig om al zijn antwoorden met een paar kilo's zout te nemen. Het was nu nog te vroeg om te concluderen of hij dan wel of niet de waarheid sprak.
'Ik ga ervandoor,' zei ze streng. 'Bel me niet meer.'
Ruben reageerde geschrokken.
'Wacht! Wacht, alsjeblieft heel even, Dagmar. Geef me nog één minuutje.'
In een flits besloot ze zijn slotpleidooi aan te horen. Ze rechtvaardigde deze beslissing voor zichzelf door te stellen dat het ene minuutje er na een periode van twee jaar nog wel bij kon.
'Ik heb een strop om mijn nek en sta op een kistje. Jij hebt het volste recht om dat kistje onder mijn voeten vandaan te schoppen, Dagmar. Ik kan alleen hopen dat je het niet doet, maar als je besluit om mij wel op te hangen kan ik daar begrip voor opbrengen. Ik heb me gedragen als een eersteklas hufter. De enige verdediging die ik kan bedenken is dat ik in een roes heb gehandeld. En dat is een verdediging van lik m'n vestje. Ik ben schuldig, klaar.
Wat je ook besluit, ik wil dat jij weet dat ik oprecht spijt heb van de dingen die ik jou heb aangedaan. Elk uur, elke minuut realiseer ik me meer wat een ongelofelijke klootzak ik ben geweest. Ik zag mezelf als een soort van koning die over zijn rijk reageerde. Grootheidswaanzin, een

ander woord kan ik zo snel niet bedenken. Ik zit nu op het platteland, en geloof me, als je ergens over na wilt denken is dit er een uitgesproken plek voor. Ik ben fout geweest. Zó ontegenzeglijk fout dat ik regelmatig kotsneigingen krijg als ik in gedachten de afgelopen twee jaar laat passeren.'

Hetzelfde geruis op de lijn van daarnet klonk nu onevenredig hard.

'Ik bied je mijn oprechte excuses aan, Dagmar. Het minste wat ik kan doen. Sorry, dat ik zo'n ontzettende hufter ben geweest. Ik zal je vanaf nu niet meer bellen en wens je al het geluk in de wereld toe. Jij bent een fantastische vrouw en ik een eikel die te stom was om dat te zien. Misschien dat we elkaar ooit nog eens in betere omstandigheden tegenkomen.'

Dagmar was geenszins onder de indruk van zijn monoloog die eerder wanhopig dan oprecht overkwam. Ze kreeg echter geen kans om hem dit in weinig subtiele bewoordingen te melden. Ruben had de verbinding verbroken.

Ze haalde haar schouders op, stopte de mobiele telefoon weer terug in haar handtas en liep in de richting van haar auto. Voor zichzelf was ze er zo goed als uit; het telefoontje van Ruben stond daar los van. De komende weken ging ze voor zichzelf een punt achter deze nare periode zetten. Een aanklacht tegen Ruben zou verre van helend werken. Daarmee zou ze oude wonden openrijten die nu juist langzamerhand begonnen te helen. Verder…

Uit haar tas klonk het bekende, mechanische deuntje.

'Dat is nog eens je belofte nakomen,' reageerde ze cynisch. Ze pakte haar telefoon en keek automatisch naar de nummerherkenning. Ze bleef staan. Het nummer van Sanne stond sinds kort in haar geheugen gegrift.

Ze nam op met: 'Hoi Sanne, hoe is het ermee?' De gespeelde vrolijkheid kwam voort uit schaamte. Nadat ze Sanne op Mallorca had gesproken, was er geen contact meer tussen hen geweest. Een slordigheid die Dagmar zichzelf aanrekende. Sanne werkte dag en nacht. Die had wel iets anders aan haar hoofd dan naar Holland bellen, wist ze.

‘Met mij gaat het wel redelijk,’ sprak Sanne timide. ‘Maar… eh… dat is niet de reden waarom ik bel.’
Dagmars adem stokte. De reden van Sannes belletje liet zich eenvoudig raden. Haar gezicht verstrakte toen de reisleidster de onvermijdelijke woorden sprak.
‘Ingrid is vanmorgen overleden.’
Dagmar beet op haar lip. De tranen kwamen uit het niets. Ze liet ze lopen. Ertegen vechten was zinloos.
‘O, nee,’ stamelde ze. Hierna sloeg ze dicht. Tegen dit soort informatie was geen woordenschat opgewassen.
‘Vanmorgen heeft haar lichaam het opgegeven. Precies waar de artsen al zo bang voor waren.’
Sannes stem klonk zakelijk en afstandelijk. Als die van een nieuwslezer tijdens het achtuurjournaal. Dagmar kon zich daar wel iets bij voorstellen. Sanne werd dagelijks met de situatie geconfronteerd en had zich voor kunnen bereiden op het naderende onheil. Dat lag beduidend anders dan een mobiel gesprek waarin je over een sterfgeval op de hoogte werd gebracht.
‘Haar ouders… ik bedoel, zijn die er nog? Wanneer wordt ze in Nederland begraven?’
Sanne antwoordde op dezelfde toon.
‘Haar ouders zijn helemaal kapot. Lijkt me logisch. Wat die mensen hebben doorgemaakt… Zoals het er nu uitziet wordt Ingrid overmorgen naar Nederland gevlogen. Ik weet niet wanneer de begrafenis is. Dit…’
Even dacht Dagmar dat de verbinding was verbroken. Drie seconden later meldde Sanne zich echter weer. Haar stem klonk nu anders. Opgewonden, misschien verschrikt. Vanwege het telefonisch contact was het lastig om die nuances te onderscheiden.
‘Ik moet ophangen, Dagmar. Krijg net een berichtje binnen. Spreek je snel.’
Voordat ze de kans kreeg te reageren, werd de verbinding verbroken. Dagmar borg haar telefoontje weer op en liep langzaam naar haar auto.

Ze was verbaasd en bezorgd tegelijk. Het daaropvolgende uur speelden de zinnen 'Ik moet ophangen, Dagmar. Krijg net een berichtje binnen' constant door haar hoofd.

31

Binnen een halfuur was het raak. Hoewel de afstand tussen haar huurauto en de gele Renault vijftig meter bedroeg, zag ze hoe Sanne ineens haar rechterarm naar de passagiersstoel uitstrekte. Ze pakte haar mobiele telefoon en keek heel even op het display. Bij de volgende kruising sloeg ze rechtsaf en gaf behoorlijk veel gas.

Sanne parkeerde haar auto op het terrein van La Luna, een groot appartementengebouw dat zich drie straten achter de boulevard van El Arenal bevond. Ze stopte de mobiele telefoon in haar tas en stapte uit. Met de nonchalante houding van iemand die de hele dag niets anders doet, liep ze de receptie binnen en knikte vriendelijk. De blik van de receptionist bleef gericht op het computerscherm recht voor hem. Ter begroeting stak hij zijn linkerhand op naar de zoveelste reisleidster die door een zieke, zwakke, misselijke of boze gast was gebeld. Hij wilde absoluut niet weten om welk probleem het ging. Tijdens elke dienst had hij al genoeg gezeur aan zijn hoofd.

Dagmar zag Sanne in de richting van het trappenhuis lopen. Zelf kwam zij met de tred van een toerist de hal van het complex binnen. Ze droeg een korte, witte broek, een roze T-shirt en groene slippers. Haar ogen en haren waren bedekt met een zonnebril en een baseballcap. Een toeristenoutfit die geen belangstelling bij de receptionist op zou wekken. De man keurde haar inderdaad geen blik waardig.

Eenmaal in het trappenhuis bleef ze staan en luisterde aandachtig. Het getik van Sannes hakken werd door de muren weerkaatst. Het was een zacht, bijna dof geluid, aangezien reisleidsters geen hoge hakken droegen. Dat het hen tijdens werktijden was verboden op gymschoenen of slippers te lopen, was voor Dagmar een meevaller. Zo snel en

geluidloos mogelijk beklom ze de trap.
Ter hoogte van de tweede etage bleef Dagmar even staan. In plaats van de echo van de voetstappen hoorde ze enkel haar eigen ademhaling. Om dit geluid voor even te minimaliseren, haalde ze nadrukkelijk adem door haar neus en blies langzaam door haar mond uit. Het leek alsof Sanne ergens onderweg argwaan had gekregen toen ze even achterom had gekeken. Helemaal niet vreemd als je van haar situatie op de hoogte was. Dácht dat je daarvan op de hoogte was, corrigeerde Dagmar zichzelf. Tot het moment dat ze daadwerkelijk bewijs had, bleef het gissen.
Boven haar hoofd klonk weer het geluid van voetstappen. Sanne had haar weg vervolgd.
Dagmar haalde opgelucht adem door haar mond en liep verder. Nadat ze de tweede etage was gepasseerd, hoorde ze hoe een deur werd geopend. De echo van de voetstappen vervloog snel. De derde etage, ging het door haar heen. Sanne heeft het trappenhuis verlaten en loopt nu op de galerij. Ze zette aan voor een tempoversnelling.
Toen ze eenmaal de derde verdieping had bereikt, duwde ze de deur open. Ze stond in een vijf meter lange hal. Aan het eind ervan begon de galerij. Je kon er rechts- of linksaf slaan. Even en oneven nummers, meldde een bordje aan het einde van de hal.
Met grote passen liep ze naar de splitsing. Het was nu uiterst belangrijk om het contact met Sanne niet te verliezen. Ze wilde weten naar welk appartement de reisleidster was gestuurd.
Toen ze aan het eind van de gang kwam, keek ze naar links. Haar hart miste een slag. Sanne stond tien meter van haar vandaan voor de deur van een appartement. Voordat ze de kans kreeg haar goed te bekijken, sloeg Dagmar rechtsaf en mat zich een sloom loopje aan. Ze hoopte dat deze manier van lopen en haar kleding voldoende waren om Sanne te misleiden. Terwijl ze verder liep, prentte ze de deur in haar geheugen waar Sanne had gestaan.
Ze wachtte dertig tellen en draaide zich toen om. Sanne was verdwenen. Meteen keek ze op haar horloge en prentte de tijd in haar geheugen.

Hierna versnelde ze haar pas. Toen ze dichtbij genoeg was om het nummer van het appartement te zien, bleef ze staan. Nummer 337. Het was ongeveer een minuut geleden dat Sanne hier naar binnen was gestapt. Althans, daar ging ze van uit. Dat leek het meest logische.
Dagmar draaide zich om en liep naar een portiek in het midden van de galerij, waar de even nummers zich bevonden. Het was een ruimte tussen de appartementen in waar grote afvalemmers stonden. Ze deed haar best de zure lucht te negeren en ging achter een afvalemmer op haar hurken zitten. Door haar bovenlichaam iets naar rechts te buigen, kon ze precies de voordeur van appartement 337 zien.
Toen Sanne weer naar buiten kwam, gaf haar horloge aan dat er weer twee minuten waren verstreken. Sanne was dus in totaal drie minuten binnen geweest. Ongeveer dezelfde tijd die Ingrid over haar 'bezoekjes' had gedaan. Ze wachtte tot de reisleidster de gang inliep en kwam daarna overeind.
In het trappenhuis hoorde ze meteen de regelmatige voetstappen van Sanne. Omdat ze nu vlak achter haar wilde blijven, daalde ze snel de treden af. Bij de receptie aangekomen knikte ze verveeld de man toe die enkel oog had voor zijn computerscherm. Hij maakte een gebaar dat iets weg had van een groet. Ze vond het prima. Hoe minder aandacht, hoe beter.
Ze zag hoe Sanne in haar auto stapte en in haar handtasje rommelde. Ze versnelde haar pas en liep in de richting van de uitgang van de parkeerplaats. Toen de Renault haar kant op kwam, ging ze recht voor de uitgang staan waardoor Sanne af moest remmen. Nadat de auto tot stilstand was gekomen, stapte ze naar links en trok het rechterportier open.
'Hallo Sanne,' zei Dagmar toen ze instapte. 'Verrassing.'
In haar stem klonk zelfs geen zweem van enthousiasme door.

32

'Gewoon wegrijden,' sprak Dagmar zelfverzekerd. 'De route die je normaal ook zou nemen.'

Sanne reed het parkeerterrein af en sloeg aan het einde ervan rechtsaf. Door Dagmars plotselinge verschijning waren haar gedachten opeens blanco geworden. Haar hersens waren verlamd. Ze reed op de automatische piloot. Gevoelsmatig naderde haar hartslag de gevaarlijke grens van tweehonderd slagen per minuut.

'Parkeer de auto op een rustig plekje,' hoorde ze Dagmar zeggen. 'We moeten praten.'

Ze knikte. Althans, dat dacht ze. Het gevoel dat haar lichaam en geest niet meer aan dezelfde persoon toebehoorden werd met de seconde sterker. Omdat haar ademhaling eveneens een eigen leven dreigde te gaan leiden, zoog ze haar longen vol zuurstof. Het zweet gutste uit haar handpalmen. Een lichamelijke reactie waarvan ze walgde.

'Rustig aan, Sanne. Ik ben het maar. Er is niets aan de hand.'

Ze stopte voor het dwingende rood van een verkeerslicht. Toen de auto helemaal stilstond draaide ze haar hoofd een kwartslag naar rechts. Dagmar keek haar vriendelijk aan. Tot Sannes opluchting stond in haar ogen geen beschuldigende blik te lezen. De huishouding in haar bovenkamer begon langzamerhand op orde te komen. Nu de eerste schrikgolf was weggeëbd, kwamen de eerste vragen bovendrijven. Op de meest priemende vraag had ze direct een antwoord. Een koude rilling gierde over haar ruggengraat. Dagmar was haar gevolgd, wist ze nu zeker.

'Parkeer daar maar.' Dagmar wees met haar linkerwijsvinger naar een terrein achter een appartementencomplex.

'Of moet je daar toevallig straks ook wat afleveren?'

Sanne beet op haar lip. Dagmar had haar niet alleen gevolgd, maar wist meer dan goed voor haar was. Tevens realiseerde Sanne zich dat ze op het punt van een bijzonder vervelende confrontatie stond. Dagmar was hier niet voor haar lol. Het kon niet anders of zij zou haar met een veelvoud aan vragen bestoken. Om maar te zwijgen van de halve en hele verdachtmakingen die ongetwijfeld zouden volgen.
Ze parkeerde de auto op de door Dagmar aangegeven plek. Omdat haar hersenen weer normaal functioneerden, zocht ze naar kostbare seconden die haar tijd zouden geven om te bedenken hoe ze haar verdediging sterker moest maken. Ze draaide het sleuteltje om en stopte het bosje tergend langzaam in haar handtasje. Een volkomen overbodige handeling die haar wel tijdwinst bracht. In gedachten polijstte ze haar antwoorden. Vanwege de hiaten in haar relaas, waarvoor ze niet meteen aannemelijke alternatieven kon bedenken, besloot ze het eerst over een andere boeg te gooien. De aanval was tenslotte de beste verdediging.
'Ik heb je in La Luna echt wel gezien, hoor,' sprak ze met flair. 'Waar sloeg dat eigenlijk op? Kon je me niet gewoon bellen? En dan voor mijn auto springen... een beetje rare manier van doen, toch?'
Dagmars reactie was een steenkoude blik.
'Geen toneelstukjes meer, Sanne. Ik weet bijna alles.'
Sannes schaterlach was die van een slechte actrice. Met het onnatuurlijke wegwerpgebaar dat volgde maakte ze zich enkel ongeloofwaardiger.
'Waar héb je het over?! Ik ben daarnet bij een gast geweest die met spoed naar Nederland terug moet. Of ik een andere vlucht kon regelen.'
Dagmar grijnsde vilein.
'Moet hij soms jouw pakketje smokkelen?'
Sanne fronste haar wenkbrauwen. Het ongeloof droop van haar gezicht.
'Een pakketje smokkelen? Wat is er in godsnaam met je aan de hand, Dagmar? Voel jij je wel lekker?'
Dagmar probeerde haar irritatie te verbergen. Ze wist zo ongeveer in

wat voor een positie Sanne zich bevond. Hierdoor kon ze zich goed voorstellen dat de reisleidster hardnekkig zou blijven ontkennen. Om door deze opgetrokken muur heen te breken moest ze op het juiste moment met een rake opmerking komen of onweerlegbaar bewijs op tafel leggen. Wat haar betrof was die tijd nu aangebroken.

'Gaat het om drugs, valuta of edelstenen?' sprak ze quasi-nonchalant.

Sanne hield haar masker van ongeloof intact.

'Het gaat om snoep,' grinnikte ze. 'Schei toch uit met die onzin, joh.'

Dagmar boog haar bovenlichaam tien centimeter naar links en vuurde een indringende blik op Sanne af.

'Ontkennen heeft geen zin meer, Sanne. Ik weet van de berichtjes die jij op je mobiele telefoon krijgt. Elk appartementencomplex heeft een kleurcode.' Aansluitend legde ze haar hand op Sannes onderarm.

'Ik weet wat je doormaakt. Hoe bang je bent. Ik begrijp ook dat je niemand meer vertrouwt.' Ze kneep zachtjes in Sannes arm.

'Ik sta aan jouw kant. Samen moeten we aan een oplossing werken.'

Ze zag in Sannes blik hoe haar geest brak. Het kunstmatige plateau waarop ze zich staande probeerde te houden stortte in. Om haar val nog enigszins te breken trok Dagmar de jonge vrouw naar zich toe.

'Er is geen oplossing,' fluisterde Sanne. De eerste tranen gleden nu over haar wangen. 'Ik ben zo bang. Zo verschrikkelijk bang.'

Dagmar hield haar stevig vast. Ook zij kende haar angsten, maar wilde dit niet aan Sanne laten blijken. Zij moest nu de sterke schouder zijn waarop Sanne uit kon huilen. De onverschrokken, zelfstandige vrouw die haar kon helpen en vertrouwen.

'We komen er samen wel uit. Het ergste is nu achter de rug.' Ze wist dat deze opmerking nergens op sloeg. Peptalk die ervoor moest zorgen dat Sanne niet de moed op zou geven. Ze zaten nog midden in een poel van ellende. Misschien wel dieper dan ooit tevoren.

'Begin bij het begin,' sprak ze op gedempte toon. 'Neem vooral je tijd.'

Sanne rommelde wat in haar handtas. Met bibberende handen haalde ze een tissue tevoorschijn en dipte de tranen van haar wangen. Met behulp van de achteruitkijkspiegel probeerde ze de schade aan haar mascara te beperken. Daarna liet ze zich terug in de stoel zakken en zuchtte diep.

‘Het ging bij mijn aankomst op Mallorca al fout. Ik was er verdorie nog geen twee dagen toen Marianne me apart nam. Ze vertelde me over de dingen die de reisleidsters naast hun normale job deden. Ze noemde het gekscherend een schnabbel.’

Dagmar slikte een opmerking in. Het belangrijkst was nu dat Sanne haar verhaal vertelde.

‘Ik protesteerde. Alleen het idee al! Reisleidsters die dagelijks duistere pakketjes afleveren en daar vijftig euro per keer voor ontvangen. Te gek voor woorden. Blijkbaar had Marianne zo’n soort reactie verwacht, want ze begon het mij nogmaals uit te leggen. Ditmaal met een ondertoon die niets aan de verbeelding overliet. De reisleiders moesten het doen. Dit was geen vrije keus. De reisleiding die verantwoordelijk was voor Palma en de omliggende plaatsen zat in de tang bij een criminele organisatie. Als we de pakketjes niet wegbrachten, of erger nog, er met anderen over spraken, dan zouden er vervelende dingen gebeuren. Marianne maakte duidelijk dat het hier niet om loze dreigementen ging.’

Dagmar kon zich nu niet meer inhouden. Ze moest die ene vraag stellen die als een bezetene in haar hoofd bonsde.

‘Dus Marianne heeft je geronseld?’ Hoewel ze zich had voorgenomen zo rustig mogelijk te blijven, kon ze de ontzetting en het ongeloof niet uit haar stem verbannen.

‘Technisch gezien wel,’ antwoordde Sanne. ‘Later hoorde ik hoe het werkelijk zat. Omdat Marianne als enige vaste kracht op Mallorca werkte, was zij voor die organisatie de meest interessante persoon. De eerste vereiste was om haar in hun macht te krijgen. Hoe dat is gebeurd, weet ik niet. Ooit heeft zij er in vertrouwen een paar losse opmerkingen over gemaakt. Ze had te veel gedronken. De volgende dag zei ze tegen me dat het allemaal onzin was en ik het maar beter kon vergeten. Nadien heeft ze er nooit meer met een woord over gesproken.’

Deze informatie sneed recht door Dagmars ziel. Ze moest haar nu wel een vraag stellen.

'Waar hadden die halve opmerkingen betrekking op?'
Sanne kneep haar oogleden samen. Ze haalde beelden naar boven die langzaam onder de stoflaag van haar geheugen lagen te vergaan.
'Het had iets te maken met een feest. Ze insinueerde dat je als vrouw alleen niet met onbekenden naar een party moest gaan. Dat de consequenties daarvan je leven konden ruïneren. Ik vond dat toen een beetje vreemd. Ik bedoel, Marianne was niet vies van een vent. Uit haar woorden proefde ik daarentegen walging tegenover mannen.'
Voor de hand liggende beelden projecteerden zich op Dagmars netvlies. Een paar afschuwelijke ogenblikken zag ze Mariannes van pijn vertrokken gezicht en voelde ze daadwerkelijk de onuitsprekelijke vernedering. Ze sloot haar ogen en verdrong het verschrikkelijke plaatje. Later zou dit spookbeeld nog vele malen in haar geest opdoemen, wist ze. Om het verleden ooit te kunnen laten rusten moest ze in het heden terugkeren en antwoorden vinden. En Sanne was nu haar reddingsboei.
'Duidelijk. Marianne vertelde je over de leveringen. Maar... ze kon wel zoveel zeggen. Met zo'n vaag verhaal over bedreigingen kun je toch helemaal niets? Volgens mij ontoereikend om je onder druk zetten. Het klinkt eerder als kroegpraat. Dat is toch geen reden om drugs te gaan verhandelen?'
Ze chargeerde bewust. Om bij Sanne de druk op te voeren. De reisleidster mocht nooit het idee krijgen dat zij het gesprek naar haar hand kon zetten. Dan werd het verleidelijk om de waarheid te verdraaien of cruciale zaken op een andere wijze te belichten. Omdat Sanne de wanhoop nabij was, moest ze de regie strak in handen houden.
'Na het gesprek met Marianne ging ik naar huis en viel doodmoe in slaap. Midden in de nacht werd ik ruw wakker geschud. Dat was de eerste maal dat ik die engerd ontmoette. Hij stond boven me en hield de punt van een mes recht op mijn keel gericht. In afgebeten zinnen vertelde hij dat ik maar beter naar Marianne kon luisteren. De regels van zijn organisatie waren op Mallorca wet. Een halfjaar lang het werk doen, geld verdienen en er nooit met iemand over praten. Als ik me daaraan hield, dan had ik een mooie toekomst voor me. Ging ik echter dwarsliggen...'

Sanne haalde zwaar adem. Het was duidelijk dat zij het helse moment opnieuw beleefde.

'Jezus,' verzuchtte Dagmar.

'Jezus heeft Mallorca van zijn lijstje geschrapt.'

Onder andere omstandigheden zou deze opmerking minstens tot een glimlach hebben geleid. In de gele Renault op de achterafparkeerplaats leidde het slechts tot een drukkende stilte waaronder beide vrouwen zich ongemakkelijk voelden.

'De daaropvolgende dag werd ik door Ingrid ingewerkt. Zij was twee weken eerder aangekomen en kende inmiddels de kneepjes van het vak.'

De laatste woorden sprak ze op bittere toon uit. Een uiting die Dagmar hoopvol stemde. Sanne mocht dan aangeslagen zijn, haar strijdlust was ze nog niet kwijt.

'Nadat ik een paar dagen met haar had meegedraaid, wist ik hoe het werkte. Zeven kleuren en evenzoveel complexen. Het appartement waar je af moest leveren stond vast. Daarnet kreeg ik bijvoorbeeld een berichtje met 'negro', dat staat voor appartementencomplex La Luna, appartement nummer 337.'

Dagmar knikte. Tot zover was Sanne helder geweest. Haar relaas wierp echter een aantal vragen op waar ze antwoord op wilde hebben. Ze concentreerde zich sterk, aangezien ze selectief te werk moest gaan. Het ging er nu vooral om de juiste vragen te stellen die antwoorden opleverden waarmee ze iets kon.

'Die engerd waar jij over sprak. Die met dat mes. Ik neem aan dat jij Emilio Lopez-Garcia bedoelt?'

Sanne knikte. 'Hij was een soort van tussenpersoon. Naast de dealers die in de appartementen wonen, heb ik verder nooit iemand van zijn organisatie ontmoet. Tenminste, niet dat ik weet.'

Dagmar maakte een stopgebaar met haar linkerhand.

'Wacht even. Die Lopez-Garcia was een tussenpersoon. Hij is dood en jij levert gewoon door. Hoe zit dat?'

Sanne zuchtte. Hierna masseerde ze met de vingers van haar linkerhand beide slapen. De vermoeidheid droop van haar gezicht.

‘De ochtend na die bewuste avond waarop Marianne en Ingrid werden neergestoken, kreeg ik een telefoontje. Een onbekende stem vertelde me dat de leveringen gewoon door bleven gaan. Zolang er geen nieuw hoofd reisleiding was benoemd, moest ik het werk van Marianne erbij nemen.’

‘Wat hield dat in?’ vroeg Dagmar meteen.

‘Eens per week worden de pakketten aangeleverd. Maandagmorgen vroeg staat er altijd een doos bij de achteringang van ons hoofdkantoor. Hierin zitten honderden pakketjes. Wij slaan die op in een speciaal daarvoor ontworpen ruimte. Marianne was de enige met een sleutel van die kast.’

‘En die is nu in jouw bezit.’

‘Ja, ik wist waar Marianne de sleutel bewaarde. Naast het bewaken van de goederen ben ik eveneens verantwoordelijk voor de distributie naar de dealers toe. In de praktijk komt het er nu op neer dat ik Tineke en mezelf bevoorraad. De reisleiders die buiten Palma zijn gestationeerd weten nergens van af.’

Haar lip trilde toen ze er: ‘Redelijk eenvoudig systeem, nietwaar?’ aan toevoegde.

‘Ik wil het nog even over Ingrid hebben,’ zei Dagmar. Haar intuïtie meldde dat ze haar greep op het gesprek langzaam maar zeker begon te verliezen. Ze was stewardess, geen rechercheur. De chronologische volgorde van haar vragen was gevoelsmatig een puinhoop. Haar betrokkenheid vertroebelde haar analysevermogen. De grote lijnen van het verhaal veranderden in een gordiaanse knoop.

‘De officiële versie van de steekpartij meldt dat het hier een crime passionnel betreft. Marianne neemt het op voor haar vriendin Ingrid die ruzie heeft met haar minnaar Emilio Lopez-Garcia. Hij slaat door en steekt ze allebei neer.’

Sanne schudde ontkennend haar hoofd.

‘Bullshit. Ingrid was doodsbang voor die griezel. Volgens mij is het onmogelijk dat die twee samen wat hadden.’

‘Jij hebt hem op dat feestje toch ook dat gebaar naar Ingrid zien

maken?' ging Dagmar verder. 'Daar kon ik weinig passie in ontdekken.'
Hun blikken kruisten elkaar. Sanne zei wat er door Dagmars hoofd speelde.
'Ingrid wilde er uitstappen. Marianne kende de reputatie van Lopez-Garcia en besloot om te bemiddelen...'
'Waarmee ze haar doodvonnis tekende,' fluisterde Dagmar. Het beeld van haar vriendin die op een kille vloer voor haar leven vocht, spoelde al haar andere gedachten weg. De intensiteit van het moment snoerde haar keel dicht. Ze slikte om de droogte uit haar mond te verdrijven.
'Hoe...'
Het felle geluidje uit Sannes handtas kapte haar zin af. Ze reageerde als een gedresseerd dier. In eerste instantie verstrakte ze, alsof iemand haar heel even onder stroom had gezet. Aansluitend boog ze opzij, opende haar tas en keek op de display van haar mobiele telefoon.
'Ik moet ervandoor,' sprak ze op een toon waarin het schuldgevoel de andere emoties dirigeerde. Ze pakte het sleutelbosje. Na twee onhandige pogingen lag de contactsleutel tussen haar duim en wijsvinger. Ze startte de auto, waarna haar rechterhand boven de versnellingspook bleef hangen.
'Hoe ben je erachter gekomen?' vroeg ze aarzelend. 'Dat van die berichtjes, bedoel ik.'
Dagmar kreeg een flashback. Ze zat weer bij Ingrid in de auto. Ze lachten om de curieuze dingen die ze tijdens hun hotel- en appartementenbezoekjes hadden meegemaakt. Ze hadden lol. Dat was nu wel anders. Ingrid en Marianne waren dood. Plezier leek iets abstracts uit een ander leven.
'Ik was een middag met Ingrid op stap,' antwoordde ze verstrooid. 'Toen we in de auto zaten kreeg Ingrid een berichtje door. We weken direct van de vastgestelde route af. Oké, kan gebeuren, dacht ik. Ze was ook snel weer terug van haar bezoekje. Het tweede berichtje kwam een minuut of vijf later. Weer was er die urgentie. Met haar vreemde reactie in mijn achterhoofd, snuffelde ik in haar telefoontje dat ze in haar haast vergat.'

Sannes oogopslag was een kruising tussen ongeloof en lichte argwaan.
'En op basis daarvan concludeerde jij dat Marianne en Ingrid niet het slachtoffer van een crime passionnel waren? Knap denkwerk van een stewardess...'
Dagmar negeerde de scepsis. Ze realiseerde zich hoe zwaar Sanne onder druk stond. Ze vond het zelfs bewonderenswaardig dat de jonge vrouw überhaupt nog functioneerde.
'Heeft Marianne jou over mijn situatie verteld?'
'Zijdelings,' antwoordde Sanne. 'Tussen neus en lippen door zei ze dat jij problemen met je relatie en werk had. Volgens haar maakte je een lastige periode door.'
In verhouding tot de zaken die zich hier afspeelden waren haar problemen het noemen niet waard, dacht Dagmar. Blijkbaar had Marianne daar anders tegen aangekeken.
'Het ging niet alleen om die berichtjes, Sanne. Het was een optelsom van verscheidene dingen. De berichtjes, het veelzeggende gebaar van die Lopez-Garcia in de richting van Ingrid, een akkefietje op de parkeerplaats.'
Ze liet de vraag in Sannes blik onbeantwoord.
'Ook zijn wij achtervolgd. Orlando en ik. Hoe meer ik daaraan terugdenk, hoe minder ik het nut van die achtervolging inzie.'
Dagmar begreep dat ze nu voor Sanne in raadselen sprak. Ze zag ook in dat uitleg alleen maar tijdverspilling was. Ze opende resoluut haar portier en stapte uit.
'Dagmar!'
Sanne keek haar verschrikt aan.
'Ik kan je niet meer volgen. En eerlijk gezegd wil ik dat ook niet. Overleven is het enige wat nu belangrijk voor mij is.'
Haar lip trilde. In haar ogen stond opeens een smekende uitdrukking.
'Ga alsjeblieft naar huis. Vergeet wat hier is gebeurd. Als je nog verder gaat spitten vallen er weer doden. Laat mij hier mijn tijd uitdienen, heus, ik red het wel. Over een halfjaar zien wij elkaar onder betere omstandigheden, oké?'

Ze zette de motor in de eerste versnelling en liet het gas opkomen.
'Sanne, wacht!'
De gele Renault trok op.

De euforie was samen met de hoop en het optimisme verdampt. De moleculen van de lucht die zij nu inademde bestonden uit desillusie en ontreddering. Haar optreden was op een ramp uitgelopen. Sanne bleef doorgaan met die vervloekte rondjes en had haar met klem verzocht in het vliegtuig te stappen. Wegwezen en vooral je mond dichthouden. Ik red mezelf wel.
'Wat een puinhoop.'
Ze liep in de richting waar haar auto geparkeerd stond. Althans, ze deed een poging. In feite dwaalde ze doelloos rond. Het maakte haar weinig uit hoe lang het duurde voordat ze zicht op het huurbrikje kreeg. Tijd zat.
Het moment dat ze ervan overtuigd was goed bezig te zijn, leek alweer eeuwen geleden. In werkelijkheid was een kwartier ruim voldoende geweest om haar intenties volledig de grond in te boren. Vanaf het moment dat ze bij Sanne in de auto stapte, had ze het verknoeid. Haar allergrootste frustratie was dat ze geen flauw idee had hoe ze het dan wel aan had moeten pakken. Dit impliceerde dat haar missie al bij voorbaat was gedoemd om te mislukken. Tevens gaf het aan dat zij een mislukkeling was. Hard, maar waar. Zelfs met de bewijsstukken in handen slaagde zij erin om een zaak te verliezen.
Het begin van haar eenmansactie had zo succesvol geleken. Als een heuse detective had ze Sanne gevolgd. Haar vermoedens klopten. De berichtjes waren steeds oproepen voor een overdracht geweest. De reisleidsters waren koeriers. Er was dus toch meer aan de hand!
Eenmaal bij Sanne in de auto kwam het hoge woord er snel uit. De meiden werden gedwongen om drugs af te leveren. Marianne en Ingrid waren vermoord omdat ze eruit wilden stappen.
Heel goed. Jij bent een genie. Maar wat ben jij ermee opgeschoten? Naar de politie gaan? Ze lachte schamper.

Ja, ze zien je al aankomen. Bij hen heeft bewijs toch een iets andere betekenis dan in de wereld van de luchtvaart, trutje. Ingrid, Marianne en die engerd zijn dood, terwijl Sanne doodsbang is. Die houdt haar mond stijf dicht. Blijft Tineke over. Nou, de kans is wel heel groot dat zij ook geen woord zegt.

Dit heeft jouw speurwerk dus opgeleverd. Helemaal niets. Het gaat namelijk om het eindresultaat. Er is nu een onoplosbare situatie ontstaan. Alles blijft gewoon bij het oude. Het enige verschil met ongeveer een halfuur geleden is dat Sanne weet dat jij op de hoogte bent van hun geheim.

Ze bleef als aan de grond genageld staan.

'Sanne weet dat ik het weet,' fluisterde ze. 'Sanne is bang, Sanne staat onder druk, Sanne is enkel bezig om haar eigen hachje te redden...'

Een luide vloek ontsnapte haar. Aan de overkant van de straat draaide een ouder echtpaar hun hoofden haar kant op. Geheel in beslag genomen door haar eigen gedachten liep ze verder.

Nu even je kop erbij houden, Dag. Je bent als een onbezonnen idioot in een wespennest geklommen. Daar heb je fors om je heen geslagen. Wat denk jij zelf? Zou er een wesp op het idee komen om te steken?

Ze hield haar pas in. De koude rilling was voorspelbaar. Ze trok een grimas en opende haar handtas. Snel pakte ze haar mobiele telefoon. Na driemaal drukken verschenen de voorgeprogrammeerde nummers op de display.

Ze aarzelde. Haar duim aaide de toets, onvoldoende om het mechanisme in werking te stellen.

Dit zou je niet doen, dacht ze nog. Haar rechterduim drukte toch de toetsen in.

'Met Orlando.'

Ze haalde diep adem. Haar bonzende hart eiste nog meer brandstof.

'Orlando, met Dagmar. Ik zit in de problemen. Diep in de problemen. Sanne werkt voor een criminele organisatie. Marianne en Ingrid zijn vermoord omdat ze eruit wilden stappen. Ik denk...'

'Ho, stop, rustig. Vertel me in begrijpelijk Engels wat er in godsnaam aan de hand is.'

Zijn kalme, bijna zalvende stem bracht haar weer bij zinnen. Voor zover haar emotie dit toestond, legde zij de situatie beknopt uit. Orlando luisterde geduldig. Nadat zij was uitgesproken, stelde hij haar een vraag.
'Weet je nog dat wij op een rots de zon op hebben zien komen?'
Ze antwoordde bevestigend.
'Kun jij je de route daarheen nog herinneren?'
'Ja'. Tijdens de rit ernaartoe had Orlando haar meerdere malen op bepaalde herkenningspunten gewezen. Voor het geval ze ooit nog eens naar die plek terug wilde keren. Een slimme zet van een briljante man, schoot het door haar heen.
'Mooi,' antwoordde Orlando. 'Dan gaan we het als volgt doen.'

33

De avond was gevallen. Recht voor haar werd de nacht nauwelijks tegenspel geboden. De donkere Middellandse Zee lag onder een zwarte hemel waarin een sterrenensemble flonkerde. Links in haar gezichtsveld was het spitsuur. Daar hadden de ondernemers inmiddels hun kitscherige lichtbakken ontstoken. Een neonbombardement voorzag de nacht van fluorescerende tinten.

Het uitzicht was schitterend. Twee samenkomende werelden. Zowel contrasterend als complementair. De mens sloot de natuur niet uit, terwijl omgekeerd hetzelfde gold.

De enige dissonant in dit schitterende plaatje was zijzelf. Al vijftien minuten zat zij op een brede rots naar het immense schilderij te kijken. In dit tijdsbestek was zij er niet in geslaagd één enkele tel iets van de allesomvattende rust te absorberen. En dit zou ook niet gebeuren, wist ze. Al bleef ze hier tot morgenochtend zitten.

De vrees had ze min of meer overwonnen. Op zich een aardige prestatie, aangezien ze met knikkende knieën aan de wandeling was begonnen. Feitelijk hadden de eerste angstsymptomen zich al gedurende de rit hiernaartoe aangekondigd. Het was een wezenlijk verschil of je 's avonds laat samen met Orlando op een rots zat, of dat je alleen op pad moest. Donker, afgelegen en struikgewas waren niet bepaald elementen waar een vrouw in haar eentje vrolijk van werd.

Toen ze eenmaal werkelijk met de situatie werd geconfronteerd, zakte de angst langzaam maar zeker naar een aanvaardbaar niveau. De vrees voor hetgeen haar stond te wachten, was in de auto nog groter geweest dan op het moment dat zij het werkelijk beleefde. Voetje voor voetje volgde zij het pad dat uitkwam bij de brede rotspartij.

Nadat hij haar verhaal had aangehoord, had Orlando erop aangedrongen om op de rots af te spreken. Dit was een afgelegen plekje waar niemand haar zou zoeken, verklaarde hij. Een ontmoeting in de auto langs de kant van de weg leek op het eerste gezicht logischer. Volgens hem was dit echter een inschattingsfout. De kans dat iemand hen daar zou ontdekken was namelijk vele malen groter. Hij had het volste begrip voor haar bedenkingen. Toch moest ze hem vertrouwen en op haar tanden bijten.

'Op het pad gewoon je ogen dichthouden,' hoorde ze hem in gedachten zeggen. 'Wel weer opendoen als je de rotsen nadert.' Geen van beiden had zelfs maar geglimlacht.

Op het donkere pad had ze haar ogen gewoon opengehouden. Uiteindelijk was het een wandelingetje van niets geweest. Een conclusie die ze pas trok toen ze de rotsen had bereikt.

Orlando's reactie had haar hoop weer wat doen opleven. Ergens in haar achterhoofd had zij er namelijk rekening mee gehouden dat hij haar verhaal naar het rijk der fabelen zou verwijzen. Ongetwijfeld op de hem typerende charmante manier, wat in haar situatie geen verandering zou brengen. Die bleef penibel. Blijkbaar had zij zich op dit punt toch in hem vergist. Hij reageerde uiterst bezorgd, wat haar een goed gevoel bezorgde. Voor zover dit onder deze omstandigheden mogelijk was.

Nadat zij was uitgesproken, nam hij meteen het initiatief. In korte, heldere zinnen legde hij zijn plan uit. De boodschap was duidelijk: Orlando wilde geen enkel risico nemen.

Omdat zij niet wisten met wie ze te maken hadden, konden ze buiten hun kleine kring niemand vertrouwen. Ze kon dan ook niet meer naar haar hotel teruggaan. Daar zouden ze haar als eerste zoeken. Deze redenatie klonk haar zowel logisch als angstaanjagend in de oren. Nu Orlando al zijn reserves liet varen en met serieuze stem de situatie besprak, leek het gevaar opeens tastbaar. Het was nu uitgegroeid tot een dreiging waarvan zij de gevolgen niet meer kon overzien.

Meng je onder de strandgangers, was zijn eerste opdracht. Daarna wat eten in een uitgesproken toeristenhut, bijvoorbeeld een Burger King of

McDonald's. Tijdens de schemering moest ze zich tussen de honderden slenteraars ophouden. Dan zou ze niet ontdekt worden. Zo tegen halfelf in de auto stappen en naar de afgesproken plek rijden. Toen hij haar nogmaals vroeg of ze de route kende en zij daar bevestigend op antwoordde, klonk er voor de eerste maal opluchting in zijn stem door. Als zij zich aan de afspraken hield, zou ze de avonduren wel doorkomen, wist hij zeker.
Zelf bevond hij zich in een lastig parket. Normaal gesproken zou hij haar direct komen halen, maar hij had een vergadering waar hij echt niet weg kon blijven. Wel kon hij tussendoor een telefoontje plegen. Hun beste, en wellicht enige hoop, was inspecteur Julio Rodriquez. Als hij voor iemand zijn handen in het vuur zou steken, dan was het Julio, benadrukte Orlando. Een rechtschapen politieman die ongetwijfeld de juiste oplossing aan zou dragen.
Orlando verontschuldigde zich nogmaals voor het feit dat zij de komende uren in haar eentje door moest brengen. Hij vond het echt vreselijk en bezwoer dat hij na vanavond niet meer van haar zijde zou wijken. Omdat hij geen definitief zicht had op de duur van de vergadering, kon hij haar niet beloven als eerste op 'hun' plekje te zijn. Het was mogelijk dat niet hij, maar Rodriquez als eerste op kwam dagen. In dat geval moest ze goed luisteren naar datgene wat hij te melden had. Julio Rodriquez was een ervaren en consciëntieus rechercheur die precies wist hoe te handelen. Hij stelde haar nogmaals op het gemak door te verzekeren dat alles goed zou komen. Na vanavond was haar bescherming gegarandeerd. Hij ging daar persoonlijk voor zorgen.
De stilte van de rustieke omgeving stond in schril contrast met de drukte in haar hoofd. Talloze vragen, pijnlijke verwijten, angstige gedachten en geruststellende woorden lagen constant met elkaar in de clinch. Antwoorden en conclusies kwamen en gingen.

In een opwelling had ze besloten naar Mallorca af te reizen. De dood van Marianne en Ingrid mocht niet als een crime passionnel in de archieven verdwijnen. Dat was ze haar vriendin gewoon schuldig. Met

de overwinning op Ruben in haar bagage zou ze deze klus wel even gaan klaren, dacht ze.
'Ongelofelijk naïeve sukkel,' fluisterde ze. 'Je had geen flauw idee met wie je te maken kreeg.'
Nadat Sanne fel tegen haar was uitgevallen, was het kwartje gevallen. Met de impact van een bom, welteverstaan. Dit had niets met avontuur te maken, realiseerde ze zich nu. Ze had zich in een wereld begeven waarin mensen daadwerkelijk werden vermoord. Belangen telden hier zwaarder dan een mensenleven. Een wereld waar ze helemaal niets te zoeken had.
Deze plotselinge switch in haar denkwijze had haar in paniek gebracht. Ze overzag nu pas de consequenties van haar bemoeizucht. In een handvol seconden bleek dat ze de grootste fout van haar leven had gemaakt.
In al haar wijsheid had ze vooraf besloten om Orlando niet te bellen. Deze klus ging ze zonder hulp van anderen klaren. Het scenario had ze al klaar gehad. Sanne een verklaring ontfutselen en deze bij de politie neerleggen waarna de rechterlijke macht in kon grijpen. Idioot, amateur, achterlijke muts.
Waarom ze Orlando hier niet in wilde betrekken was duidelijk. Of liever gezegd: dat werd nu pas helder. Het had met trots te maken. Gekrenkte trots. Bepaalde zaken verdrong je, en als dat niet lukte, ging je ze verdraaien. Net zo lang totdat de uitkomst bevredigend was. De mens zat vreemd in elkaar. Of was generaliseren in dit geval niet van toepassing? Zat zij vreemd in elkaar?
Hij wilde een vriendschap. Zij wilde meer. Dat was wat er aan de hand was. Verder ontkennen was nu zinloos. Deze ridicule expeditie had ze voor Marianne en Ingrid ondernomen, omdat de waarheid boven tafel moest komen. Er was echter nog een achterliggend motief: ze had indruk op Orlando willen maken. Belachelijk maar waar. Zo had ze alsnog het hart van een onbereikbare liefde willen bereiken. Beetje puberaal, achteraf gezien.
Het schaamtegevoel raasde door haar bloedbanen. Met de palm van

haar rechterhand bedekte Dagmar beide ogen. Op dit gegoochel met gevoelens zit toch een houdbaarheidsdatum, dacht ze. Uitsluitend voorbehouden aan meiden tot een jaar of achttien? Daarna sluit je een periode af en begin je met je als een volwassene te gedragen.
De tweespalt in haar hoofd liet zich door deze overpeinzingen niet verjagen. Ze schaamde zich dood tegenover Orlando. Op het moment dat hij daadwerkelijk in haar blikveld kwam, zou ze het liefst onder de grond kruipen. Aan de andere kant popelde ze om hem te zien. Naar zijn stem te luisteren, zijn heerlijke geur op te snuiven.
Ze schudde krachtig met haar hoofd. Dit was waanzin. Ze moest zich nu in bescherming tegen zichzelf nemen. De emotionele achtbaan waarin haar gedachtegang zich ineens bevond bracht haar met de seconde verder van de huidige realiteit vandaan. Om niet in de afgrond te belanden, moest er vol op de rem worden getrapt.
Als er al sprake van een afgang ten opzichte van Orlando was, dan moest ze dat maar op de koop toe nemen. Dat kon er ook nog wel bij. Gewoon je wonden likken en doorgaan met leven. Dat zou niet eens zo'n grote opgave zijn. Tenslotte had ze daarmee de afgelopen tijd redelijk wat ervaring opgedaan.
Orlando is bijzaak, sprak ze in stilte op een zo overtuigend mogelijke wijze. Hoofdzaak was om hier zonder kleerscheuren uit te komen. Onbewust had ze een enkeltje onderwereld genomen en de hellehonden op hun staart getrapt. Ze had nu niet te maken met een gluiperige Ruben de la Porte, maar stond tegenover een breed vertakte criminele organisatie. Waar deze mensen toe in staat waren, was inmiddels gebleken. Voor hen was zij hoogstens een korreltje zand dat per ongeluk tussen de raderen van hun geoliede machine was beland. Een obstakel dat ze in een handomdraai tot stof lieten vergaan.
Ze zuchtte diep. Dat ze beroepsmisdadigers voor de voeten had gelopen stond vast. Het verklaarde ook de achtervolging, een onderdeel van het verhaal dat ze maar niet had kunnen plaatsen. Het nut ervan ontbrak. Als Marianne en Ingrid inderdaad het slachtoffer van een crime passionnel waren, dan sloeg die achtervolging nergens op. Zij was namelijk

geen getuige. Wel een vriendin, wat voor een drugsdealer een legitieme reden was om haar in de gaten te houden. Wie weet wat de meiden haar in vertrouwen hadden verteld.

Een lichtbundel sneed door de nacht. Het uiteinde ervan belichtte haar linkervoet.

'Dagmar?'

Toen ze Julio Rodriquez haar naam hoorde fluisteren kwam ze overeind. Met beide handen streek ze de kreukels uit haar witte jurk. Een gewoontegebaar dat hier in the middle of nowhere als nogal overbodig overkwam.

'Hier,' antwoordde ze. De lichtbundel gleed over haar lichaam, om daarna weer te zwenken.

Rodriquez liep rustig naar haar toe. Het schijnsel van de maan gaf prijs dat hij casual gekleed ging. Gymschoenen, spijkerbroek en een korte leren jas met daaronder een T-shirt.

'Hoe gaat het?' Hierna legde hij vriendschappelijk zijn hand op haar linkerschouder.

'Goed,' loog Dagmar. 'Al ben ik wel blij dat jij er bent.'

Rodriquez grinnikte kort. 'Daar kan ik me wel wat bij voorstellen. Dit is niet echt een plek waar een vrouw zich 's avonds laat op haar gemak voelt.'

Dagmar knikte en draaide zich een kwartslag om. Recht voor haar bedeelde de maan het oneindige water met een sprookjesachtige teint.

'Het uitzicht is prachtig,' fluisterde ze. Aansluitend negeerde ze het gevoel van teleurstelling dat niet Orlando, maar inspecteur Julio Rodriquez haar was komen halen.

'Inderdaad, schitterend,' zei Rodriquez. Hij deed een stap naar rechts, waardoor hij vlak naast haar stond. Hierna legde hij opnieuw zijn rechterhand op haar linkerschouder en bracht zijn gezicht vlak bij het hare.

'Geniet ervan,' sprak hij op kille toon. 'Het laatste wat je ooit zult zien.'

Het duurde twee hartslagen voordat Dagmar begreep wat hij precies zei. Verschrikt draaide ze haar gezicht naar hem toe. Een beweging die haar leven redde. Doordat zij tevens haar bovenlichaam iets opzij draaide, verloor de duw die hij haar gaf aan kracht. Zijn hand gleed langs haar rug en vond pas houvast op haar rechterschouderblad. In plaats van recht naar voren te worden gelanceerd, draaide Dagmar tijdens de val tweemaal om haar as. Daarna rolde ze over de rand de afgrond in. Dit gebeurde met een geringe snelheid, waardoor haar lichaam contact met de steil aflopende rotsen bleef houden. Nadat ze in haar dodelijke rol tweemaal keihard met een obstakel in aanraking kwam, leek het alsof haar rechterarm uit de kom werd getrokken. Ze werd tegen de rotsen geslingerd en voelde hoe door de klap waarmee haar rug tegen de richel knalde de lucht uit haar longen werd geperst. Toen werd alles zwart.

Toen ze weer bijkwam, knipperde ze enkele malen met haar ogen en probeerde ze zich te herinneren waar ze eigenlijk was. Ze schudde een paar maal met haar hoofd, waarna de afschuwelijke herinneringen terugkwamen. Ze verbaasde zich over de gewichtloosheid van haar beide onderbenen. Die voelden zo raar aan. Alsof ze zweefden, terwijl de rest van haar lichaam aan de wet van de zwaartekracht was gebonden. Ze bleek op een richel van hooguit twee meter breed te liggen. Haar benen bungelden over de rand. Boven haar scheen de maan onverstoorbaar, terwijl ver onder haar de branding dreigend gromde: als een kwaadaardig wezen dat een offer eiste.

Na deze constatering volgde de pijn. Elke centimeter van haar lijf was geradbraakt. Ze kon zich bewegen, waarmee ook alles was gezegd. Uiterst voorzichtig trok ze haar onderbenen op de richel en liet haar blik over de sneeën en kneuzingen glijden die stuk voor stuk aanvoelden als botbreuken.

Tijd om over haar verwondingen na te denken werd Dagmar niet gegund. Een lichtbundel tastte haar nabije omgeving af. Instinctief wilde ze zich zo klein mogelijk maken. De pijn stond dit echter niet toe. Haar lichaam had een enorme opdoffer gehad. Hierdoor negeerden haar spieren elk bevel dat door haar hersens werd verzonden. Voorlopig restte haar niets anders dan als een wezenloze lappenpop op de richel te blijven liggen.

Nadat de bundel haar op enkele centimeters had gemist, gebeurde het

onvermijdelijke. Een fractie van een seconde werd haar linkervoet door het kunstmatige schijnsel verlicht. Het daaropvolgende '*Joder puta*' klonk even onheilspellend als het geluid van de klotsende branding.
Ze dwong zichzelf om te bewegen. Centimeter voor centimeter kwam haar bovenlichaam omhoog. Toen ze eenmaal rechtop zat en naar boven keek, zag ze het uitsteeksel dat haar leven had gered. Hierachter was het hengsel van haar handtas blijven hangen. De fractie van een seconde dat het leer weerstand had geboden, was voldoende geweest. Dit had haar val vertraagd en haar lichaam tegen de rotsen geslagen waarna ze op de richel was beland. Ze kneep haar oogleden tot spleetjes en zag hoe een zielig stukje leer op het uitsteeksel balanceerde. Een huivering bezorgde haar kippenvel. Het bewijs dat het verschil tussen leven en dood soms enkele centimeters bedroeg, bevond zich recht boven haar.
Vallende stenen trokken haar ruw terug in het heden. Ze trok beide onderbenen op, waardoor de lichtbundel haar voeten net miste. Ze drukte haar bovenlichaam strak tegen de rots en luisterde met afgrijzen naar een schuivend geluid dat langzaam maar zeker dichterbij kwam.
Haar borstkas ging in een wild ritme op en neer. Zweet gutste uit elke porie. De angst had een verlammende uitwerking op haar zenuwstelsel. Haar tanden klapperden ongecontroleerd. Intussen werd de afstand tussen haar en Julio Rodriquez steeds kleiner. Het scherpe geluid van knerpende steentjes onder zijn gymschoenen werd luider. Hij komt eraan, wist ze. Binnen een paar minuten staat hij op de richel.
Ze sloot haar ogen. Als ze nu niets deed, was het snel afgelopen. Ze had geen enkele kans tegen Rodriquez. Zelfs met één hand op zijn rug zou hij haar met gemak zijn wil opleggen.
Verken de omgeving, legde ze zichzelf op. Vind het punt waar hij straks de richel opstapt. Laat je niet nogmaals verrassen. Het smalle plateau waarop zij lag liep tientallen meters door. Voor zover zij kon zien, was het overal even breed. Ze keek naar de lichtbundel en schatte in waar Rodriquez op de richel zou stappen. Deze plek bevond zich vier meter links van haar.

Met beide handen tastte ze de rots af. Ze werd voortgedreven door doodsangst. Een brandstof die mensen tot bovenmenselijke prestaties aanzet.
Haar vingertoppen gleden langs tientallen keien die samen één grote bonk rots vormden. Nergens voelde ze iets wat op toegefelijkheid leek. De massa was enorm en overal eensgezind.
Wederom was daar het knerpende geluid. Het dreunde tegen haar trommelvliezen, klonk als de echo van een schot. De kogel die een executie tot een voldongen feit maakte.
Met de motoriek van een bezetene vlogen haar vingertoppen over de scherpe uiteinden. Vanuit haar rechterooghoek zag ze de bundel aan kracht toenemen. Hij kwam dichterbij. Rustig en uitermate zelfverzekerd. Er moest een klusje worden afgemaakt.
Ze stond op het punt om door haar knieën te zakken en op een wonder te hopen, toen de steen onder haar rechterhand iets meegaf. Zonder zich te bedenken ramde ze haar nagels in de groef en maakte een snijdende beweging met haar vingers. Ze concentreerde zich volledig op die ene kans. Haar hoofd was leeg. Ze vocht ineens verbeten voor haar leven. Haar wanhoop had tanden gekregen.
De steen die loskwam was even groot als haar hand. Ze klemde haar vingers er stevig omheen en zakte door haar knieën. Haar linkerhand steunde op de koude richel. Met de vastberadenheid van een getergde vrouw die opeens een nieuwe kans heeft gekregen, wachtte zij af.
Ze zag hoe hij op de richel sprong. Heel voorzichtig liep hij in haar richting. Ze dwong zichzelf onbeweeglijk te blijven zitten. Linkerknie gebogen, de rechter op de grond. Als een sprinter die op het startschot wachtte. In het vale licht zouden haar contouren het meest lijken op die van een gebroken vrouw. Steunend op één knie, wachtend op de genadeklap. Totale overgave.
Toen Rodriquez haar tot op minder dan drie meter was genaderd, haalde ze diep adem en spande haar spieren. Zo snel als haar stijve lichaam dit toeliet, sprong ze op, deed een stap naar voren en wierp uit alle kracht de steen naar de rechercheur. Het projectiel trof Rodriques vol in

de borst. Hij wankelde, sloeg daarna dubbel en maakte een misstap. Omdat alle lucht uit zijn longen was weggeslagen, viel hij zonder enig geluid te maken in de afgrond.

Dagmar voelde dat ze op het punt stond om onderuit te gaan. Ze duwde haar rug tegen de rotsen en knipperde verdwaasd met haar ogen. De wereld begon te tollen en ze zakte in elkaar.

34

Mijn enige zorg is leven, overleven. Om dit te verwezenlijken moet ik mijn fysieke kracht hervinden. De mentale rust volgt vanzelf. De daarvoor resterende tijd komt nu als eindeloos op me over.
Waar moet ik mijn kracht uit putten? Dat er inmiddels vier doden zijn gevallen en ik nog leef? Word ik sterker in de wetenschap dat ik ben vernederd, belazerd en gebruikt? Om dit macabere rijtje te vervolmaken, is er zelfs een moordaanslag op me gepleegd. Kun je daar sterker van worden?
Het antwoord is nee. Aan mij de taak om het in een ja te veranderen. Wat er in Nederland is gebeurd kent geen enkele waarde meer. Dat ging helemaal nergens over vergeleken bij de situatie waarin ik nu ben beland. Je kunt hoogstens mijn geestelijke weerbaarheid aanhalen. Ondanks al het getreiter liet ik me niet kisten en vocht terug.
Hier op deze van God en de wereld verlaten richel heb ik mezelf echter vanuit een fysiek kansloze positie op weten te richten. Simpel gesteld was het hij of ik.
De middelen die ik tot mijn beschikking heb om te overleven, zijn beperkt. Mijn enige wapen is mijn lichaam. Mijn eigen ingedeukte, gekneusde en bebloede lijf. Gelukkig heb ik niets gebroken, wat een wonder mag heten na de smak die ik heb gemaakt.
De truc met die steen was eenmalig. Mijn lichaam kan zo'n krachtexplosie niet nogmaals opbrengen en nergens zijn stenen voorhanden. Stuit ik toevallig op zo'n loszittende steen, dan is het nog maar de vraag of hem los kan peuteren. De nagels van mijn rechterhand zijn afgebroken of tot aan het vlees ingescheurd. Als ik er alleen maar naar kijk, kan ik het wel uitschreeuwen van de pijn.

Toch moet ik actie ondernemen. Elke seconde die ik hier langer blijf zitten, brengt me dichter bij een zekere dood. Je kunt een roofdier maar één keer te slim af zijn, de tweede maal bijt hij je dwars doormidden.
In korte tijd was ze tweemaal bedrogen. Een derde keer zou er niet komen. Mocht ze deze helletocht wonder boven wonder overleven, dan zou ze haar vrouwelijke intuïtie vaker negeren. De voordelen die het luisteren hiernaar haar hadden gebracht, stonden in schril contrast met de ellende die ze over zichzelf had afgeroepen. Foute mannen, de een zag ze al van mijlenver aankomen, terwijl de ander ze nog niet doorhad als ze pal voor haar neus stonden. Helaas behoort zij tot die laatste groep.
Met haar ademhaling gaat het de goede kant op. Ze inhaleert constant door haar neus en blaast langzaam door haar mond uit. Ook haar hartslag heeft het normale ritme weer terug. Het zweet gutst niet meer langs haar gezicht. Het is tijd voor een poging, weet ze. Van uitstel komt in dit geval eeuwig afstel.
Haar beenspieren protesteren zo hevig, dat ze op haar tanden moet bijten om geen gil te slaken. Dat wordt kruipen, schiet het door haar heen. Centimeter voor centimeter naar de vrijheid. Als ze de klimpartij visualiseert, komt meteen de rest van haar spieren in opstand.
'Niet aan denken,' fluistert ze. 'Gewoon doen.'
Ze richt haar blik op het punt waar Julio Rodriquez op de richel stapte, een meter of vijf bij haar vandaan. Vanaf dat punt moet ze aan de klim beginnen. Dit lijkt het meest logische scenario, aangezien Rodriquez vanuit die richting is afgedaald. Of ze recht omhoog gaat of moet zigzaggen, is nog de vraag. Ze heeft geen flauw idee hoe het landschap eruitziet dat ligt tussen deze richel en de bovenste rots.
Nadat ze anderhalve meter heeft afgelegd, dwingen de verlammende pijnen haar tot een pauze. Ze besluit twee minuten pauze te nemen en kijkt automatisch op het horloge om haar linkerpols. Het glas is gebarsten. Het woord 'uurwerk' is niet meer van toepassing op het hoopje schroot dat om haar arm hangt. Ook het bandje heeft onder haar val geleden; het kan elk moment knappen.

Nadat gevoelsmatig de twee minuten zijn verstreken, hervat Dagmar de tocht. Om haar pijngrens te verhogen, besluit ze om haar woede de komende minuten de vrije loop te laten. Het onderwerp van deze woede is voorhanden. Ze vloekt zachtjes als ze aan Orlando Pons moet denken. Terwijl ze tergend langzaam het punt nadert waar haar klim moet beginnen, wenst zij hem de meest vreselijke ziektes toe. De man die haar heeft bedrogen en die deel uitmaakt van een criminele organisatie die letterlijk over lijken gaat, blijft niets bespaard. Ze wenst hem een pijnlijke dood toe. Met een van pijn en woede vertrokken grimas overdenkt zij de opties. Verbranden, verdrinken, onthoofden en vierendelen komen voorbij. Dood door messteken is in haar optiek te humaan voor zo'n vuile schoft.

Bij het eerste steentje dat de helling af komt rollen, denkt ze nog dat een dier dit veroorzaakt, of de wind of een andere gril van de natuur. Bij het geluid van de tweede steen die over de richel klettert, stopt ze met kruipen. Na de snel daaropvolgende minilawine, staan de haartjes op haar armen recht overeind, wordt haar keel ineens zo droog als een woestijn en mist haar hart enkele slagen. Hij is er, weet ze. Het is over. Binnen nu en enkele minuten houdt ze Julio Rodriquez voor altijd gezelschap.

'Dagmar?'

Een lichtbundel beschijnt nu de plek waar Julio Rodriquez op de richel stapte. Ze stopt met kruipen en houdt haar adem in. Op dit moment is elk geluid te veel.

'Wat is in 's hemelsnaam aan de hand, Dagmar? Waar ben je? Laat iets van je horen zodat ik je kan helpen.'

Terug, gaat het door haar heen. Ik moet terug. Verdergaan staat gelijk aan je eigen doodvonnis tekenen. Ze draait behoedzaam om haar as. Het knisperen van gruis onder haar knieën klinkt als het venijnige geratel van een mitrailleur.

'Dagmar? Ben jij dat?'

De bezorgdheid in zijn stem doet haar wat, al is het van korte duur. Hij speelt een spel, weet ze zeker. De rol van de onwetende man die hoogst verbaasd is dat Rodriquez en zij zich niet op de afgesproken plek bevinden. Hij zal alles uit de kast halen om mijn vertrouwen te winnen. En als ik eenmaal kenbaar maak waar ik me bevind… Over het restant kan ze zich eenvoudig een voorstelling maken. Een herhaling van haar ontmoeting met Rodriquez; een ander persoon op nagenoeg dezelfde plaats met gelijke intenties.

Ze bevindt zich weer op de plek waarvandaan ze haar tocht naar de vrijheid aanving. Drie meter voor haar wijkt de richel naar rechts af. Het is een flauwe bocht. Vanaf haar positie is het onmogelijk om te zien hoe het parcours verder loopt. Of er überhaupt een vervolg is. Terwijl elke spier in haar lichaam schreeuwt om rust, zet ze aan. Dit is de enige optie. Ze sluit even haar ogen. Als de richel na de bocht ophoudt, is het afgelopen. Dan is het hopen op een wonder.

Ze legt de drie meter met een slakkengang af. Tijdens deze vreselijke tocht concentreert ze zich voornamelijk op geluid dat ze zelf maakt en de klanken die achter haar worden geproduceerd. Op wat geritsel na blijft het stil. Onheilspellend stil.

Op pure wilskracht bereikt ze het begin van de flauwe bocht. Om even op kracht te komen, leunt ze met haar bovenlichaam tegen de rotsen. Dan klinkt er een kreet. Ze kijkt verschrikt in de richting waar het geluid vandaan kwam. In de verte staat iemand op de richel. Nagenoeg op de plek waar Julio Rodriquez verscheen. In zijn linkerhand heeft hij een lantaarn. De bundel wijst in de afgrond.

'Dus jij wilt het hard spelen, bitch? Nou, bereid je er dan maar op voor dat jij straks naast hem ligt.'

De verandering in zijn houding is totaal en onomkeerbaar. Een giftige saus overgiet de vastberadenheid in zijn stem, waardoor elk woord grimmig klinkt. Dan zwenkt zijn linkerarm. Ineens wordt de richel verlicht.

Terwijl ze met een uiterste krachtsinspanning langs de rotsen glijdt, realiseert Dagmar zich dat ze te laat heeft gereageerd. Spoedig zal de bundel haar vangen en niet meer loslaten. Toch zet ze door. De veilige zone ligt nauwelijks een meter van haar vandaan. Met de vastberadenheid van een gewond dier dat alles op alles zet om het warme nest te bereiken, kruipt ze over de richel.

De lichtbundel mist haar linkervoet op enkele centimeters. Het gedeelte van de bocht waarin ze zich bevindt valt net buiten het bereik van het kunstmatige licht van Orlando's lamp. Ze ademt tweemaal diep in, waarbij het aanvoelt alsof haar ribben zowel gekneusd als gebroken zijn. Daarna blaast ze langzaam uit. Dat was close. De volgende keer heb je vast minder geluk. Vanaf nu leef je in geleende tijd, handel daar dus naar. Je kunt je geen verslapping meer veroorloven. Wees scherp, verdomme!

'Je hebt je dus verstopt, trut. Geniet ervan zo lang het nog kan. Ik beloof je dat het niet lang meer zal duren!'

Even krijgt ze een sprankje hoop. Het volume van zijn stem neemt namelijk af, wat alleen maar kan betekenen dat hij de andere kant van de richel verkent.

Niet te vroeg juichen, houdt Dagmar zichzelf voor. Hij kan zijn handen wel voor zijn mond houden om het geluid te dempen of weet ik veel wat voor truc gebruiken om je te misleiden. Orlando is slim en genadeloos. Van hem kun je alles verwachten Trek daarom je eigen plan.

Er is maar één mogelijkheid. De richel volgen en maar hopen dat ergens onderweg een helling opduikt. Deze beklimmen, tussen de struiken naar de bewoonde wereld ontsnappen en daar alarm slaan. Iedereen die haar in deze toestand aantreft zou haar verhaal ogenblikkelijk geloven.

'Jij denkt dat je alle antwoorden hebt.' Zijn stemgeluid heeft in de afgelopen dertig seconden weer iets aan kracht ingeboet.

'In werkelijkheid zit jouw hoofd vol met vragen.'

Een naargeestig lachje volgt.

'Ik ga je helpen. Dan weet je tenminste waarvoor en waarom je moet sterven.'

Dagmar kruipt door. Hoewel de afstand tussen hen groeit, kan ze elk woord duidelijk verstaan. Op de rotsen, ver boven de zee is de akoestiek uitstekend.

'Laat ik bij dat feestje beginnen. De eerste keer dat wij elkaar ontmoetten.'

Zijn spreektoon is smalend. Als die van een zelfingenomen leraar die voor de zoveelste keer iets aan de minst snuggere leerling van de klas moet uitleggen.

'Nou, dat was dus geen toeval. Er bestond toen al wrevel tussen onze bedrijfsleider en die twee reistrutten. Ze hadden aangegeven eruit te willen stappen. Een actie die wij natuurlijk moesten voorkomen. Aangezien Emilio Lopez-Garcia een agressief baasje was dat er nogal rigoureuze methodes op nahield, wilde ik er dicht opzitten. Tijdens dat feestje konden we ons geen rel veroorloven. Toen Emilio mij zag, begreep hij dat het ditmaal bij intimiderende taal moest blijven. Op fluistertoon, zodat niemand anders het kon horen. Voor zijn doen hield hij zich aardig in, moet ik zeggen. Al was de dreigende beweging naar die reisleidster aan het einde van het gesprek bepaald niet professioneel. Maar ja, zo was Emilio nou eenmaal. Een druk, explosief en gevaarlijk mannetje dat niet met zich liet sollen. Helemaal niet door vrouwen. Komt ongetwijfeld door zijn latino achtergrond.'

Hij grinnikt gemaakt om zijn eigen woorden.

'Ter plekke besloot ik te improviseren. Ik had al opgevangen dat Marianne een vriendin over had laten komen. Ineens leek het mij een goed idee om tussen ons een spontane vriendschap te laten ontstaan. Jij zat dicht bij het smeulende vuur dat elk moment opgestookt kon worden. Aangezien jullie vrouwen allemaal babbelziek zijn, leek dit de beste manier om rechtstreeks aan informatie te komen.'

Tot haar opluchting ziet Dagmar dat de richel gewoon doorloopt. Het maanlicht gunt haar een meter of vijf zicht. Ze kijkt schuin naar boven en ziet nergens iets wat als trap dienst kan doen. Het gaat hier zowel loodrecht naar boven als naar beneden. Met de moed der wanhoop kruipt ze verder.

'Omdat die Ingrid moeilijk bleef doen, besloot Emilio haar een lesje te leren. Met het smoesje dat ze in alle rust met elkaar moesten praten, spraken ze af. Eenmaal in haar auto, vertelde hij over de parkeerplaats waar niemand hen zou storen. Toen ze daar stonden heeft hij haar duidelijk gemaakt wie hier de baas was.'

Dagmar sluit haar ogen. De film wordt versneld afgespeeld. Donker, parkeerplaats, gele Renault, vreemde lichtinval. Ze had het goed gezien. Ze opent haar ogen. Rond haar mondhoeken speelt een mysterieus lachje. In gedachten ziet ze hoe Emilio Lopez-Garcia door de duivel wordt verkracht. Oraal. De punten van een drietand kerven dunne sneetjes in zijn hals.

'Je hoeft geen medelijden met haar te hebben, hoor. Emilio vertelde me dat die slet na afloop vroeg of hij het nogmaals wilde doen. Ze had ervan genoten.'

Zijn bulderende lach rolt over de rotsen. Ze bijt op haar lip om de tegenstrijdige gevoelens van intens verdriet en laaiende woede te temperen. Aan haar wimpers bungelen enkele opgekomen tranen.

'Dat is trouwens nog niets vergeleken met die geile vriendin van je. Die liet zich op ons jacht door drie kerels tegelijk pakken. Het was zo'n spectaculair gezicht dat we het maar op film hebben gezet. Als je het leuk vindt, wil ik je die beelden gerust laten zien. Misschien leer je er nog wat van.'

De kreet van razernij uit zich in het achterste gedeelte van haar keel. Het geluid ervan dendert in haar oren. Een explosie van pijn en haat verdooft en activeert tegelijkertijd haar hersens. In stilte rouwt ze om haar vriendinnen maar smacht ze ook naar het bloed van Orlando Pons.

Met moeite houdt ze zich in. Ze prijst zich gelukkig dat de woedeaanval in stilte is verlopen. De provocaties van Orlando kennen maar één doel: haar zo op stang jagen dat ze uiteindelijk van ontzetting een geluid maakt waardoor hij haar direct kan traceren. Nergens op reageren, beveelt Dagmar zichzelf. Laat hem maar praten. Concentreer je op het enige wat telt: vluchten.

'De dood van Ingrid en Marianne was trouwens niet gepland. Emilio werd door Ingrid gebeld met het verzoek naar haar appartement te komen. Naar aanleiding van de recente gebeurtenissen had ze een besluit genomen en wilde dit toelichten. Hij was nog niet zo lang op haar kamer of het ging al mis. Marianne kwam binnen en schold hem de huid vol over het akkefietje op de parkeerplaats. Snel daarop werd hem duidelijk dat de meiden hadden besloten om er definitief mee te kappen. Als hij ze niet met rust liet, zouden ze naar de politie gaan en alles vertellen. Dat liep uit op een handgemeen, waarna Emilio over de rooie ging en ze allebei neerstak. Een soort bedrijfsongeval, dus.'

Dagmars rechterhand blijft even in de lucht hangen. Daarna plaatst ze haar handpalm zorgvuldig naast de scherpe randen van een gemene inkeping waaraan ze zich makkelijk open had kunnen halen. Het zijn niet zozeer Orlando's woorden die haar bewegingen doen veranderen. Het volume van zijn stem baart haar zorgen. Dat is ineens krachtiger geworden. Hij moet omgedraaid zijn en komt nu haar kant op. Aangezien hij veel sneller is, moet haar tempo omhoog. Drastisch, zelfs. Ze bijt nogmaals op haar tanden en zet aan.

'We hadden er niet op gerekend dat jij terug zou komen. Daarom moesten wij tijdens jouw tweede bezoek behoorlijk improviseren. Misschien is het geluk nog even aan je zijde en vertel ik daar straks over. Liever niet, want ik begin dit gezeik langzamerhand aardig zat te worden.'

Een serie vloeken onderbreekt zijn verhaal. Ze hoort een krachtig 'kutsteen!' en begrijpt wat er gebeurd moet zijn. Met een licht geagiteerd stemgeluid vervolgt hij zijn monoloog.

'Zoals jij inmiddels wel begrijpt was mijn hele act op zogenaamde vriendschap gebaseerd. De aardige, vriendelijke directeur van het Bureau voor Toerisme die aan bindingsangst leed. In dat plaatje paste een tour door Palma en een kus in een romantische omgeving perfect. Hiermee wilde ik de beeldvorming van mijn persoon versterken. Een prettige persoon met wie je een leuke dag hebt beleefd, *that's it.* Daarom stond ik ook niet op het vliegveld om je uit te zwaaien. Ieder zijn eigen leven. Eenmalig contact. Seks kon averechts werken, daarom heb ik je niet geneukt. Achteraf gezien heb ik daar wel spijt van. Ach, als je alles van tevoren weet is er ook geen lol meer aan, nietwaar? Overigens ben ik wel degelijk directeur van dat clubje. Het salaris dat ze me betalen is verre van toereikend voor mijn levensstijl. Vandaar dit bijbaantje.'

Er schuiven wolken voor de maan, waardoor Dagmars zicht tot minder dan twee meter wordt beperkt. Ook God heeft het slecht met me voor, denkt ze. Die vaststelling moet ze even later echter herroepen. Een halve meter voor haar ziet ze een gapende kloof waarvan de diepte zich enkel laat raden. Dat zal haar leven redden.
Aangezien Orlando haar daarnet nog op de hielen zat, heeft ze een handvol seconden geleden besloten sneller te kruipen. Dit bleek echter nog te langzaam te gaan, waardoor er slechts één optie over is gebleven: ze heeft zich moeten oprichten en is lopend moeten vluchten. Door die pijngrens heen, anders zou het binnen afzienbare tijd afgelopen zijn. Orlando nadert snel, het zal nu niet lang meer duren voordat hij haar heeft ingehaald.
Ze verlegt haar blik en realiseert zich dat het eigenlijk niets meer uitmaakt. De kloof is ongeveer anderhalve meter breed en onderbreekt de richel. Het einde van de rit heeft zich van het ene op het andere moment aangekondigd. Onder normale omstandigheden zou ze de sprong wel wagen. In haar huidige toestand staat zo'n poging gelijk aan zelfmoord.
Dagmar draait haar bovenlichaam een kwartslag naar rechts. Recht omhoog is de enige weg die haar nog rest. Een onmogelijke opgave. Terwijl haar vingertoppen de rotswand aftasten, schuift het wolkenpak langs de maan waardoor ze meer kan zien. Links vanuit haar ooghoek ziet ze de contouren van een reliëf, waardoor haar hoop weer groeit.
'Toen jij op het eiland terugkeerde en zo nodig met de politie moest spreken, dwong je ons tot maatregelen. We kozen ervoor om je schrik aan te jagen. Het was onze bedoeling om je zó bang te maken dat je alleen nog maar weg wilde van Mallorca om er nooit meer terug te komen. Daarom hebben we die achtervolging in scène gezet. Een van onze medewerkers leende met een smoesje de auto van Emilio, en toen konden we flink gas geven.'
Nu er een kans bestaat om aan deze hel te ontsnappen, wordt ze bevangen door een kalmte die bijna onnatuurlijk aanvoelt. Opeens kan ze zich op verschillende dingen tegelijk concentreren. In haar brein

bevindt zich een centrale die alle informatie absorbeert en reguleert. Terwijl ze letterlijk hoort wat Orlando zegt, schat ze de afstand tussen hen beiden in. Die is weer geslonken, weet ze zeker. Haar hersens werken snel. Een gewaagd plan komt in haar op. Het slagingspercentage is klein, maar groot genoeg voor een poging.

Ze werpt nogmaals een blik op de directe omgeving. Recht boven het peilloze gat loopt de rotswand minder schuin omhoog dan tot nu toe het geval was. Met een beetje fantasie zou je denken dat in een ver verleden een reusachtig monster er met zijn poot tegenaan had geleund, waardoor de wand nu enigszins is ingedeukt. Omdat er voldoende scherpe stenen uitsteken, lijkt houvast het minste probleem. Het probleem van deze operatie is het begin van de klim, ziet ze. Om bij het eerste natuurlijke handvat te komen, moet ze een sprong van een halve meter maken. Zonder vangnet, want dit punt ligt recht boven het ravijn. De pijn negerend, tast ze met haar vingertoppen de rotswand af. Als ze het tweede gedeelte van haar plan uit wil voeren, heeft ze twee stenen nodig. Nadat vier pogingen op onverzoenlijkheid zijn gestuit, voelt ze hoe een stukje rots meegeeft. Met de verbetenheid van een vrouw die voor haar allerlaatste kans strijdt, ramt ze haar vingers in de wand.

'Helaas reageerde jij verkeerd. In plaats van bibberend naar huis te gaan, moest ik meteen Julio Rodriquez bellen. Hiermee dwong jij ons tot een nieuw plan. Dit hield kort gezegd de dood van Emilio Lopez-Garcia in. Om onze belangen niet in gevaar te brengen, moesten wij hem wel offeren. Julio sprak met hem af en schoot hem neer. Tegenover zijn collega's verklaarde hij dat er sprake van zelfverdediging was. Om jou definitief te lozen, voerden we dat nachtelijke toneelstukje in het politiebureau op. Moordenaar gedood, zaak gesloten, iedereen tevreden.'

Hij slaakt een theatrale zucht.

'Maar niet voor mevrouw Eigenwijs. Die moest zo nodig de detective spelen. Nou, de gevolgen ken je inmiddels. Bereid je maar voor op een pijnlijke dood, kreng.'

Er liggen twee bebloede stenen in haar hand. Ongelijke stukken, die groot en zwaar genoeg zijn om een cruciale rol in haar plan te spelen. Haar blik schiet nerveus van de rand van het gat naar het uitsteeksel in de rotswand dat haar leven moet redden. Ze haalt diep adem, trekt haar jurk uit en zet met beide handen kracht.

Orlando blijft stokstijf staan. Het scheurende geluid komt van dichtbij. Zijn instinct meldt hem om voorzichtig aan te doen. Deze vrouw is de verpersoonlijking van een kat met negen levens, prent hij zichzelf in. Waarschijnlijk heeft ze in haar haast haar jurk aan de rotswand opengehaald. Het meest logische scenario, maar niet meer dan een veronderstelling. Hij mag haar niet onderschatten. Die fout heeft Julio wel gemaakt.

Stap voor stap loopt hij verder. De lichtbundel laat hij beurtelings de richel en de rotswand aftasten. Het is zenuwslopend. Dan stuiten de uitlopers van de lichtbundel op een gekleurde oneffenheid in de rots. Terwijl het kunstlicht zijn prooi gevangen houdt, loopt hij in hetzelfde, trage tempo verder. Op het moment dat het licht het geheim definitief prijsgeeft, begint hij breeduit te grijnzen.

'Dat gaat je niet lukken.'

Met de blik van een roofdier dat op het punt staat zijn prooi te verslinden, kijkt hij naar Dagmar die aan de rotswand hangt. Op haar slipje en beha na is ze naakt. De jurk die recht onder haar op de richel ligt, vertelt een groot gedeelte van het verhaal.

'Tja, dat komt ervan als je zo onvoorzichtig doet,' gniffelt Orlando. Hij bevindt zich nu schuin onder haar en laat met een snelle beweging de lichtbundel over de rotswand gaan. Het ideale punt om de korte klim te beginnen lijkt recht onder Dagmar te liggen. Precies op de plek waar haar gescheurde jurk ligt.

'Dat vodje is een leuke versiering op je lijkkist.' Hij richt zijn lamp weer op Dagmar en loopt verder. 'Eerst mijn voeten ermee afvegen.'

Ondanks zijn nonchalante manier van doen, neemt Orlando geen enkel risico. Hij houdt Dagmar strak in de lichtbundel gevangen en verliest haar geen seconde uit het oog. Dat zij hier zo weerloos hangt, is het gevolg van een lange weg waarin ze flink om zich heen heeft gemept.

Vraag dat maar aan Julio Rodriquez, denkt hij. Die kan je vanaf wolk achttien precies vertellen welke sprongen een kat in het nauw maakt.
Haar linkerhand omklemt een stuk rots, terwijl haar rechterhand in een spleet naar steun zoekt. Haar spieren schreeuwen om genade. Ze ligt met haar buik tegen de rotswand en functioneert op reservekracht. Ze kijkt schuin omhoog. Zogenaamd verblind door het licht dat recht in haar ogen kijkt. In werkelijkheid is haar blik op de maan gericht. In stilte bidt ze om wind. Een stroom in de atmosfeer die het wolkenpak voor de maan schuift, waardoor het zicht drastisch verminderd zal worden.
'Wij runnen een miljoenenbusiness. Hoe is het in godsnaam mogelijk dat jij door bleef drammen? Loyaliteit aan je vriendin, of zo?' Hij lacht smadelijk.
'Wilde het maar niet tot jouw botte hersens doordringen dat wij alles vermalen wat ons dwarsligt?' Hij schudt moedeloos met zijn hoofd.
'Stom wijf.'
Dagmar ziet hoe een onzichtbare maalstroom haar laatste wens verwezenlijkt. Een wolkendek omfloerst de maan. Omdat Orlando met al zijn ervaring elke nuance in haar lichaamstaal op zal merken, dwingt Dagmar zichzelf om niet naar beneden te kijken.
Hij heeft bijna het punt bereikt waarvandaan zij de sprong waagde. Om het zekere voor het onzekere te nemen, schat hij de situatie nogmaals in. Dagmar bevindt zich ongeveer vier meter schuin boven hem. Ze is naar boven geklommen en lijkt aan het einde van haar Latijn. Hij bekijkt de rotswand recht tegenover hem en concludeert meteen dat hier te weinig houvast is. Zijn blik schiet naar links. De lichtbundel zwenkt over de wand en legt een aantal veelbelovende uitsteeksels bloot. De plek waar Dagmars jurk ligt is inderdaad het ideale punt om aan de klim te beginnen, weet hij nu zeker. Het enige gevaar schuilt in een actie van haar kant. Als zij zich laat vallen is er een kans dat ze samen over de richel rollen. Hij overdenkt de mogelijkheid, verwerpt deze, maar neemt zichzelf voor om zeer scherp te blijven. Met wanhopige mensen weet je het tenslotte nooit. Die kunnen in hun angst de meest rücksichtslose dingen bedenken. Snel zet hij zijn slachtoffer weer in het kunstlicht en vervolgt zijn weg.

Op het moment dat hij het gat bereikt dat gedeeltelijk met de jurk is gecamoufleerd, glijdt het wolkenpak langs de maan. Vanuit zijn linkerooghoek doemt het plotselinge gevaar op. Vliegensvlug trekt hij zijn linkerbeen omhoog en verplaatst zijn gewicht naar rechts, waarna zijn bovenlichaam de rotswand raakt. Hij weet zich een handvol seconden in balans te houden en strekt daarna zijn rechterbeen. Hij maakt een sprong van anderhalve meter naar rechts en bereikt veilig terrein.
De adrenaline pompt nog door zijn aderen als zijn lichtbundel over de jurk glijdt. In zijn woorden klinken spot en ongeloof. 'Je hebt je jurk gescheurd en met stenen verzwaard over het gat gelegd in de hoop dat ik erop zou gaan staan?! Een aardige valstrik, moet ik bekennen. Helemaal als je de omstandigheden in ogenschouw neemt.'
Hij richt zich nu rechtstreeks tot Dagmar. 'Kijk jezelf eens hangen, kreng. Opgejaagd, aan het eind van je krachten en tot overmaat van ramp draag je alleen een slipje. Iemand met een beetje gevoel in z'n donder zou dit zomaar "mensonterend" noemen. Wat overigens niet voor mij geldt, hoor. Een jaaromzet van acht miljoen euro staat dat soort menselijke trekjes niet toe. Acht miljoen euro. Je hoort het goed, teef. En volgend jaar willen we vijfentwintig procent plussen. Dan voeren onze Zuid-Amerikaanse vrienden de aanvoer van coke op en openen wij ons eerste xtc-laboratorium op Mallorca. Dat scheelt weer transportkosten.'
Dagmar ziet hoe Orlando de afstand naar de ideale rotspunt inschat. Hij stopt de lamp in de zak van zijn jack en springt. Voor een fitte man van zijn leeftijd is het een sprongetje van niets. Zijn linkerhand omklemt het uitsteeksel, waarna hij zich soepel optrekt.
Als ik hier blijf hangen, is hij in hooguit een halve minuut bij me, realiseert ze zich. Ik moet door. De pijn is tijdelijk, eenmaal op het rotsplateau zakt die absoluut weg. Zet aan! Bundel al je krachten en klim!
Een bron waarvan ze voorheen het bestaan niet kende, voorziet haar van nieuwe energie. Haar linkerhand vindt een richel, waaraan ze zich langzaam optrekt. Haar rechterhand gaat omhoog. Haar vingertoppen glijden over een brede steen. Ideaal om aan vast te houden. Maar schijn

bedriegt, merkt ze bij de eerste aanraking. Als ze haar hand op de steen legt, begint deze gevaarlijk te kantelen. Terwijl het haar duizelt, duwt ze met een bovenmenselijke krachtsinspanning haar hand tien centimeter omhoog. De inkeping waarin haar vingertoppen nu haken, is solide en biedt wel voldoende houvast. Voordat ze haar ogen sluit om heel even op kracht te komen, ziet ze hoe de maan wederom door een wolkenpak wordt afgeschermd.

Dagmar kijkt onder haar rechteroksel naar beneden en ziet dat Orlando haar tot op twee meter is genaderd. Met de moed der wanhoop klimt ze verder.

'Die xtc halen we overigens uit Nederland,' gromt hij tussen zijn opeengeklemde kaken.

'Ironisch dat jij vanwege een product uit je eigen land moet sterven, nietwaar?' Een gemeen lachje blijft uit. Ook voor Orlando is de klim een regelrechte aanslag op zijn lichaam.

Dagmars rechtervoet zweeft nu boven de brede steen waar zij zich daarnet bijna op verkeek. Als ze haar gewicht nu naar rechts verplaatst, stort de steen in de diepte, weet ze. Hangend aan haar vingertoppen en steunend op haar linkerbeen, kijkt ze onder haar rechteroksel naar beneden. Orlando zit recht onder haar. Vanuit zijn positie is de brede steen de meest voor de hand liggende, volgende houvast in zijn klim. Ze laat haar rechtervoet langzaam zakken. Enkel haar tenen raken de steen licht. Niet bewegen, geen druk op de steen, schreeuwt ze zichzelf in paniek toe. Het is nu alles of niets.

Orlando is bijna een meter bij haar vandaan. Zijn rechterhand graait naar haar rechtervoet.

'Dat was het dan, trut.'

Op het moment dat zijn vingertoppen langs haar enkel schampen, trekt Dagmar haar rechterbeen op. Zijn hand komt hard op de steen neer, waarna deze ogenblikkelijk kantelt. Hij verliest zijn evenwicht en stort samen met het losgekomen stuk rots naar beneden. Een kreet van ongeloof wordt abrupt afgebroken als zijn lichaam op de klippen te pletter slaat.

Alsof het afgesproken werk is, glijden de wolken aan de maan voorbij. Ze dwingt zichzelf omhoog te kijken en haar verstand op nul te zetten. Het is nog vijf meter klimmen om een rotsplateau te bereiken. Daarvandaan is het gemakkelijker. Oplopende paden en struikgewas. Haar rechterhand komt omhoog en vindt meteen houvast. Ze trekt zich langzaam omhoog. Om de pijn tegenspel te bieden, denkt ze aan haar truc die wonderwel heeft gewerkt. Hoewel het gevoel van duizenden naalden die haar lichaam martelen overheerst, realiseert ze zich dat ze hiermee is gered. Dat Orlando in het simpele kunstje is getrapt, geldt op dit moment als haar grootste overwinning ooit.

De lijdensweg naar boven duurt een kwartier. Ze bijt op haar tanden en vloekt als een havenwerker. Haar borstkas gaat wild op en neer. Elke spier staat in brand. Nieuwe wondjes zorgen voor sijpelend bloed dat het houvast bemoeilijkt.

Als haar lichaam over de rand van het plateau rolt, slaakt Dagmar de langste zucht van haar leven. Om van de inspanning bij te komen, blijft ze roerloos liggen. Ze kijkt naar de maan, de zee en het neonlicht dat onophoudelijk knippert.

Lees ook alvast een fragment uit

Hittegolf

van Suzanne Vermeer

ISBN paperback 978 94 005 0713 5
ISBN e-book 978 90 449 7488 1

De vrouw lag onder een dun crèmekleurig satijnen laken op het sierlijke metalen bed. De witte rondgebogen staalconstructie aan het hoofd- en voeteneinde was hartvormig. Ze lag op haar buik. Haar rechterhand onder het hoofdkussen, haar linkerbeen wat opgetrokken. Haar zwarte lange haren vielen warrig over haar schouderbladen en een gedeelte van haar mond en wang. Haar ademhaling was rustig, alsof ze in diepe slaap was.

Er kwam een smalle streep kunstlicht door de zandkleurige gordijnen. Waarschijnlijk van een lantaarn voor het raam. Het licht legde de contouren van de kamer bloot. Tegenover het bed stond een barokke kaptafel waarop flesjes parfum en make-up prijkten. In de grote spiegel tekende zich het streepjesbehang van de tegenoverliggende muur af. De schilderijtjes aan de muur hingen een beetje uit het lood, alsof er te enthousiast met een stofdoek langs was gegaan. Op de stoel in de hoek lag een stapeltje keurig opgevouwen kleren. Naast het bed twee haastig uitgeschopte witte pumps.

De vrouw draaide zich op haar rechterzij en mompelde zachtjes in haar slaap. Het was niet meer dan onverstaanbaar gefluister. Haar schouder piepte onder het laken uit en onthulde het kanten bandje van een strak hemdje. Onrustig bewoog ze met haar benen. Iets had haar vredige slaap verstoord. Ze snoof een paar keer hoorbaar en bewoog subtiel met haar neus. Haar lichaam verstrakte en haar oogleden trilden. Toch bleven haar ogen dicht en bleef ze op bed liggen. Een rookpluim kwam onder de deur door en de vrouw kon niet langer doen alsof er niets aan de hand was. Er was geen twijfel meer mogelijk, ze rook een brandlucht! Razendsnel kwam ze overeind. Ze moest hier weg! Dit was niet goed!

In haar ondergoed rende ze naar de deur en trok hem open. Geschokt keek ze naar de roodoranje vlammen die aan de wanden likten en haar vluchtroute versperden. Ze gilde in de hoop dat iemand haar zou horen. Het snel naderende vuur dreef haar weer terug de kamer in. De rook werd dikker en haar ogen begonnen te tranen. De brandlucht prikkelde haar keel en ze begon ongecontroleerd te hoesten. Op de tast pakte ze een jurkje van de stoel en bond het voor haar mond en neus. Het hield de rooklucht niet tegen, maar het scheelde allicht iets. Ze rukte de gordijnen open en probeerde het raam open te maken. De hendel werkte soepel, maar hoe hard ze ook duwde, het raam bleef gesloten. Hoe kon dat nou?

Het vuur knetterde steeds harder en de warmte begon haar huid te schroeien. Ze had de deur van de kamer weer dicht moeten doen! Waarom had ze dat niet meteen gedaan toen ze het vuur in de gang zag? In paniek rende ze richting de deur, maar het was te laat. Tongen van vuur krulden zich al om de drempel. De huid van haar onderbenen trok strak en begon vreselijk te schrijnen. Ze kon de blaren bijna voelen opkomen. Huilend van de pijn rende ze terug naar het raam en bonkte er uit alle macht met haar vuisten op. 'Help!' Het hielp niet. Ze liep een stukje naar achteren, nam een aanloop en gebruikte de rechterkant van haar lichaam als stormram. Er klonk gekraak, maar ze wist niet of het afkomstig was van het raam of van haar pijnlijke schouder.

Het vuur naderde in rap tempo. Ademen was bijna onmogelijk nu. Ze werd steeds lichter in haar hoofd. 'Help! Help me dan toch!' Haar noodkreet veroorzaakte een nieuwe hoestprikkel die bijna niet te stuiten was. Ze zou hier verdomme toch niet doodgaan? Wanhopig sloeg ze weer met haar vuist tegen het raam. Een scherpe pijn sneed door haar hand en pols toen de ruit brak. Ze negeerde de pijn en het stromen van het warme vocht dat alleen maar bloed kon zijn. Met twee vuisten ramde ze de rest van het glas uit het kozijn. Angstig keek ze achterom. Het bed waar ze net nog vredig in had liggen slapen stond in lichterlaaie. De muur waar het bed tegenaan stond stortte in. Het zou niet lang meer duren voordat ook het plafond het zou begeven. Er was nauwelijks nog tijd. Zonder na te denken klom ze op het kozijn. Scherpe stukjes glas sneden door haar voetzolen als een mes door boter. Door de adrenaline voelde ze amper nog pijn. Die kwam vast later in volle hevigheid als ze dit zou overleven. Ze keek naar beneden, sloot haar tranende ogen en sprong.

Deel 1
Anoek & Cesária

1

Ik heb me teruggetrokken in een hoek van de grote tuin en zit op een gemetseld stenen muurtje. Mijn benen bungelen en met mijn hakken tik ik om en om tegen de stenen. De roze oleanderhaag achter me bloeit weelderig. Zachtjes raak ik de bloemen aan, streel met mijn vingers over de leerachtige bladeren. Was de oleander niet giftig? De bladeren van de grote palmbomen rond het zwembad ruisen zachtjes in de wind. Het onderste bladerschort is bruin en moet gesnoeid worden.

Het zwembad is nu nog leeg, maar aan het einde van de avond zal het vol met dronken mensen liggen. Zo gaat het altijd op deze feestjes. De tuin waarin ik me bevind, hoort bij de villa van Johan de Leeuw. Hij is een bekende Nederlandse filmproducent die af en toe ook wat 'serietjes' doet voor televisie, zoals hij zelf graag nonchalant mag zeggen. Op dit moment is hij bezig met een Amerikaanse productie, een romantische film met Emma DeWitt in de hoofdrol. Wat een onzin, gewoon Emma de Wit natuurlijk, ze is Nederlandse. Deze film moet haar grote doorbraak worden in de Verenigde Staten. Vanavond is ze de eregast op Johans feestje, samen met haar tegenspeler, Robert Stevenson.

Johan de Leeuw is sinds een paar jaar de beste vriend van mijn vader. Sinds Johans carrière naar grote hoogte is gestegen, loopt mijn vader met hem weg. Ik vind het maar een protserige eikel, maar zijn zoon Mees is oké. Heel erg oké zelfs. Mijn vriendin Cesária heeft vorige zomer iets met hem gehad en vanavond gaan ze elkaar voor het eerst weer zien.

Ik ben benieuwd hoe dat gaat. Cesária is wel over Mees heen, maar of dat andersom ook zo is, vraag ik me af.

De eerste gasten worden over een uurtje verwacht. Allemaal Nederlandse zakenlui die financieel al binnen zijn en net als Johan het grootste deel van hun tijd in Portugal wonen in hun veel te dure villa's. Johan biedt ze graag exclusieve feestjes aan zodat hij kan pronken met zijn succes. Toen mijn vader zijn IT-bedrijf verkocht, kocht hij een villa in de straat van Johan. Vlak bij de golfbaan waar ze regelmatig een potje 'ballen'. Nu horen wij dus ook bij de Nederlandse enclave hier in de Algarve.

Hoe anders is ons leven geworden sinds we geld hebben.

Ik neem een slok van mijn favoriete cocktail, Banana Jaffa: een mix van Kahlúa, cream, cognac, sinaasappelsap en banaan. Gek eigenlijk, je zult geen bananen in mijn fruitschaal vinden, maar als ze ergens in verwerkt zijn, vind ik ze heerlijk. Vroeger bij McDonald's nam ik altijd een milkshake banaan en als ik in de supermarkt een zakje snoep mocht uitkiezen, dan werden het steevast bananenschuimpjes. Dat was in de tijd dat alles nog goed was, toen we nog in een arbeiderswoninkje in de Utrechtse wijk Ondiep woonden. Opa en oma woonden tegenover ons in dezelfde straat. Daar leerde ik lopen en fietsen aan de hand van mijn vader. Hij hielp me met moeilijke rekensommen op de basisschool (hij was goed met computers en cijfers), bracht me naar zwemles en stond elke zaterdag in alle vroegte te juichen langs de lijn. Ik mag dan een meisje zijn, geef me een voetbal en ik droog je af. Soms nam hij me 's zondags mee in zijn donkerblauwe Opel. Niet te vaak, want benzine was duur. Dan reden we over de Maliebaan, langs de grote statige panden. 'Eens wonen wij ook in zo'n huis, Anoek, let op mijn woorden.' Dan stak hij zijn hand in de lucht om aan te geven dat hij het echt meende. Diezelfde hand die me vasthield tijdens de vele wandelingen door het Wilhelminapark. Die hand waarmee hij, toen ik in de vroege puberteit kwam, ook mijn vriendinnen graag te pas en vooral ook te onpas vastpakte. Dat was het moment dat mijn vader, mijn grote held, van zijn voetstuk donderde. Hij is er nooit meer opgeklommen.

Toen ik elf jaar was en de ruzies al een jaar dagelijks door het huis knalden, was mijn moeder het zat. Ze vertrok en liet mij bij hem achter. Ik was altijd meer een vaderskindje geweest en eindelijk had ze een manier gevonden om me daarvoor te straffen. Na een halfjaar lag er in de bus een verhuiskaart van Tinie (mijn moeder) en Cor, een kettingrokende pummel met een dikke bierpens. Ik ben één keer bij hen langs geweest en toen hield ik het voor gezien. Ik had daar niks te zoeken. Buiten een genetische connectie was er geen enkel raakvlak.

Thuis werd het eenzaam. Ik durfde geen vriendinnen meer mee naar huis te nemen, bang dat mijn vader zijn poten niet thuishield en me voor schut zette. Ik was zo veel mogelijk weg en de resterende tijd bracht ik door op mijn kamer. Muziek keihard aan, zodat ik mijn vaders geluiden niet hoefde te horen. Zijn aanwezigheid was me meestal al te veel. Soms deed hij een poging om onze band aan te halen, dan bood hij me een etentje aan dat ik beleefd afsloeg. Na een paar keer gaf hij het op. Ik zag hem steeds minder. Hij had het druk met zijn werk. Of met vrouwen. Misschien wel met beide.

Aan de regelmatige verhogingen van mijn zakgeld kon ik merken dat zijn IT-bedrijf het goed deed en eindelijk de opstartproblemen van zich had afgeschud. Onze koelkast was altijd goedgevuld, daar kon ik niks van zeggen. In die zin kwam mijn vader zijn zorgplicht uitstekend na. We verhuisden binnen een halfjaar na de scheiding naar een van de panden aan de Maliebaan waar hij vroeger zo verliefd naar had gekeken. Ik kreeg een slaapkamer die bijna net zo groot was als de hele bovenverdieping van ons oude huisje in Ondiep. Ik heb mijn vader nooit gevraagd wat nou de grote doorbraak was die onze levensstandaard van alle-eindjes-aan-elkaarknopen had veranderd. Wat kon mij het schelen.

Toen Marie-Louise zeven jaar geleden bij ons kwam wonen, veranderde alles. Ze bracht rust in huis, een bepaalde zachtheid, die een goede invloed op mijn vader had. De doordringende geur van wierook en geurkaarsen nam ik maar voor lief. Mijn vader schroefde door Marie zijn jachtige tempo een beetje terug en kreeg weer wat meer oog voor zijn omgeving. Zij stond haaks op zijn snelle leventje. Misschien was dat ook wel wat hij zo aantrekkelijk aan haar vond. *Opposites attract*, toch? Wat zij in hém zag, heb ik nooit begrepen. Eerlijk gezegd verdient ze veel beter dan mijn vader.

Binnen een jaar waren ze getrouwd, ik was getuige. Ik weet bijna zeker dat hij haar de eerste twee jaar van hun relatie trouw is gebleven. Wellicht had het iets te maken met haar voorliefde voor tantra, voor hem een compleet nieuwe uitdaging. Of met haar soepel getrainde yogalijf dat geen grammetje vet vasthield op de verkeerde plekken. Na twee jaar werd mijn vader weer onrustig. Toeval of niet, maar in die periode kreeg hij een nieuwe secretaresse. Ze kon zijn dochter zijn, net een jaartje volwassen. Toen hij steeds vaker moest 'overwerken', wist ik hoe laat het was. Hij had zijn oude hobby weer opgepakt. Hoe jonger hoe beter zat nog steeds in zijn genen.

Marie vertrouwde hem blindelings en ik heb mijn mond gehouden. Ik wilde haar geen pijn doen. Als ik haar van elke bevlieging van mijn vader op de hoogte moet stellen, dan is het einde zoek. Ik geef toe, dat ik mijn mond hield had ook met eigenbelang te maken. Egoïsme is een ding waar we bij de familie Huizing heel goed in zijn. Het zit zo, we mogen elkaar, Marie en ik. Ze is meer een moeder voor me geweest en heeft me meer te bieden dan mijn eigen moeder ooit heeft gekund of zal kunnen. Het klinkt misschien wat sentimenteel, maar ik houd van haar. Ik houd van haar aanstekelijke lach die schatert en haar hele gezicht iets magisch geeft. Van haar grote blauwe ogen die zo verwonderd de wereld in kunnen kijken. Haar liefde voor het leven en de bloem die ze draagt in haar blonde haren die bijna tot op haar kont hangen. Haar knuffels die mijn lijf laten tintelen. Sinds Marie in mijn leven is, heb ik het nooit meer koud. Ik bewonder haar creativiteit, haar gevoel voor kleur, haar vermogen om rust bij zichzelf te zoeken, haar humor. Zij is de moeder die ik nooit heb gehad, mijn raadgever, mijn houvast.

Als ik opkijk, komt Marie net aanlopen. Ze zwaait naar me. Haar kleurrijke armbanden rinkelen rond haar slanke bruine pols. Ze ziet er prachtig uit in haar strakke roomwitte jurk. Zag mijn vader dat ook maar eens. Besefte hij maar eens wat voor goud hij in handen heeft. Nu ze dichterbij komt zie ik op haar arm een klein verfvlekje zitten.

'Kon je je weer niet losrukken van je schildersezel, Marie?'

Ze bloost en probeert het vlekje met een beetje speeksel van haar arm te poetsen. 'Het licht is hier zo mooi, Noek, ik kan er gewoon geen genoeg van krijgen. Ik ben blij als dit weer allemaal achter de rug is en we weer gewoon kunnen doen.' Ze maakt een weids gebaar met haar armen.

'Ik ook, ik haat die opgedirkte feestjes.'

Ze pakt het glas uit mijn hand en neemt een slok van mijn cocktail. Daarna slaat ze een arm om me heen. 'We slaan ons er wel doorheen. Je vader wil per se dat we erbij zijn.'

'Gelukkig komt Cesária. Ze wilde het niet missen. Ze is stiekem verliefd op die Amerikaanse acteur.'

Marie lacht haar sprankelende lach. Daarna wordt ze ernstig. 'Geniet van het jong zijn, Noek. Vreet het leven op! Voor je het weet ben je net zo'n oude muts als ik.'

2

Cesária droogde haar handen aan een doek die ze in de lus van haar spijkerbroek had gehangen toen ze haar telefoon in haar broek voelde trillen. Ze pakte haar toestel en keek op het scherm, terwijl ze over de emmer sop heen stapte en richting de hal liep. Het gezin waar ze voor werkte wilde niet dat ze tijdens werktijd belde. Bij voorkeur deed ze dat ook niet, maar het was een onbekend nummer. Misschien was het belangrijk. De vrouw des huizes was een halfuur geleden met de twee kinderen vertrokken naar het strand, maar voor de zekerheid sloot Cesária zich toch op in het toilet voordat ze opnam. Ze herkende de stem die haar begroette meteen en er ging een steek door haar buik. Ze had er al niet meer op gerekend dat hij nog zou bellen.

'Kom over een uur naar Nogat Tea'n in Vilamoura. Zorg ervoor dat je op tijd bent, want het is je enige kans.' Het was geen vraag maar een commando. De verbinding was al verbroken voordat ze de kans kreeg om iets te zeggen. Beduusd staarde ze naar haar telefoon. Shit, over een uur al. Dat betekende dat ze hier uiterlijk over een halfuur weg moest om er zeker van te zijn dat ze op tijd was. Ze kon onmogelijk het werk waar ze nog anderhalf uur voor nodig had in een halfuur afmaken. Kon ze de gok nemen dat men niet zou doorhebben dat ze een gedeelte van het werk had overgeslagen? Ze twijfelde. Maar wat als de vrouw eerder thuiskwam dan gepland en haar niet in het huis aantrof? Ze wist dat het niet gewaardeerd zou worden als ze voortijdig vertrok. Gezien het wispelturige karakter van de vrouw zou het haar weleens haar baan kunnen kosten. Dat zou een ramp zijn, dus dat risico kon ze niet nemen. Zich ziek melden dan maar. Ze voegde de daad bij het woord en belde haar bazin. Om de paar woorden forceerde ze een hoest en kneep ze in haar neus voor een nasaal geluid. Met een voldane glimlach hing ze een paar minuten later op. Missie geslaagd.

Ze spoelde de emmer met zwart geworden water door het toilet, gooide haar stof- en poetsdoek bij de was en verliet het huis. Zorgvuldig sloot ze af en ze stapte op haar scooter. De tijd was te krap om zich nog even op te frissen. Bezorgd keek ze naar haar vale spijkerbroek en probeerde de zwarte streep die erop zat eraf te krabben. Het ruime gele topje dat ze droeg was ook niet bepaald florissant te noemen. Het trok steeds een beetje scheef en onthulde dan haar rechterbehabandje. Maar misschien was dat juist wel goed. Dat was het enige sexy element van haar outfit. Juist nu moest ze het van haar uiterlijk hebben. Ze bekeek haar in slippers gehulde voeten. De rode nagellak was gedeeltelijk afgesleten en hoognodig aan vervanging toe. Met een woest gebaar trok ze de slordige knot uit haar zwarte haren. Dat moest los. Met haar vingers kamde ze er globaal doorheen. Voor ze het restaurant binnenliep zou ze dat nog een keer doen. Vlug hield ze haar beide handen weer aan het stuur zodat ze kon uitwijken voor een uitgemergelde ezel die een kar voorttrok. Even later reed ze langs een gaard met sinaasappelbomen. Mannen met een leerachtige gebruinde huid plukten de rijpe oranje vruchten. Verlangend keek ze naar de grote sinaasappels. Bij de gedachte aan een groot glas versgeperst sap merkte ze pas hoeveel dorst ze had. Tijdens het werken had ze nauwelijks de tijd genomen om te drinken. Het flesje water dat ze altijd bij zich had lag nog bijna helemaal vol in de opbergruimte onder haar zadel. Ze wist dat het niet verstandig was om zo weinig te drinken bij deze temperatuur. De thermometer tikte al een paar dagen de veertig graden aan en de warme wind bracht geen enkele verkoeling. De eerder aangekondigde hittegolf was een feit.

In de verte kon ze het huis van haar dromen zien liggen. Hoewel er een behoorlijke afzetting rond het perceel stond, had ze vanaf de weg goed zicht op de sprookjesachtige bouwstijl met torentjes en het balkon aan de voorzijde. Het huis was gepleisterd in een roomwitte kleur met zongele accenten. Ze stelde zich voor hoe de bewoners elke ochtend werden gewekt door de zon die binnendrong door de grote ramen. Hoe ze ontbeten met brood, vers fruit en koffie op het balkon dat grensde aan hun slaapkamer. Uitkijkend op het helderblauwe water in het zwembad, slechts gehuld in een badjas. Eens zouden zij en haar moeder ook in zo'n huis wonen. Daar zou ze persoonlijk voor zorgen. Sterker nog, vandaag kwam die droom misschien een stapje dichterbij. Evenals die andere droom, het kunnen bekostigen van een studie.

Een kuil in de weg bracht haar weer bij de les. Geschrokken richtte ze haar ogen weer vooruit. Bij elke meter die ze dichter bij haar bestemming kwam, namen de zenuwen toe. De man die op haar zat te wachten stond niet bekend om zijn geduld en hij was wars van fouten. Ze was al vaker voor hem gewaarschuwd. Toch haalde ze het niet in haar hoofd om uit zijn buurt te blijven nu hij zo expliciet naar haar had gevraagd. Wederom voelde ze zich hoogst ongemakkelijk in haar allesbehalve representatieve werkkleding. Ze wist zeker dat het zijn humeur niet ten goede zou komen en haar positie ook niet.

Aan het begin van het haventje parkeerde ze haar scooter. De eerste de beste winkelruit gebruikte ze als spiegel. Ze maakte haar handen een beetje nat met het water uit haar drinkflesje en bracht haar lange zwarte haren in model. Daarna gebruikte ze het restant om haar bezwete gezicht op te frissen en haar handen te wassen. De fles deodorant in de opbergruimte van haar scooter had ze al kwistig gebruikt om de lichte zweetlucht te verbloemen. Zorgvuldig bracht ze wat lippenstift aan. Het voelde onwennig omdat ze het spul nauwelijks gebruikte. Ze bewoog haar lippen een paar keer in de hoop dat ze wat zouden ontspannen en wierp nog een laatste blik op zichzelf. Ze was allesbehalve tevreden, maar het was niet anders.

Heupwiegend liep ze naar de afgesproken plek, zich inbeeldend dat ze bloedmooi was. Toen zag ze dat de man die haar gebeld had niet alleen was en ze kreeg een droge mond.

Cé, waar ben je nou toch mee bezig? klonk een stemmetje in haar hoofd.

De ober van Nogat Tea'n had op het tafeltje waaraan ze zaten een cola en drie biertjes gezet en Cesária stak haar hand uit naar het glas.

'Geniet er maar van, want dit is je laatste. Vanaf nu drink je alleen nog maar water, anders is er met dat lichaam van je niks te verdienen.'

De man had een hongerige blik in zijn ogen en ze vertrouwde hem allerminst. Van het besmuikte gelach van zijn vrienden kreeg ze de kriebels en het liefst zou ze zijn weggerend. Ze voelde zich zó dom. Waarom liet ze zich kleineren door deze griezels? Er waren vast andere manieren om veel geld te verdienen zonder dat ze zichzelf hoefde te verkopen.

Maar dit is de gemakkelijkste manier. Stel je niet aan, je hoeft alleen maar mooi te wezen en daar krijg je heel veel voor terug.

'Luister, Sária,' sprak de baas.

'Cesária,' corrigeerde ze hem. 'Mijn naam is Cesária.'

'Wat jij wilt. Als het beestje maar een naam heeft.' Gelach van zijn vrienden.

Je kunt nu nog opstappen en nooit meer terugkomen. Doen alsof dit nooit gebeurd is.

'Sária, je bent door naar de volgende ronde. We gaan een

portfolio met je maken.' De blik in de ogen van de man stond haar helemaal niet aan.

Weggaan of blijven? Weggaan of blijven? Blijven. Dit zijn professionals van het grootste castingbureau in de regio.

'Dat is goed nieuws,' zei ze werktuigelijk. 'Ik zal mijn agenda even pakken, dan kunnen we een datum plannen.'

'Niet nodig. We gaan nu meteen naar Gilberto's studio om wat foto's te maken en te kijken of je nog verborgen talenten hebt.' De man die rechts van de baas zat, grijnsde. De derde man keek haar alleen maar aan. Goed, die Gilberto was dus geen vriend, maar de fotograaf van het bureau. Wat de rol van de ander was, was haar uit dit korte gesprekje nog niet duidelijk geworden. Maar dát hij een rol had, was duidelijk toen hij, net als de fotograaf, opstond en achter de baas aan liep.

'Kom je? Tijd is geld.'

Nummer drie liet zijn ogen over haar lichaam gaan en deed niet eens zijn best het te verbergen. Voetje voor voetje liep Cesária achter hem aan. Ze voelde zich net het domme gansje dat de rij sloot. 'Waar moet ik zijn?' vroeg ze toen ze buiten stonden. 'Mijn scooter staat verderop,' verduidelijkte ze haar vraag.

'Je kunt met ons meerijden. We zetten je hier straks wel weer af.'

Waar ben je nou toch mee bezig?

Dit is de gemakkelijkste manier.

Je kunt nu nog opstappen en nooit meer terugkomen.

Weggaan of blijven?

'Oké,' zei ze aarzelend.

De fotograaf liep naar een grote zwarte SUV met geblindeerde ramen. Hij kroop zelf achter het stuur en liet zijn baas instappen aan de passagierskant. Nummer drie kroop bij haar op de achterbank. Hoewel er genoeg ruimte was, schoof hij haar richting op zodat hij tegen haar aan kwam te zitten. Subtiel schoof ze een stukje op. Hij rekte zich uit en ging zo wijdbeens zitten dat zijn spijkerbroek de blote huid van haar benen bijna raakte. Zijn armen legde hij over de leuningen van de bank. Ze ging wat naar voren zitten om zijn arm niet in haar nek te voelen. Dat hield ze de hele rit vol.